Anthony Trollope

1815 1882

特罗洛普文集

任性的凯琴姑娘

——特罗洛普中短篇小说选

[英] 安东尼·特罗洛普 著　梅绍武 译

Katchen's Caprices And
Other Short Stories
Anthony Trollope

上海译文出版社

Anthony Trollope

KATCHEN'S CAPRICES AND OTHER SHORT STORIES

根据 The World's Classics，Oxford University Press 1936 年版本译出

Simplified Chinese edition copyright；

2021 SHANGHAI TRANSLATION PUBLISHING HOUSE（STPH）

图书在版编目(CIP)数据

　　任性的凯琴姑娘：特罗洛普中短篇小说选／(英)安东尼·特罗洛普（Anthony Throllope）著；梅绍武译. —上海：上海译文出版社，2022.10

　　（特罗洛普文集）

　　书名原文：Katchen's Caprices and Other Short Stories

　　ISBN 978 - 7 - 5327 - 8933 - 7

　　Ⅰ. ①任… Ⅱ. ①安… ②梅… Ⅲ. ①中篇小说-小说集-英国-现代②短篇小说-小说集-英国-现代 Ⅳ. ①I561.45

　　中国版本图书馆 CIP 数据核字(2022)第 152354 号

任性的凯琴姑娘——特罗洛普中短篇小说选

[英]安东尼·特罗洛普/著　梅绍武/译

责任编辑/龚　容　装帧设计/柴昊洲

封面绘图/raccoon

上海译文出版社有限公司出版、发行

网址：www.yiwen.com.cn

201101　上海市闵行区号景路 159 弄 B 座

上海中华商务联合印刷有限公司印刷

开本 850×1168　1/32　印张 9.25　插页 6　字数 167,000

2022 年 11 月第 1 版　2022 年 11 月第 1 次印刷

印数：0,001—4,000 册

ISBN 978 - 7 - 5327 - 8933 - 7/I·5535

定价：75.00 元

目　次

朴实无华，抑恶扬善

——浅谈特罗洛普的中、短篇小说

十九世纪英国有一位勤奋写作的作家，他每日清晨五点起床，五点半修改前一天写下的文稿，六点开始创作，案头放一钟表，规定每一刻钟必须写出两百字，一直写到九点半，然后去邮政总局上班，即使在出差或旅行途中，他也严格遵守这一写作规定。就这样他一生共写出四十七部长篇小说，再加中、短篇小说、游记、传记等，多达七十余种卷帙浩繁的著作。

这位作家名叫安东尼·特罗洛普。他当时在英国文坛上的地位同奥斯丁、司各特、狄更斯、萨克雷、乔治·艾略特等同时代作家齐名，有时在受读者欢迎的程度上甚至超过了他们。

一

安东尼·特罗洛普一八一五年出生在一个律师家庭，父亲性格古怪，业务不振，后又经商不利宣告破产，随后全家七口人就完全依靠母亲弗朗西斯写作赚钱维持生计，据统计她一生共写了四十一部小说和游记。母亲这种坚强勤劳的作风深深影响了安东尼，使他后来立志也要成为一名多产作家。

1

特罗洛普青年时期由于家境贫寒,只能走读上学,时常受到寄宿生富家子弟的歧视凌辱;举家移居到比利时后,他又见到父亲和一兄一妹因贫病交加而相继死去,心中受到很大创伤,这一切使他后来在小说中常寄深切同情于贫苦老百姓。他十九岁进入邮局工作,充当小文书,业余时间创作小说。后来,他曾被派往英国西南部组织乡镇邮政事务,经常骑马驰骋于六七个郡之间,熟悉了民间风俗习尚,以及乡民和牧师的生活情况;一八五五年他发表的一部以乡镇教区为背景的小说《巴彻斯特养老院》,使他一举成名。自此后,他一边在邮局做一名公仆,一边业余写作,直到五十二岁时才辞去公职而成为一名专业作家。一八八二年,他中风去世,享年六十七岁。

特罗洛普前期的主要作品是六部一组的"巴塞特郡纪事"系列小说,集中描写乡镇牧师和中产阶级的日常生活,含蓄地揭发教会中人事倾轧和尔虞我诈的黑暗面,同时穿插爱情故事,勾勒出新兴资产阶级虚伪丑恶的面貌。后期主要作品是六部一组的政治或议会小说,又名"巴里赛"小说,真实地反映了十九世纪中叶维多利亚王朝风俗习尚和政治舞台上纷纭复杂的情况,并针对当时社会上道德日趋败坏和资产阶级的生活腐化现象作出了有力的批判。

特罗洛普文笔隽永幽默,讽刺犀利,人物栩栩如生,故事发展自然流畅,叙述明净。他对事物的观察十分敏锐,并注重对人物的心理分析,而且常在作品中注入高尚的道德教育。他曾说:"一部小说的目的应寓道德教育于趣味之中。"特罗洛普认为小说家的首要职责应是宣讲美德,劝人为善,但他又不主张直接干巴巴地道德说教,而主张通过小说中人物的思想、行动和话语令人信服地自然表达出来。

但是，特罗洛普在他逝世后发表的那部《自传》中，开诚布公地道出了他按日定额写作的情况，并且认为写作同其他诸如鞋匠、家具匠或抬棺人等行当一样都是赚钱糊口为生的职业，从而损伤了他身后的声誉。一些评论家认为他机械般写作，只能说是个写书匠，最多也不过是个社会纪实者或摄影师；本世纪初的西方文学史家一般只重视他早期的作品而把他归入次要作家的行列。直到他逝世五十年后，一些英美评论家才开始对他重新加以评价，发表了许多研究专著，他的声誉也随之日益复苏。近三十年来，他的小说再度在西方受到读者的欢迎，安东尼·特罗洛普终被公认为一位十九世纪重要的英国现实主义作家。

二

在特罗洛普一生的创作中，中、短篇小说为数也不少，总计约有百万余字，构成他的作品中一个不可忽视的部分。一八六〇年，他四十五岁，已经发表三部"巴赛特郡纪事"小说，并在萨克雷主编的《康希尔》刊物上连载他的长篇小说《弗雷姆利教区》，声誉日隆，许多刊物相继约稿，他于是开始撰写中、短篇小说供他们刊载。

据今人统计，特罗洛普的中、短篇小说共有四十五篇，其中一部分收集在他亲自编选的《世界各地故事集》（第一、第二集，1861，1869）、《洛塔·施米特和其他故事》（1867）、《一位编辑的故事》（1870）和《佛罗曼太太为何抬高她的价格和其他故事》（1880）五部集子里。他的短篇篇幅大都限制在十至二十印刷页内，中篇一般约为三四万字，个别的长达八九万字。

特罗洛普曾经给他的一位想写作的美国朋友凯特·菲尔特提供了一个短篇小说的写作方式："要讲些多多少少富有传奇性质的

简单情节或故事,但仍应当是日常生活中的事件;首先要这样叙述,即让那些不大喜欢动脑筋的读者在阅读你的作品时能从中寻求到一些优美的乐趣和消遣。等你一旦掌握了讲故事的诀窍后,再试图向更大的目标发展。"①特罗洛普的中、短篇多半简洁而轻松,趣味性浓,可读性强,原因恐怕就在于此,但在结构上,相比之下,就没有亨利·詹姆斯、吉卜林、劳伦斯或乔伊斯那样精雕细琢。毋宁说他更接近于狄更斯和盖斯凯尔夫人,喜欢写些富有趣闻轶事的短小精悍的故事,不过他跟他们一样,在后期创作成熟后也写出了一些气势宏伟或精巧细致的作品,诸如《花狗酒馆》《任性的凯琴姑娘》《马拉凯海岬》等篇,堪称维多利亚时代中、短篇小说中的杰作。即使在他那些较次要的短篇中,读者也可以体会到他那独特的艺术风格和个性,这主要表现在他那幽默的自我绘像、他对人性的深沉探讨以及他对创作的独到见解等方面,而这些又往往是在他的长篇小说中较少见到的。

在创作上,特罗洛普的中、短篇和他的长篇迥然有别。他在中、短篇小说中喜欢采取素描淡写的手法刻画人物或描绘场景,幽默讽刺更为犀利,一些引起读者怜悯同情的因素也比较突出,但是通篇也不乏波德莱尔称赞爱伦·坡的短篇小说所具有的那种"统一的格调"和"强烈的效果"。尤其值得称道的是这些中、短篇的素材大都是从现实生活中撷取的,真实可信,易于让人接受,一八八

---

① 见布拉德福德·艾伦·布思编:《安东尼·特罗洛普书信集》,牛津大学出版社,1951年,第218页。

二年伦敦《旁观者》报曾对此作出极为恰当的评论："特罗洛普先生的作品一向富有情趣,短篇故事更加趣味盎然,特别是他在这些作品中把矛头指向他在社会上精细观察到的种种贪图私利或由此而身败名裂的花招诡计时,其情节更能引人入胜,这类现象也只有特罗洛普这样的社会微观学家才予以重视发掘。"①

三

特罗洛普的中、短篇小说大致可分为下列几类。

第一类是关于作家、编辑和写作的故事。特罗洛普身为作家,又主编过三年《圣保罗杂志》,对作家和编辑的生活十分熟悉,对他们所遇到的困难和问题也相当了解。他根据亲身掌握的第一手材料,得心应手地写下不少这方面的作品,例如他在《大亨》中道出了作家在创作过程中的甘苦,在《土耳其浴》和《玛丽·格里斯莱》两篇中描绘了一些一心想挤入作家行列的男男女女的坎坷遭遇,在《花狗酒馆》中刻画了一个落魄自毁的知识分子的形象。

这类故事大都穿插着特罗洛普任编辑时的经历和自我写照,正如他所说的那样,"一位机灵的绅士想方设法跟我搭讪,我闹不清他怎样知道我是一位编辑,接着他又怎样千方百计地迫使我注意他写的小文章;另有一位女士怎样使用一个挺诱人的笔名,又怎样采用同样大胆的作风跟我通讯;我这里称之为玛丽·格里斯莱

---

① 见《旁观者》报 1882 年 4 月 1 日副刊,对《佛罗曼太太为何抬高她的价格和其他故事》一书的评论文章。

那类娇小可爱的女人怎样投来稿件,哀求我予以协助……另一个可怜的酒鬼具有丰富的知识,怎样试图自拔而做出最后的挣扎,却在那一过程中自行毁灭,酿成一场可怕的悲剧;最后还有一位软弱可怜的编辑怎样在一名被退了稿的作者的诉讼威胁下差点儿给逼疯了"[①]。

特罗洛普通过这类故事还表达了他对创作的态度。总的说来,他认为作家应当养成一种孜孜不倦、持之以恒的写作习惯,创作应该是一项主动性工作。他反对写作需要等待灵感之说,认为那纯属偷懒的托辞。此外,写作又应忠实地描绘生活,言之有物,而胡乱编造是决不会取得成功的。

第二类是爱情和婚姻故事。特罗洛普在《自传》中很少提到自己的婚事,但承认自己的婚姻是美满的。我们从他的小说中可以觉察到他虽然主张男大当婚,女大当嫁,却坚信男女应该完全由自己来选择对象,不容任何人插手干预,这样的结合才是理想的婚姻;同时他深信爱情的力量是无比强大的。在《麦肯齐小姐》那部长篇小说中,他说:"一个女人的生活只有在给自己添了一个丈夫之后才算完美。同样,一个男人的生活如果没有给自己添一个妻子也算不上美满。"美国评论家 R.C.泰瑞认为特罗洛普的小说多半都"围绕着维多利亚时代这句幸福的格言转"。

然而,在特罗洛普心目中,婚姻这件事对男人来说意味着要承担一项责任,对女人来说则是一生最重要的一次抉择,需要审慎行

---

① 见特罗洛普《自传》,加利福尼亚大学出版社,1978 年,第 229—230 页。

之。因此,他在爱情故事中常把描绘的重点放在女方一边,着重刻画女人的心理状态。他虽然并没有把维护女权当作一种运动来看,却对那些没有机会受教育或生活上无依无靠的姑娘不无怜悯同情之心。他在《巴拿马之行》和《女电报员》两个短篇中就对女人这种苦难困境做出了极为深刻细致的描述和探讨。特罗洛普还曾在《良言》周刊上发表过一篇提倡女人应与男人享有同等就业机会的文章,这在当时也是颇为难能可贵的。

特罗洛普在他的长篇小说中塑造了众多年轻姑娘的形象,她们多半都在没有长辈的相助或指导下自行安排婚姻大事,诸如埃莉诺·哈定(《巴彻斯特养老院》)、玛丽·索恩(《索恩医生》)、露西·罗伯茨(《弗雷姆利教区》)、卡萝琳·沃丁顿(《伯特伦一家》)、克拉拉·阿麦德鲁茨(《贝尔顿产业》)、艾丽丝瓦瓦苏(《你能原谅她吗?》)、玛丽·洛夫莱斯(《他是波普乔伊吗?》)、阿娅拉和露西·多麦尔(《阿娅拉的天使》)等等。他的中短篇小说中的年轻女主人公也大致如此,特罗洛普愿意让她们完全由自己的高尚品德指导行动,爱情力量作为支柱,凡是出现了冲突或障碍大都来自男方执拗的母辈。西方评论家普遍赞扬特罗洛普擅长描写妇女的心理状态,佩服他在刻画女性心灵这一方面的细致入微的功力,亨利·詹姆斯一八八八年谈到这一点时曾说:

> "特罗洛普专心致志地研究英国姑娘的性格;他掌握了她,并且把她内心所想的全部翻腾出来。他从来没有把她作为无情讽刺的对象……他给予她最严肃、最耐心、最温柔、最丰富的考虑。他显然总是或多或少地热爱她,而且在这种情况下把她描绘得那么真实,使她那样牢固地站稳脚跟,独立自

主,真令人赞叹不已。但是,正如我所说过的那样,他若是爱,也是出自父辈之爱……她一向鲜明而自然。她极为恰当地发挥自身的作用。她一向面颊红润,两眼闪烁着感激的光芒。她没有丝毫病态,而且显得温柔、谦和,生气勃勃得讨人喜欢。"①

当然,我们还可以再加上那些姑娘在爱情上的执著(甚至倔强的)感情,诚实和坚贞不屈的品德。与此同时,特罗洛普并不掩饰她们的弱点,既赞颂她们的美德,也暴露她们的缺点。然而,他在塑造这些善良的普通女性时,从未背叛她们而让读者笑话她们的痴情。

第三类是圣诞故事。特罗洛普在《自传》中说他并不喜欢这类体裁,直到后期应刊物之约才写了几篇,并提出了写这类故事的看法。

圣诞故事是自维多利亚时代兴起来的,狄更斯的《圣诞颂歌》一八四三年发表后,使它更为广泛流行,此后每逢圣诞季节,各报刊便争相邀请名家撰写。对狄更斯来说,写圣诞故事的目的主要是向读者,尤其是青年读者,灌输这个节日所教导的仁爱、同情和宽容等美德,情节的展开和人物的刻画则属次要。他的这类故事近似道德说教的寓言,其中幻想、象征性和柔情成分较多,精灵鬼怪也时而出现。特罗洛普则不赞成把这类故事写得像圣诞树上挂着的儿童玩具那样的装饰品,虽说以圣诞节为背景,要宣讲美德,却仍然应该"有个真实的故事可讲,而不是为了应景而编织个故事"。因此,他的圣诞

---

① 转引自约翰·霍尔编:《特罗洛普评论集》,美国巴纳斯与诺伯出版社,1981年,第16页。

故事还是以现实生活为依据,内容多半是人间的善与恶的斗争,人物也刻画得比较真实,他们的缺点使人可以理解,美德也是力所能及的。在塑造人物方面,特罗洛普一向在作品中不把好人描写得尽善尽美,坏人勾勒得无可救药;他认为人们各自总有大大小小的欲望,实在的感情,明显的失误和可贵的品德。他的圣诞故事就是在这种令人可信的程度上劝人为善,憎恶社会上的丑恶事物。

第四类是其他题材的故事,包括旅游见闻和诙谐小品等。较突出的是一些以种种社会问题为主题的故事,这些故事揭示了资产阶级生活腐化、道德沦丧等世风日下的丑恶现象,例如长达八万字的著名中篇《佛罗曼太太为何抬高她的价格》显示了特罗洛普洞察到当时欧洲出现的通货膨胀现象给人们带来的灾难,当代著名英国作家 W.H.奥登评论这篇名作时说:"在当年所有的小说家当中,最理解金钱作用的当属特罗洛普了,甚至连巴尔扎克若与他相比,都显得太罗曼蒂克了。"

总之,特罗洛普多种多样的中、短篇小说具有朴实无华的风格和抑恶扬善的涵义,叫读者读起来丝毫也不感到费力,不仅从中获得了融融乐趣,而且会像乔治·艾略特对特罗洛普的作品给予的评价那样,"读者阅读它们等于在吸进清新空气——他们对毫无感伤色彩的善良美德充满信心。那些作品就像令人心旷神怡的公园,人们到那里去娱乐,不管想到与否,都会增进身心健康。"①

---

① 见高登·怀特编,《乔治·艾略特书信集》,耶鲁大学出版社,1954 年,第 4 卷,第 110 号。

四

由于篇幅的限制,本集中仅选译了特罗洛普七个中、短篇。这些均是他的佳作,其中两篇是有关作家和编辑的故事,其余五篇是爱情和婚姻故事。

《花狗酒馆》描述一个学识丰富的知识分子为了摆脱绅士阶层的传统束缚而脱离家庭自由自在地生活,结果却因婚姻失败,再加上环境所迫,使他不得已而为格调低下的刊物写稿糊口,内心却极端憎恶这项肮脏的工作,以致养成酗酒的恶习。他虽然尽了最大的努力企图摆脱困境,却无济于事,最后只有走向自行毁灭的道路,酿成一场令人极为惋惜的悲剧。特罗洛普在这个中篇小说中针对当时英国社会上充塞血腥而猥亵的低级趣味刊物这一现象进行了尖锐的讽刺和严正的谴责。

《土耳其浴》讲的是一个学识水平有限的人耽迷于写作,几近疯狂的程度;他要些小花招,想方设法接近编辑,以便投稿刊载,但终因作品质量太差而未能遂愿。全篇对编辑为维护刊物质量和声誉所做的努力以及种种难言的苦衷做了合乎情理而有趣的描述。

《马拉凯海岬》是特罗洛普的一篇富有民间色彩的名作。他以深厚的同情心描写了社会底层的一些默默无闻的劳动人民。生长在海边的野姑娘玛莉志气高傲,爷爷年高不能再从事劳动,她就勇敢地承担了捞取海草的艰巨任务以维持生计。后来,她虽然怨恨别人抢捞海草,但是当小伙子巴迪尔不慎失足落水时,她却舍身奋力搭救,充分表现了劳动人民的心地善良和忠厚正直。她外表上蓬头散发,粗布衣裙,可是精神上却闪烁着多么美而高尚的火花!

《巴拿马之行》体现了特罗洛普擅长描写妇女心态的特点。无依无靠的女主人公维纳，在那世态炎凉的社会里，被迫出国嫁给一个年老的富翁。特罗洛普以十分同情的笔触，细致地描写了维纳心理上对这种肉体买卖加诸妇女精神上的折磨。这篇小说鲜明地触及了十九世纪中叶英国平民知识妇女的处境和出路问题，反映了妇女在社会上远远没有获得平等的权利。

《鲍什妈妈》写一个寄人篱下的孤女不幸的遭遇，特罗洛普对那种不近情理的包办婚姻所造成的悲剧给予严厉的批评。他把这篇故事的背景选在异国，无非是为了加深他那种对普天下人们的行为大抵相似的看法。他曾经写信给他的出版商，说明他游历国外所写的一些短篇小说是把重点放在"我所遇到的人们的社会处境……他们的作为、渴望、成功和失败上"，而不着重于旅行的经验和景致的描绘。这篇悲剧性故事虽然写于一八五九年，但在当今一些地方，包括我国在内，似仍具有一定的现实教育意义。

《女电报员》是特罗洛普唯一一篇描写英国女职工生活的作品。年轻女电报员露西为人正派，勤劳憨厚，依靠微薄的工资自食其力地生活；在同伴患病后，尽管自己的生活已经相当艰苦，她仍然节衣缩食，慷慨资助，充分表现了阶级友爱的情谊。她憎恶年轻女人轻浮挑逗的举止，反对女子修饰打扮以博取异性的垂青，最后她终以纯朴的外表和善良的心灵赢得了美满的婚姻。这篇感人的故事生动地反映了英国女职工艰苦的职业生涯，无怪乎不少西方历史学家和社会学家认为从特罗洛普的小说中可以找到十九世纪中叶英国社会上种种真实情况的写照。

《任性的凯琴姑娘》是特罗洛普的一篇著名中篇小说，全篇充满了浓郁的地方色彩。故事围绕着奥地利山区的一个任性的姑娘的婚姻大事展开，她要么嫁给一个阔绰而年老的旅店老板，要么同年轻英俊的穷马车夫结为伴侣；她通过一系列心理斗争和非凡的行动，理智压倒了任性，终于作出重大的抉择。值得一提的是这个中篇的写作方式在当今英国已经近乎绝迹，而在十九世纪则为司各特、斯蒂文生、康拉德、亨利·詹姆斯等名家经常采用。特罗洛普这个四万字的中篇近似长篇小说的布局，共分十章，结构严谨，叙述明净，在创作上似仍具有值得借鉴之处。

安东尼·特罗洛普的作品至今在我国介绍得不多，希望这七个中、短篇能使读者对这位名家有所了解，从而进一步对他的作品产生兴趣。

梅绍武
1988 年 12 月

花 狗 酒 馆

第一部　希　　冀

几年前,我们①收到下列一封信——

敬爱的先生:

我给您写信,是想要求做点文学工作;您如果办得到,当请提供给我。我对这类工作的能力不小,学识也还相当可以。这种需求对我来说至关重要,但是我对报酬的要求却不高;我曾经在一个公学受过教育,后来是剑桥某个学院的进修学者。由于跟导师发生了一场争执,我没取得学位就离开了那所学府。是被勒令退学的,不许再返校。嗣后,我在大法院里当了一阵子见习生。接着又在巴黎住了几年。我懂法语,也能说法语,就好像那是我的祖国语言一样。完全为了文学上的目的,我也同样精通德文,我还阅读意大利文书籍。拉丁文我当然通晓。至于希腊文,我只想说全国的学者在这方面十之八九比我浅薄得多。我熟读古代史和现代史,尤其对政治经济学颇有研究。一个有教养的人必备的其他学识,除去自然哲学②之外,我一概没有忽略。我能用英文写作,而且写得很快。我是个诗人——至少我个人是这样估计的。我不是一名基督徒,品质也经不住审查——我这样说,是想让您明白,倒不是我有什么偷摸拐骗的毛病,而是指我住在一间肮脏的寄宿公寓里,大部分时间泡在酒馆里,也没钱付清那些我四处取得信任的杂货商催款的账单。我已有妻室和四个孩子——这种负担简直叫我没法儿无忧无虑。我刚过四十岁,由于没法理解三位一体③的说法而跟自己家庭早就闹翻了，因此身边压根儿也没有过一张票面为十镑的钞票。内人不是个高贵女人。跟她结婚纯粹是由于我决定摆脱那种所谓的"绅士"阶层的传统束缚而宁愿混在下层社会圈子里自由自在地生活。我的一生当然是个错误。真格的，生存本身——不就是一桩蠢事吗？

目前有两三家廉价惊险刊物的编辑部雇用我写稿。贵社致力于高雅的严肃文学，也许从来没听说过什么"廉价惊险刊物"。我给他们写的全是我们这伙人自己称之为"血腥而猥亵"的玩艺儿——他们各家相互转抄登载。我为此每周挣四十五个先令。只要每周给我三十个先令，我就愿意干贵社交下的任何工作，暂定为期六个月。我写这封信，是想把自己从目前污秽的处境中解救出来的最后一着了，可我并不存一线成功的希望。贵社如需要，我当前来拜访；除非贵社有意雇用我，千万别派人来找我，因为我为自己感到害臊。我住在格雷协会④街黄瓜大院三号——不过，如蒙赐函，即请寄至酒池街花狗酒馆格里麦斯先生转交可也。现在我已经把自己的身世和盘托出。贵社如果愿意，当可助我一臂之力。我并不指望此信会得到答复。

朱利叶斯·麦肯齐敬启

他确实把身世全都告诉我们了，他描绘的那种生活情景又是多

---

① 这里"我们"是指笔者所在的编辑部。
② 旧时用以指自然科学，特别是物理学。
③ 三位一体，神学名词，指把上帝、耶稣和圣灵看作一体的那种说法。
④ 格雷协会，伦敦四个具有授予律师资格权的法学协会之一。

么触目惊心呵！信里有些事没法儿不引人注意，不可能叫人只看一半就把它扔进废纸篓，毫不理睬。我们的确从头到尾看了一遍，也许两遍哩，然后便考虑信中真真假假的成分。那人当真是个上过某某公学的男孩，后来又是那所学院的一位学者吗？我们心中推断，就这方面来说，那番叙述还算真实可信。但是，他放弃依赖亲朋阔友的支持，到底是出于自称的那种认真考虑，还是另有其他造成这种断绝来往的不可告人的理由呢？我们在这方面不大信得过他。此外，他对自己的才能所下的断语，我们又能相信到什么程度呢？我们觉得除去他自封为诗人那一点之外，其余还都可信，只给打上一个小小的折扣。一个人懂不懂法语，自己心里完全有数，可是对自己创作的一行行押韵的玩艺儿究竟算不算诗却可能相当无知。他说他不信教，品质也经不住审查，这一点我们倒能领会。暗喻自杀那句话我们权当愚蠢的吹牛。我们庆贺他有四个孩子，却对他的妻子还不大了解。他声明自己一贫如洗，这我们也能相信。那段关于"传统束缚"的废话，则姑妄听之。他说他的一生是个错误，倒向我们道出了福音书中的真理。

至于所谓的"廉价惊险刊物"和"血腥而猥亵"，我们确实压根儿也没听说过，不过一个像我们这位通信者如此有才华的人居然为了每周挣四十五个先令而肯给那些廉价刊物写稿，我们倒认为这种做法委实不足取。然而现在却有一位获此报酬的人宁愿舍弃这种交易而同另一家只需给他三十个先令的杂志社打交道，这倒叫我们不可思议了。他谈到自己目前那种污秽处境时，我们都为他感到心酸。我们很了解那种境遇，可以准确无误地揣测出那位知识分子的落魄状况；他原本对文学事业怀有一片雄心壮志，却不幸掉进那个几乎把文学行当团团围住的、令人绝望的深渊。在这方面，我们像同舟共济的兄弟那样偏袒他。临到我们一想到酒池街花狗酒馆和格里麦斯先生就觉得还是不复信为妙——我们这样决定，按照他本人的说法，也不会叫他非常失望。朱利叶斯·麦肯齐先生呵！也许就在这一时刻，那些阔绰的叔伯姨婶正因为他一味在花狗酒馆里贪杯而扣紧腰包来反对他这位罪人咧。麦肯齐家族确有不少阔人。造成这种局面也可能是由于对三位一体缺乏理解的异端过失，可我们发现如今大多数家庭里，怀疑如此神圣的论题尽管大逆不道，却还不至于像一头栽进花狗酒馆那样严重而构成敌对的理由。这类麻烦事如果全是花狗酒馆造成的，我们即使插手干预，也会无济于事。

我们彻底打消了复信的念头，可是过了一天，我们忽然想到那些变成不体面的酒鬼的家伙不会在求助时把自我厌恶的心情倾吐出来。这人如果确实嗜酒成性，也决不会告诉我们他同酒馆有交往。他或许时常泡在酒馆里，却又痛恨自己这种行径。我们越这样想，越认为那封信的要点大概可靠。看来此人有意说实话。

赶巧那当儿有人要求我们为一部学术手稿三卷本编个索引。那家打算出版这部著作的出版商本来已经请一位职业编纂者搞过一个索引，可是编得实在太糟，根本没法儿用。干这种活儿得有点古典文学修养，尽管至多不过是熟悉罗马和希腊作家的姓名罢了，或许还得对后世诸家编纂者和注释者的大名略知一二。那位承担此项工作的先生分明失败了；我那位事业心很强的出版商朋友，某某先生，对我说谁要是能出色完成这项任务，他愿意慷慨支付二十五镑酬金。这个活儿在性质上明明微不足道，却需要一名学者卓越的学识，而且至少得花两个月工夫才能完成。起先我们看不起那个价儿，就说要求一位学者为如此菲薄的报酬而花费很多时间和劳动,实在难以启齿;但是,对朱利叶斯·麦肯齐先生来说,干两个月活儿净挣二十五镑,显然会是天赐之福。麦肯齐先生要是当真具有他所自夸的那种学识,照他所说的那样通晓拉丁文,全国的学者在希腊文方面"十之八九比我浅薄得多",没准儿可以挣这二十五镑。我们实在不知道还有谁愿意为那点钱而肯正经八百地干那个活儿。于是,我们就写信约请朱利叶斯·麦肯齐先生前来会晤。我们的信虽然写得简短而谨慎,却也客客气气。一个如此有才华的人竟会为环境所迫而提出这种急需的要求,我们对此深表遗憾。可是我们没法儿应许什么;他如果应约前来,不会给他增添太多的麻烦,我们也许能建议他干点儿什么。朱利叶斯·麦肯齐先生在我们约定的那个钟点准时来到了。

他那副外表叫人见到真是说不出来的难过,至今我们仍然记忆犹新。他是个高个子,瘦骨嶙峋——受鞭笞者被捆绑在上面的那根柱子叫人联想到坚硬挺直,这个站在我们面前的人要不是哈腰曲背,我们真能说他瘦得简直像那根柱子了。大脑袋好像在奇窄的胸脯上面朝前探着。背弓着,两条腿弯曲得动摇不稳。他说他四十出头,我们曾经怀疑,如今更加怀疑,他是不是虚添了岁数,好歹为自己那副憔悴的倦容找个借口。他长着一头乱蓬蓬、脏里吧唧的厚发,色深而不黑,岁月还没有让它开始灰白。他留着勉强蓄起来的胡子,马马虎虎修剪过,茬儿多,参差不齐——仿佛是用钝剪刀在离下巴颏儿不到一英寸那儿剪过似的。他有两枚凸出而难看的牙齿,腮帮子塌陷。两眼也深陷,却炯炯有神,把整个脸都照亮了;所以不可能叫人一边瞧着他,一边认为他是个完全无足轻重的人物。他的两道眉毛又浓又粗,长得挺像样儿,眉宇间没有一根滋出来的硬汗毛——这对眉毛给他的容颜增添了不少气派。鼻子修长而匀称——可是红得像一颗硕大的红宝石。我们一看到他，就不由得把那个鼻子跟花狗酒馆联系到一块儿了。那不是一个长脓疮的鼻子，不是一个布满许多小颗粒红宝石的鼻子，而是一个长得蛮好、平平滑滑的红鼻子，一颗本身闪亮的红宝石。他穿一件挺长的棕色厚大衣，领子扣得严严实实，下摆几乎挨到了脚面。滚边磨破了，纽扣眼儿也破烂不堪，露出一半纽扣，绒领脏得五花斑驳。这正是十二月，需要穿件厚大衣，可是这件厚大衣看上去倒像是他因为实在没有别的衣服可穿才穿上的。甭说内衣，就连绒衬衫都没让人看到一寸。大衣下摆下面我们只看见一双破靴子和两条脏裤腿儿，那条裤子也已经破烂得简直到了没法形容的地步。我们一见他这副寒酸样儿，心里不由得嘀咕此人难道真是上流人家出身，眼下还是位学者吗？然而，他那股神情却叫我们相信他的自述完全真实可靠。我们瞧着他，觉得他确有敏捷的智力，称得上是个了不起的家伙，决不会对自己并没掌握的学识胡乱吹嘘。我们跟他握手，请他坐下，对他竟会落魄到这般地步低声说几句深表遗憾的话。

"我已经习惯了。"他说，语气中非但没有难为情的意思，反而还带点幽默感哩；一举一动也没有流露出低三下四的乞求样儿。他在我们对面坐下来，我们就拿起他那封信，又看一段，然后说我们不大明白他要养活妻儿子女，怎么居然会为了仅仅想改换一下工作性质就情愿放弃三分之一的收入呢。"你们不明白给那些廉价惊险刊物写稿子到底是怎么回事，"他说，"我每天得干七小时的活儿，却厌恶自己所写的玩艺儿。我一寄出那封给你们的信就后悔了。我知道只有傻瓜才存希望。可我还是把信寄出了，于是就来到了这里。"

我们一边观察他的鼻子,一边觉得我们在向那位学者朋友,某某博士建议把他的手稿交到朱利叶斯·麦肯齐先生手中之前需要十分小心。如果那是一本印好了的书,那就不会担什么风险,可以试试看,可是我们那位朋友煞费苦心写成的高深论著还没有达到进印刷所那份荣誉。我们曾经怀疑它是否真有可能给印成书型,然而我们那位朋友不但是个有学问的人,而且生活富裕,迄今为止已经下定决心非把它出版不可。他希望无论如何也得把这部著作搞得完完整整,因此他所委托的那家出版社就找到我们,愿意付出索引编纂费二十五镑。但是,那部手稿万一出了什么岔子,他可就会失声恸哭,倒不是为了自己而是代表整个学术界痛失良著。所以我们必须小心谨慎。我们又假装看那封信,好赢得时间做出决定,因为我们真让那只闪亮的鼻子吓住了。

这里要向读者交代一下,那个鼻子绝不是巴道夫①式的。我们如果读过莎士比亚作品,想必记得巴道夫的鼻子颜色和尺寸都挺吓人。它真像一口缸,所有从依斯脱溪泊那家酒馆地窖蒸馏出来的神圣粒子全上升到那里面去了,至少舞台演出给我们留下这样一种印象。眼下我们面前的那个鼻子却是端端正正的,要不是颜色怪,真可说是个挺威严的鼻子——因为鼻子这个器官往往体现统率的威力。我们正在琢磨这件事,拿不准该不该把我们朋友的

---

① 巴道夫是福斯泰夫的仆从,由于好酒贪杯,鼻子特大而光亮,福斯泰夫称他为"明灯武士"。见莎士比亚剧作《亨利四世》《亨利五世》和《温莎的快乐娘儿们》。

手稿交给他，麦肯齐先生却插嘴道，"你们大概认为我是个酒鬼吧。"这个家伙靠天生的智力居然看透了我们内心深处的想法。

我们刚一抬头观望，那人已经站起来了。他尽管弯着腿，哈着腰，却仍然高耸在我们面前。那股犀利的目光和那个几乎使他显出威严气派的鼻子，一下子把我们都镇住了。那件棕色旧大衣也好像大得出奇。他已经猜出我们的想法，我们不敢否认，只觉得脸上泛起一阵怯懦而无趣的微笑，就跟听到伙伴自我贬低时略表同意而鄙夷一笑那样。依我们之见，这种表情最怯懦，也最叫人讨厌。我们完全无意那样做，可又明知脸上正挂着那种笑容。"你们当然在那样想。"他说，"我过去是个酒鬼，现在不是了。没关系——我真希望你们没叫我来。我这就走。"

说着说着他就要告辞，我们却把他拦住了，费尽唇舌向他保证绝无半点冒犯他的意思。他否认受到了什么冒犯。这类事他早已见怪不怪，根本不会"叫他沮丧"。他竟然道出了这样令人心碎的话："我早就不会生气了。你们当然把我当成酒鬼。我原本还会是个酒鬼，只因为——"

"只因为什么?"我问。

"算了，"他说，"我不想再废话麻烦你们啦。我猜想你们根本没有什么可以让我做，对不对?"我于是向他解释，倒是有一件他可以干的活儿，却要看我敢不敢交托给他啦。我费了点劲儿才叫他又坐下来，听我讲明情况。我对他所提到的贪杯嗜好——照他现在所说，一种以前的嗜好，深表不安，可是对他的博学多识却深信不疑。我甚至确信他会对这方面的任何提问都能给予令人满意的答复，不会出现困窘。我们很快就发现在古典文学方面确实难不倒他。刚一提到那部论著的书名和性质，他就兴致勃勃地大谈特谈起来,尤其叫我们万分满意的是他起码对版本扉页这方面的知识非常熟悉。我们不禁担心他会不会对我们那位朋友的成就给予过分苛刻的评价。"这位博士只是一位业余著作家。"我们说,事先要求这个长着酒糟鼻子的家伙别太运用自己博学的知识。"就希腊和拉丁文学来说,"他说,"这里没有超出浅薄涉猎的范围。"他要是没在花狗酒馆里厮混而当上了《星期六评论》周报社编辑,该会是一位多么令人敬畏的人物呵!

我们想赶快结束这次谈话,就说我们会跟那位完成这部手稿的、学识渊博的博士磋商一下,并且暗示当然希望有人能为他的身份能力作一个证明。他居然厚着脸皮说——也许我们应该认为是大胆而真诚地说:"花狗酒馆老板格里麦斯先生,比谁都更了解我。"这真叫我们大吃一惊。"我并不是叫你们去向他打听我会不会拉丁文和希腊文。"麦肯齐先生说,"这方面该由你们自己来发现。"我们叫他放心,这方面已经不存在什么问题。"不过,他可以告诉你们,我决不会把你们的手稿典当掉。"这人如此豪迈,倒叫我们十分诧异。我们暗示总得有人对他的文学修养这一方面作个证明啊。那位每周付给他四十五个先令的先生——简而言之,就是那份"廉价惊险刊物"的老板,总可以告诉我们一些有关他的情况吧。他于是在一张碎纸片上写下一个姓名,又添上弗里特街附近的一个地址,我们记得在那儿见过一家杂志社的招牌,这当儿才晓得那原来是一种"廉价惊险刊物"。

告辞之前,他又站起来侃侃而谈,虽然我们也站了起来,他还是比我们高出一头。正是由于他低着脖子跟我们交谈,再加上天生来长得就高,无形中给他增添了一种十分优越的气势。他似乎使我们显得渺小,黯然失色,而且他自有一套对付我们的办法,因为他能低头俯视我们。壁炉前那块地毯上面有个脚凳,我们记得原想站在上面,好避开他的监视,可我们给绊倒了,只好一脚把它踢开,这一小小的挫折更增添了我们的自卑感。"我并不期望从中得到什么优厚的报酬,"他说,"我压根儿也没有那样指望过。除了贫穷之外,我还有其他种种不幸,简直倒楣透顶。"

"身体不大好吗?"我们问。

"不是——不完全是个人的事——不过没关系。我不该再拿自己的身世来打搅你们啦。你们若能帮我这个忙,那就可以把我从彻底落魄的处境中解救出来。"我们便向他保证,一定尽力而为;他答应过一个星期再来,随后就走了。

于是我们便为他采取种种步骤,首先想做的事一开始几乎使我们觉得荒唐可笑。那就是我们到花狗酒馆老板格里麦斯先生那里去打听一下朱利叶斯·麦肯齐先生的情况。格里麦斯先生尽管真的开着那家酒馆,仍然可能是个通情达理的人,说不定还是个正大光明的人。反正他要么告诉我们一点什么,要么什么也不肯说,从而证实我们的怀疑还是有一定的道理。我们在一小间挺整洁的后客厅里找到了格里麦斯先生,他正坐在里面,另外还有一位身穿黑丝袍、头戴小便帽的女郎在内,她那副外表尤其使我们惊叹不已,我们很快就发现那原来是格里麦斯太太。我们要是大胆运用自己的智慧来想象酒池街花狗酒馆的老板娘——格里麦斯太太的形象,准保跟眼前这位女郎的仪态大相径庭。她年轻漂亮,身材苗条,而且爱耍弄字眼,尽管偶尔犯些语法上的错误,这一点几乎叫我们觉得似乎有责任应该经常来这家酒馆打听朱利叶斯·麦肯齐先生的情况,顺便也好纠正纠正她的小错儿。格里麦斯先生四十岁上下——看来比他太太整整大十岁——一双灰眼珠,目光锐利,我们从他的嘴和下巴可以判断出他只要想干，就准能在午夜过后把捣乱的顾客轰出酒馆。我们连忙说明来意：麦肯齐先生找过我们，要求做点文学工作，他们可不可以跟我们说说他的来历。

"就拿写作这类玩艺儿来说吧，他跟全伦敦的作家一样聪明。"格里麦斯太太带劲儿地说。她的看法也许言过其实，却很有分量。我们说明目前特别想知道的是这位先生的品格和生活方式。格里麦斯先生对我们很有礼貌，坐在那里默默沉思该怎样回答才好。他那位更加友好、更加容易动感情的太太又准备打保票啦。"再也找不到哪位活着的绅士比他更诚实了——我说他是一位地地道道的正人君子，虽然有时穷得连件衬衫都穿不上。"

"我可认为他从来也没富裕得买得起一件衬衫。"格里麦斯先生说。

"我真想拿一件你的衬衫送给他，约翰，可我知道他决不会接受的。"格里麦斯太太说，"对了，您瞧，先生——我们对他很有感情，不管他手头有钱没钱，只要他想要点什么，那边那个年轻的女堂倌都会给他。他如果要一杯喝的玩艺儿——热饮或冷饮啦，啤酒或烈酒啦，她都不敢跟他提钱。是不是这样，约翰？"

"依我看，她可蠢得要命。"格里麦斯先生说。

"一点儿也不蠢；换了是我在那儿，也会那样；连你也会的，约翰。麦肯齐要什么，他就给什么，从来也没拒绝过。"格里麦斯太太一边说，一边举起拇指指着站在炉前地毯那边的她的丈夫——"我是说要酒和饮料什么的。可他在这家酒馆里从来也没有不付钱而白喝过一杯酒，也从来没从那个小筐子里取过一块饼干吃。麦肯齐是位地地道道的正人君子。"

这段证词很有分量，但是我们还没完全弄清真相。"他酒喝得很凶吗?"

"不凶,不凶,"格里麦斯太太说,"从不越轨。"

"他有许多不幸的烦恼。"格里麦斯先生插嘴道。

"这倒是实话,"那位女士说,"他遇到了可以说是天底下最烦人的事。你要是遇到那种麻烦,约翰,该怎么办?"

"我知道你该怎么办。"约翰答道。

"他娶了一个不争气的老婆,糟透了。"格里麦斯太太接茬儿说,"谈起喝酒——那个女人为了酒,样样事都干得出来。大冬天,她会剥光自己孩子身上的衣服,拿去当掉换酒喝。为了一口酒,她会夺走丈夫的口粮。她本人啊——可连一丁点儿女人的尊严都不顾了。她太乐意醉倒在街沟里,好让人把她收容起来——还有嘴里说的话,身上披的破衣烂衫,先生,她真是连一点女性的廉耻心都没有了。"

格里麦斯太太很有口才,使用鲜明字眼描绘了那桩"天底下最烦人的事"。这就是那个倒楣的家伙为了摆脱上流社会的"传统束缚"而娶了一个不正派的女人所得到的下场!但是,太太酗酒并不能说明全部问题。他本人那个酒糟鼻子也是一项对他不利的证据啊,何况他承认自己以前也是个酒鬼。"他本人不是也曾经好酒贪杯吗?"我们问。

"他当然贪过杯。"格里麦斯太太答道。

"人世间过去对他太不公道了,先生。"格里麦斯先生说。

"可他现在戒了,"那位太太接着说,"他要是还在喝,我们起码没见到过。至于那个女人,她不愿意在我们这儿露面。"

"丈夫和老婆往往不从同一头母牛身上挤奶喝。"格里麦斯先生插嘴道。

"麦肯齐可是天天待在我们这儿。"格里麦斯太太说,"他只要身上一有六个便士,就来这儿买一杯啤酒和一点吃的。我们还多奉送一些,这倒是事实。我们了解他现在的为人,也了解他过去的经历。论学识嘛,先生——无论什么语言,对他来说,都一个样儿,他全懂,就跟我懂得教义问答一样。"

"你不能为他说些比这更中听一点儿的话吗,波莉?"格里麦斯先生问。

"你不是也经常谈起教义问答吗,约翰?还说一个人不该再分心想到任何别的事情上面去——当然,管好花狗酒馆,又当别论。可是麦肯齐啊——他却记得整本整本净是学问的书。这儿来过几个外国人——我不知道他们是打哪国来的,反正不是从法国也不是从德国来的,可他跟他们聊起来,就好像他根本不是出生在英国似的。我认为从来也没有一个人像他那样有学问了。他会没完没了地朗诵自己作的诗,让你觉得就像蜘蛛吐丝织网那样倾吐出来似的。"我们不由得想到这间小客厅里必定出现过这样一种美妙而友好的情景:那个落魄文人在织他的网,格里麦斯太太坐在那儿,把毛线活儿放在膝头,着迷而钦佩地倾听着。谁经过这家小酒馆,都决不会想象到里面竟会出现这样一种景象。但是,人间确有许多叫我们料想不到的事!

格里麦斯先生又说了几句话就结束了我们这次交谈。"说实在的,先生,你要是能雇用他干些像样儿的活儿,就是在帮助一个见过好日子的人,一个只想得到帮助而能再见到好日子的人。他的学问全在这儿呐。"格里麦斯先生用手指指着自己的脑袋瓜。

"他的学问也在这儿呐。"格里麦斯太太一边说,一边把手捂在心口上。于是我们对这两位十分友好的朋友说,如果有必要跟麦肯齐先生进一步磋商的话，我们还可能再来打搅他们，然后就告辞了。他们夫妇俩确实提供了许多令人鼓舞的情况，并且保证随时欢迎我们再来，格里麦斯先生还亲自把我们送到门口。我们由此而对花狗酒馆产生了良好的感情。

从那儿出来，我们就径直奔向弗里特街附近那家"廉价惊险刊物"社。一路上，我们不得不思考格里麦斯太太说的话。那桩天底下最烦人的事！我们承认这全是大实话。人世间难道还有什么比一个堕落的妻子给丈夫带来耻辱更叫人心烦的事吗？我们刚跟格里麦斯先生分手——在那段访问期间，我们对他也确实了解不多——尽管如此，我们还是很有把握地看出他为自己的身份地位感到得意，管自己叫做老爷啦，店掌柜啦，格里麦斯太太的丈夫啦，还可以从他在自家门口走进走出的步态看出他对自己的门庭没什么感到难为情的地方。他在外头可以跟别人谈论自己的"夫人"，确信他所描绘的形象会给自己增添光彩。然而，朱利叶斯·麦肯齐呢，他一想到自己的老婆，脑海中就会浮现什么样的形象呢？我们记得他在信中说过"我已有妻室和四个孩子——这种负担简直叫我没法儿无忧无虑"。一想到这句话，连带方才在酒馆里听到的情况，我们原先看那封信时觉得那句话带有的夸大其辞的腔调，现在全消失了。有一个毫不在乎让人从街沟里揪起来收容的老婆，一个竟会把自己孩子的衣服典当掉换酒喝的老婆，这想必是一桩最烦人不过的事喽。

我们觉得没必要奉承那家雇用麦肯齐先生写稿的杂志社工作人员，不过我们还是尽力想表示友好，在举止和语气上装出一点同行的亲密劲儿。我们等了好久才给引见到一位先生面前，他坐在一间昏暗的斗室里，跟我们交谈时就把凳子转过来对着我们。我们相信他就是那位负责出版不止一种"廉价惊险刊物"的编辑,在他监管下,十来部连载小说正在同时发表呐。"哦!"他说,"你们也在耍这种把戏吗?"我们叫他放心,我们根本没耍什么把戏,只不过有一种想帮助一名不幸的学者的愿望罢了。"见他的鬼,"我们那位哥儿们说,"麦肯齐在这儿干得挺欢,何必要到别处去呢。说到头来,他毕竟是个酒鬼。你们想把他收买过去,是不是?你们不会把他留住很久的——到头来他又会挨饿。"我们向那位先生保证毫无收买麦肯齐先生的意思,并且摆出我们对文学行当属于自由职业的看法,因此麦肯齐先生向我们申请工作一点也不能算错;我们尤其不赞成那位哥儿们对他的严厉指责,而且要求他先不要做出什么决定,因为我们还不能完全肯定是否有什么文学工作可以提供给麦肯齐先生做呐。"没关系,"那位哥儿们说,把凳子转过去。"反正他不能同时给咱们两家干活儿——就是这样。他在这儿一周一周地挣他那份口粮,我猜想你们不会对他照顾到这般程度吧。"我们随后就离开了那里,抖掉脚上的尘土,对今后文学的伟大发展感到莫大的困惑。过去我们根本不知道有这类刊物存在——可它们确实存在,而且流传到成千上万的读者手中,使他们在生活和思维方式上或多或少都受到那些故事的引导。

但是,那位哥儿们说的话也可能有些道理。麦肯齐先生如果接受我们建议的工作而放弃目前干的活儿,会不会有损而无助于他的前程呢?我们只认识一位有学问的博士愿意自己掏腰包请人为他的手稿编制索引。至于让他给我们这家杂志写稿嘛,我们可太了解这门行业了,深知与其说麦肯齐先生博学的才华很可能有助于他试试这种工作,还不如说他近来的写作锻炼可能使他不那么适应了。一个人也许能看懂甚至能说十几种语言——"就好像他根本不是出生在英国似的"——却不见得能写出我们与之打交道的那种适合读者口味的时髦文章。他也可能好高骛远,写出来的东西高雅得不适合我们的要求。我们并没把头仰得老高,自命不凡。不过,仰的高度恰与某种类型的写作相适应。我们方才拜访的那位先生无疑需要另一种截然不同的写作风格。也许麦肯齐先生已经完全适应他目前那帮读者的需要了。即使不是这样,我们也没法答应每周付给他四十五个先令,就连他只要三十个先令都办不到。真格的,再也没有什么比这种试图好心帮助一位中年人调换个工作岗位的事更悬乎的了。

我们想等麦肯齐先生再来时,把这一切都跟他讲明。这段期间,我们见到了那位博士,他十分乐意周济那位不幸的文人。听完我们的叙述,他真是着了迷,仿佛心目中已经看到他巴望的那项工作业已完成得那么完美无缺,肯定会使后世学者受益匪浅。他起先很想邀请朱利叶斯·麦肯齐到他身为教区长所住的宅邸去做客,我们向他解释目前恐怕还不太适宜;尽管如此,他还是幻想着跟那人建立深厚的友谊,那人可以跟他一块儿讨论古希腊文那个已废去的字母"F"啦,那人想必研究过希腊诗歌韵律,对波尔松①规定的准则有自己的见解啦,等等,等等。于是,我们拿到了那部手

① 理查·波尔松(1759—1808),英国博学多识的学者和评论家,记忆力特强,在古典文学上享有盛名,曾在剑桥大学三一学院任希腊语文教授。主要功绩在于订正埃斯库罗斯和欧里庇得斯的悲剧全文。他还精通法国文学、莎士比亚、弥尔顿、斯威夫特以及一些古代作家的著作,学识丰富得无人能与他相比。但他嗜酒如命,最后倒毙在街头。

稿,得到了我们朋友的许可把它转交给麦肯齐先生。

　　麦肯齐按约定的时间又来拜访我们,鼻子好像红得更厉害了。我们察觉他吐出来的气息有股令人沮丧的酒味儿。格里麦斯太太说过他喝酒,却从不越轨,可是怎样才算不越轨呢?一个酒馆老板娘——即便她是格里麦斯太太——在看法上很可能跟我们大有出入。我们发现他好像更加粗俗,更加褴褛,几乎可以说更加狼狈不堪了。在前一阵子考虑他要求的过程中,我跟那位"廉价惊险刊物"的哥儿们,跟那位博士,甚至跟我自个儿研究磋商时都一直在袒护他,因此我可能把他估计得过高了。眼下,我见到他这副模样,当然没法儿相信他像个值得信赖的人。警察若在街头拐角发现他,肯定也会对他监视片刻的。他就像一般从小酒铺出来的人那样紧裹着那件旧大衣。两只眼睛还跟先前一样明亮,可我们觉得他把嘴角撇得更难看了,鼻子也更红了。我们几乎对他不再抱任何幻想。一开始,我们没跟他提起花狗酒馆,只说我们担心他一旦接下我们目前手中的一项工作,就会丢掉斗室里那位先生给他的更加持久的活儿。我们还向他说明今后不能保证继续给他工作。

　　他咒骂起那位坐在斗室里的先生来了,骂得那么凶,真叫我们大吃一惊;这样一来倒使我们多多少少恢复了那种对他几乎已经丧失的尊敬。很难解释我们为什么因为他咒骂得这样厉害,反倒尊敬他了。我们其实并不喜欢咒骂,要是哪位年轻投稿人在我们面前如此放肆,我们至少也会皱起眉头,表示不满。可我们并没对朱利叶斯·麦肯齐皱眉,却站起来,抬头瞧着他的脸,又觉得这人非同小可。我们尊敬他,也许是因为他一点儿也不怕我们。接着他表明他才不在乎——我们敢说,真是一点也不在乎——那位斗室里的先生。他很了解那位斗室里的先生,那位斗室里的先生也同样了解他。只要他把稿子送给那位斗室里的先生,后者就会求之不得地买下来,两百五十字一页,出价六便士。这是他写小说的稿酬标准,每周能挣四十五个先令。他不怕那位斗室里的先生。他跟那斗室里的先生吵过嘴,两人彼此心照不宣,谁也甭说谁。他还暗示另有一批斗室里的先生,他也跟他们打过交道,其中没有一位愿意每周给他超过四十五个先令的待遇。因此,他不得不坐下来,每天都得耍七个小时笔杆子,每个月用的纸张笔墨还得由他自己从这笔钱里掏出十五个便士来购置。他曾经抱怨待遇太低,罢过一次工,因而有一两个美好的月份居然争取到每页稿子卖到七个半便士,可是那位斗室里的先生后来对他说这样下去可不行。他们也得活命啊。他写的玩艺儿固然吸引人,每页超过六便士的价格却不符合他们的行情。朱利叶斯·麦肯齐先生气呼呼地跟我们说了这一切。等我刚一提到格里麦斯太太,他的口气就变了。"嗯,"他说,"他们大概会说我两句好话的。他们夫妇俩是我如今最要好的朋友了。我觉得你们不应当太相信她,因为她也许为了要帮我的忙而会说瞎话。"我们叫他放心,格里麦斯太太说的每句话我们都相信是真话。

经过一番斟酌之后,我们便告诉他,那位博士已经授权让我们把那部著作交托给他,接着就把三卷手稿放在桌面上。他如果愿意承担这项工作,并且干起来,一旦完成,每卷便可以得到八镑六先令八便士的酬劳。此外,他要是真的安心干这个活儿,我们还可以通过格里麦斯太太预先转交给他一小笔款子。他起先显得十分高兴,我们向他解释怎样编这个索引的时候,他快速翻阅手稿,显示出他起码懂得这项工作的性质。可是,等我们一接触到细节,他就变得不那么高兴了。这个活儿在哪间工作室里干呢? 我们一时差点儿想告诉他干脆就在我们自己这间办公室里做呗；幸好我们犹豫了，想到他一连两三个月跟我们厮守在一块儿，没准儿真会把我们也一齐毁掉咧。看来他目前有时在花狗酒馆，有时在自己的住处写稿。他一句话也没提自己的妻子，可我们理解他有时根本没法在家里干活儿。他并不想隐瞒在家里干活儿会有危险，也没要求立刻把手稿都带回自己的住所去。我们明白他要是想干起来，就得全部拿回去，因为这种活儿不可能分开来干，而需要前后来回参照。"我的处境很糟——确实糟糕透了。"他说。我们表示这部手稿万一遇到什么麻烦，出了岔子，我们可就吃不了兜着走啦。"那我还是放弃的好。"他又高耸在我们面前，一边直晃脑袋，一边说，"我没法儿期望别人信赖我。"我们却决定不应该就这样轻易地放弃。与其放弃，还不如由我们想方设法替他租个工作地盘，好歹安排一下。虽然我们给他找个房间得从那笔酬金里拿出每周十先令的租金，可是这项交易对他来说还是大有好处的。最后我们决定再去一趟花狗酒馆，跟格里麦斯太太商议一下。我们觉得一定可以跟她一齐给这个不幸的非凡人物安排那么一个行善计划。于是我们对他说，让我们再考虑考虑，然后就寄封信到花狗酒馆，他第二天早晨便可以收到。他恢复了信心，把大衣裹裹紧就告辞了。

　　他走后，我们便坐下来，一边瞧着博士那部手稿，一边琢磨自己办的事到底对不对。那部多年苦心经营的论著就放在那儿，我们那位年高德劭、可亲可敬的老朋友一心想靠它使自己跻入当今伟大的评论家行列。说真的，我们并没料想他会得到那份殷殷期望的荣誉，而是担心他会失望。如今人们对用词准确和诗歌韵律的热烈讨论并不像一百年以前那样流行了。很可能会发生失望和悲伤。那部托付给我们的手稿也可能丢失或者给毁掉，因此我们不能泰然自若地预料这类叫人伤心的事绝对不会发生。博士本人却好像没有预见到这种风险。我们跟他讲了麦肯齐的学识和不幸,他顿时希望尽快把这事办成,只约定在他返回教区长宅邸之前该跟麦肯齐先生会个面。

我们当天就去了花狗酒馆,发现格里麦斯太太独自一人在店堂里。麦肯齐上次离开我们的办公室,便径直到那里去把情况都跟她说了。她对这事一清二楚,非常乐意尽力相助。她当即承认手稿放在麦肯齐和他老婆的住所里很不安全。"他在黄瓜大院租了一个肮脏破烂的住处,"她说,"每月付五先令。全家凑合着挤在一堆;他居然能在那里干活儿——就是作家干的那类活儿——也真叫人纳闷儿。有时他实在干不下去就到我们这里来,坐在酒吧间那张小桌那儿写,一写就是好几个钟头。"我们便走进那个酒吧间,瞧瞧那张小桌。一个人居然能在那么昏暗不适的地方构思想象,洋洋洒洒地写出故事来,亦算得是个奇迹。那张小桌只是一条约摸十八英寸宽的长木板。我们走进去的时候,那里正坐着两个酿酒商的马车夫和三个邋里邋遢的女人。马车夫切开挺大块儿的面包和火腿,默不出声,慢条斯理地一本正经吃着。那三个女人坐在一张条凳上,我发现她们面前不像摆什么盛筵的样儿。大概她们已经付过钱喝了点什么,否则这家酒馆根本不可能让她们待在那里。"眼下这里很空,"格里麦斯太太说,没有立刻理会那两个男人或那三个女人,"他有时会坐在那边旮旯里写作,可是房间里人声嘈杂,即使有颗炮弹落在里德街那边爆炸,大家也听不见;此外还烟雾腾腾,厚得都能叫人用刀来切。是不是,彼得?"她招呼的那个男人这当儿刚往嘴里塞进一大块三英寸见方的面包夹火腿,尽力想咽下去,好腾出嘴巴来答话。他费劲儿往下咽,却没成功,只好连连点了三下头。那团"胎块"又哽回到嘴里,他便慢慢细嚼起来。"这里的人都认识他,先生,"格里麦斯太太接茬儿说,"他会一个劲儿写啊,写啊,写啊,一连好几个钟头不停笔。谁也不去打搅他。是不是,彼得?"彼得这时已经把吃食咽下去一半,同意地咕哝了两声。

我们又回到酒吧间后部那间整洁的小客厅。依我看,那人明明没法儿在我刚刚见到的地方整理博士的手稿,因为他得同时把十几页稿纸铺开在面前工作。即使他能独自一人占据酒吧间,那里的条件也不适合干这种活儿。显然,他也不大可能被许可利用格里麦斯太太那间舒适的起居室。"我们怎样才能给他找个工作地点呢?"我向那位太太求助道。"他总会有个地方的,我敢保证,"她说,"他不能因为缺少一间工作室而丢掉这个活儿。"接着她便坐下来想办法。我正想建议给他在邻近租一间像样儿的房间,她却提出一个真叫我大吃一惊的办法。"我在自己的卧室里给他摆张大桌子,"她说,"这样他就可以在那里干活儿啦。看来再也没有哪个窝哪个角落比那里更合适了;他可以把那位先生的文章都摊在床上,又宽敞,又干净,又有条理。这不就行了吗?我会照管好,不让他把稿子弄丢。这不就行了吗?"

我们和格里麦斯太太之间眼下虽然关系处得亲切友好,可是如此扰乱她个人的家庭生活是否合适,似乎还是应该表示一下怀疑。"这样做格里麦斯先生恐怕不会赞成吧。"我们说。

"哦,约翰不会在乎的。只要麦肯齐及时离开,让约翰睡觉,那还碍他什么事呢?我们都不是早起早睡的人——这倒是实话。干我们这一行的,没法儿起早。但是,卧室从上午十点到下午六点总是空着的,他可以利用。来,上楼去看看吧,先生。"我们便跟随格里麦斯太太登上窄楼梯,到那间卧室去。"地方不大,不过放张桌子的地方还是有的,可以让他坐下来干活儿;这不是挺好吗?"

那是一间昏暗的小屋,矮屋顶下面有扇小窗户正对着酿酒厂那堵死气沉沉、又厚又高的墙。房间里倒挺干净,空气也清新,家具都是红木做的,老式样,又好又结实。格里麦斯太太的两三件长袍摊在床上,别的几件衣服都挂在门后挂钩上。房间里唯一不整洁的东西是"约翰的"一条裤子。他没把它放在不显眼的地方。可她一点也不觉得难为情,把它捡起来,折好,拍拍,放进一个宽敞的大衣柜里。"我们会把床上这些衣服都拿开,他就可以称心如意地把稿子全都摊开在上面啦。"

我们承认这种安排真有点叫我们吃惊。我们也是结了婚的人,如果提出邀请一位撰稿人——哪怕不是一位酒气熏天、酒糟鼻子的撰稿人,而是一位很有教养的撰稿人——在我们的私室里写文章,我们的太太该会怎么说呢?我们不敢相信格里麦斯先生会批准这项建议。一对夫妇的卧室总归有点神圣不可侵犯。朱利叶斯·麦肯齐先生老在里面露面,无疑会是一种亵渎。我们觉得还是应该向她说明一切比较好。"您要知道,"我们说,"这样做似乎欠妥吧。"

"为什么欠妥?"她问。

"那是在您的卧室里啊,您要知道!格里麦斯先生肯定不乐意。"

"什么——约翰!他不会的。我明白你们在琢磨什么啦,先生,"她说,"这方面我们可跟你们大不一样。对我们来说,事情该怎么样就怎么样。我们既没工夫,也没钱,也可以说没受过高深的教育叫我们能像你们那样胡思乱想。你们要是跟印第安蛮子一道旅行出游的话,无论见到他们哪位,都会请他到你的卧室里吃点东西,如果你真有东西给他们吃的话。我们这一辈子净跟印第安蛮子一道旅行出游呐,卧室对我们来说就跟别的房间一样。麦肯齐可以上楼来,我会给他摆好一张桌子,就放在窗口那边。"我没再跟她说什么,后来不禁思索了好几个钟头,心想人世间的男男女女如果都相信自己一向是在跟印第安蛮子一道旅行出游,会不会倒是一件好事呢。

我们从楼上下来,格里麦斯先生正在那间小客厅里。他看到自己的太太由一个陌生人伴随着下楼走进来,好像并不感到多么惊讶似的。她立刻说明原由,提出她想安排的办法——我发现她根本没要求他批准。我观察格里麦斯先生的脸色,觉得他并不太乐意,可是他抓抓脑袋,扬扬眉毛,一句话也没说就同意了。"你要知道,约翰,他决不可能在家里干那个活儿。"格里麦斯太太说。

"谁说他能在家里干活儿啦?"

"他也没法儿在咱们的酒吧间里干活儿——是不是? 所以说,再也找不到一个更合适的地方啦。就这样决定了。"约翰·格里麦斯又抓抓脑袋,事情就这样定了下来。我们在告辞之前,麦肯齐本人来了,当着我们的面,听人述说给他所做的安排。"您就爱操这份儿心,格里麦斯太太。"他只说了这么一句表示感谢的话。接着,格里麦斯太太便多少带点严厉的口吻跟他讲妥条件。他每天可以使用那间屋子五个小时——从十点到下午三点,或者从十二点到下午五点;他必须选定好,然后就严格遵守时间。"我可不许在楼上喝酒。"约翰·格里麦斯插了一句嘴。

"谁要求在那儿喝酒啦?"麦肯齐说。

"你眼下没要求,事后也许会的。我可不许,就是这样。"

"没问题,约翰。"格里麦斯太太点点头说。

"女人心眼儿都软——我是说在判断上——她们一动感情就

不管好事还是坏事都肯干。"我们只听到格里麦斯先生对他那漂亮的妻子这样指责了一句。麦肯齐小声跟酒馆老板嘀咕几句,格里麦斯只顾摇头。我们心里完全明白,他并不喜欢这种安排,可又不愿违背太太那份好心。我们便跟这位学者约定一个时间在我们办公室里同我们的朋友——他今后的资助者会晤,然后就打算告辞。但是,在我们离开花狗酒馆之前,格里麦斯太太非要拿出她那种樱桃活力酒请我们喝一杯不可,我们百般推辞,酒还是放在一个闪亮的小圆托盘里给端来了,酒壶四周都嵌饰着金枝,四个小酒杯也是同样的装饰。格里麦斯太太给我们斟酒,轮到斟自己那个杯子时却很节省,只稍许倒了一点。一般来说,我们觉得跟格里麦斯夫妇谈天说地要比跟他俩一起吃喝轻松得多。杯子给递到我们手中,我们一时不知道别人是不是期望我们说点什么。我们还是等格里麦斯先生和麦肯齐也接到酒杯后再说吧。"十分荣幸你们光临小店。"格里麦斯先生敬酒道。格里麦斯太太也举起她那个几乎瞧不见酒的杯子,笑着对我们说:"请。"朱利叶斯·麦肯齐一仰脖儿就喝干了,真像一条饿狗吞吃一块肉似的,给他周围的几位朋友留下这样的印象,那就是他如果慢着点喝,肯定会其乐无穷,可现在连一半乐趣也没得到。我不由得想到麦肯齐要是像我这样慢慢品尝这种樱桃活力酒,准保会比他一举杯让酒那么冲地灌进喉咙更能使他心满意足。"挺烈的酒。"格里麦斯先生眯眯眼说,我们承认确实够凶的。"是我妈妈做的,过去常靠它维持考尔契斯区①那家'猪

---

① 此区是伦敦东部较贫困的地区。

和喜鹊'酒馆。"格里麦斯太太说。我们就这样了解到了不少格里麦斯太太的家史。她幼年的确是在印第安蛮子圈子里度过的。

接下来便是博士和麦肯齐先生的会晤。说实话,我们很担心我们这位年轻朋友会留给那位长者什么印象。那个酒糟鼻子我们当然跟博士提过,他只微微一笑,没当回事,可他是一位跟酒徒来往会感到被玷污的人,一位避开一切不愉快交往的人。有些罪恶由于引起我们注意的方式不同,我们对它的看法也就不尽相同。有人认为酗酒这种罪恶本身可怕得很,他们往往把这当成笑柄来谈。我们甚至当着自己的男孩面也把这当成相当荒唐可笑的事加以议论,尽管看到他们当中也有一个耽于此道而几乎伤透了我们的心。那位博学的诠释家听我们描绘了那个酒糟鼻子,好像认为那只是这个不幸的人不该受到的一部分苦难似的;但是他如果发觉那个倒楣的家伙确实酒气熏天,感情也许就会改变了。博士先行来到,那三卷手稿已经摆好在桌面上。他带着情人般的柔情抚摩着他的手稿,翻开这儿一页瞧瞧,打开那儿一页看看。样样都给安排得完美而细致,页码啦、页边的空白啦、章回编排啦、著者添加的附录啦,无一不备。"一生的精力,我的朋友;整整花了我一辈子工夫啊!"我们一边倾听博士数说他的著作,一边等那人到来,好把这项苦心经营的学术成果交托给他。这当儿,我们恨不得压根儿就没人来求我们插手干预这档子事。

麦肯齐来了,我们便给他俩彼此作了介绍。博士是位老派绅士,衣着十分整洁——全身一码儿黑,黑礼服、黑短裤、黑绑腿,下巴颏儿蓄着短胡子,脖颈那儿打着白领结。他其实只是一位教区长,可是他那个教区却给他权利可以管自己叫做主教,帽子上还有牧师的玫瑰花饰。他是一位个儿高、身材匀称而魁梧的绅士,人们对他不可能有丝毫放肆的举动。他那端端正正的圆脸异常慈祥，可也带有一股令人肃然起敬的神气。他挺富裕，雇得起两名副牧师，在某种程度上，一名高僧所享受的俸禄地产确实全归他一人所有。我们怀疑他是否真正懂得什么叫工作——哪怕在他十分感叹地谈到自己一生的劳累时，我们也有这种感觉。不过他对别人干活儿也并不苛求，而且殷切期望人间能够变得对他周围的人就像对他本人那样平稳而美好。他朝前走去，蹒跚一下，就跟麦肯齐握手言谈。我们的任务已经完成，在接下来的交谈中就退居幕后。现在该由博士本人来考核这位推荐给他的助手的学识啦——他如果想了解的话，还可以查明他的品德。

在举止上，麦肯齐比起跟我们谈话时要拘谨得多。博士站在桌前，两只手各自放在一卷手稿上面，言简意赅地说了几句话。谈到完成这部著作时十分谦虚，讲到喜爱这项工作时又很自负，两种态度搀和得很得体。他承认需要麦肯齐的协助，但是酬劳未免太低了——这可是那家出版商定的。要是麦肯齐先生发现这种劳动费时很久的话，他愿意再加点钱。接着，他便跟麦肯齐谈论起古希腊戏剧家，语气和态度并没有想考核他的意思，不过仍然能叫麦肯齐露露才学。在这方面，无疑那个站在那儿想找工作的、衣衫褴褛、酒糟鼻子、不体面的人更为精通。我们没发现他近几年接触过什么书籍，可他对那些老古董却好像记得很准确。提到需要参考什么书籍时，看来他确实知道怎样到大英博物馆的图书馆去查找。"我过去不这样寒酸时，"他壮起胆子说，"常到那里去。"博士顿时掏出一张票面为十镑的钞票，非叫他先收下不可。麦肯齐有点犹豫，我们就说这未免过早了吧，博士却非常坚决。"如果一名老学者不能帮助一名后进学者，"他说，"那我就不晓得什么时候才能帮助另一个人啦。何况这也不是什么施舍,只是保证工作能够赶快进行罢了。"麦肯齐接过钱,咕哝一句保证尽力把这次工作做好的话,"我当然会勤勤恳恳地做。"

钱一过手,事情当然就算定下来了;但是,给这张钞票其实并非在于拍板成交,而是出于心中一时的慷慨冲动。如今要收回成命已经办不到了。博士对手稿的安全问题没有流露出一丝一毫不放心的神情。他真是天底下最好的绅士了,不想在这方面让他的雇员难堪。万一有什么风险,他现在就甘冒风险。事情就这样定了下来。

然而,我们却没有当场把手稿交给麦肯齐,而是后来把它锁在我们的一个旧公文递送箱里,送到花狗酒馆去,把钥匙交给格里麦斯太太。我们又上楼走进那位太太的卧室,只见那张大桌子已经给麦肯齐摆好在窗户前面。它几乎占据了整间屋子,我们察觉到约翰·格里麦斯简直都没法儿绕过去走到他睡的那一边去了。一切都已经安排停当,麦肯齐明天便开始干活儿。

第二部 结　　局

此后一个月里,我们常见到朱利叶斯·麦肯齐先生,而且自由自在地待在格里麦斯太太的卧室里。我们出出进进花狗酒馆,仿佛这一辈子早就跟这家铺子挺熟似的,有时还在老板娘的小客厅里待一刻钟,跟她谈谈麦肯齐先生一家的前景。麦肯齐用我那位有学问的朋友馈赠的钱买了一套不算全新却还像样儿的衣服,大部分时间都呆在大英博物馆的图书馆里。他当然工作得挺辛苦,因为他并没完全放弃旧业。不到一个月时间,头一卷索引便接近完成,先给送到博士那儿去审查一下,不久又给退回来,还附带了大量赞语和少许意见。麦肯齐拿出真正学者的风度回信对那些意见一一作了答复,博士十分高兴。再也没有什么比讨论ῙΌ 或 ῙΌΥ①这两个希腊词汇各自的长处或者某处需要使用扬扬格或抑扬格这类问题而进行无休止的通信更使他高兴了。他发现那项工作的的确确在勤劳的手中进行,便不再嚷嚷着要尽早出版了,还私下让我们明白麦肯齐先生的报酬不局限于讲定的那笔钱。酬劳在很大的程度上确实是由我们来决定的,麦肯齐当然发现那位把手稿交托给他的作者是个最讲究实效的朋友。

一切都挺满意,麦肯齐在整整一个月里干得挺辛苦。据格里麦斯太太说,他只喝拼命干活儿的人需要喝的那口酒。至于那口她认为必要而又有益的酒到底有多大的量,我们并没细问。他当然保持可以工作的清醒头脑。总之,直到目前一切都进行得很顺利。谁知其中竟有一桩家丑给隐瞒起来了——还不如说,给暴露出来了,因为家丑包不住,早晚会露馅儿的。他有一部分钱落到了他太太手里,她便越发不检点了。那四个孩子在格里麦斯太太的关照下倒是穿上了像样儿的衣服;接着麦肯齐太太便出现在花狗酒馆,吵啊闹地也要一套新衣服。她并非只去了一趟,而是常会去;格里麦斯先生老是见到这家人在他的酒馆里出出进进,便开始抗议了。我们这当儿已经跟格里麦斯太太相处得很熟,她坦率地向我们表示她担心在那项工作没完成之前,约翰"就会发脾气啦"。"你们要知道,"她说,"那个女人常常露面,当然对我们这家酒馆大为不利。"最后麦肯齐太太也终于得到了几件女人服装——可是就在第二天,她和四个孩子又几乎给剥得精光。那个贱女人想必是泡在酒缸里了,因为仅仅一天的工夫她就把样样东西一扫而光。随后,她酩酊大醉地来到花狗酒馆撒酒疯,警察接到老板的紧急通知便把她带走了。

很难说最叫我们感到惊奇的到底是格里麦斯太太的忠诚,还是约翰的容忍。就在那天晚上,约翰大发脾气了,这是事后两天他太太才告诉我们的。她连忙把手稿锁起来,免得会让她丈夫拿去毁掉。他发誓第二天清晨就要把麦肯齐的劳什子全都清理出去。可是隔天上午,麦肯齐来了,爬上楼去工作,他却一句话也没跟那个垂头丧气、心灰意懒的家伙说。"您看,我了解他,知道怎样对付他,"格里麦斯太太说,"哪儿也找不到像他那样好的人了——多么

---

① 希腊文中的两个冠词,前者为第一格中性,后者为第二格中性或阳性。

善良啊。服务行业里再也找不到像他那样心肠软的人了。他一发火，什么吓人的话都说得出来，两只眼睛瞪得圆圆的——天啊，他会瞪着眼瞧你，可决不会动手打女人——就跟大主教一样讲理。"我们一边听她唠叨，一边心里想，哪儿会有人竟敢动手打——动手伤害——格里麦斯太太呢？

依我们看，警察在那种场合把麦肯齐太太带回到她的住处也就算交差了。可是，第二天她又醉倒在街头，让警察抬到拘留所去了。就在格里麦斯太太跟我们讲这件事的时候，麦肯齐已经到警察局去付罚金，把他的太太领回家去。我们惊讶地问，他干吗要把她领出来呢，干吗不让警察爱拘留她多久就拘留多久呢？"那由谁来照顾孩子？"格里麦斯太太反问道，好像我们的提问冒犯了她似的。她解释说像麦肯齐那样穷苦的家庭，老婆是绝对不可少的，哪怕她是个酒鬼。她尽管叫人难以忍受，可他需要她料理家务事啊。"做丈夫的好酒贪杯已经够呛了，"格里麦斯太太说——我们觉得语气中流露出为她自己所干的那一行多少靠之兴旺起来的那种罪恶略有歉疚之意——"可是一个女人要是犯了那个毛病，那可就——见鬼了。"我们想到那个没落文人付出地方长官对他妻子的不当行为所判处的罚款，把那个半裸体的堕落女人再次领回家去交给儿女，不禁觉得格里麦斯太太说的话很有点道理。

那天中午十二点钟左右，我们见到了他，他明明一直在借酒浇愁。我们没在小客厅里提起这件事，可我们觉得连格里麦斯太太都会承认他喝得确实过了量。他坐在卧室里，一只手托着腮发愣，桌上铺着一堆我们那位有学问的朋友的手稿。他方才一走进酒馆，格里麦斯太太就跟着上楼，把手稿拿出来交给他了，但是他并不想定下心来干活儿。"这类事全该了结啦。"他用浊重的沙哑嗓音说。我们喃喃地劝他该拿出点男子汉的气概来对待自己遇到的麻烦事。"男子汉气概!"他说。"唔,对,男子汉气概。男人当然应该是个男子汉大丈夫。可是有些事简直叫人没法忍受。我可受够了,非得了结不可啦。"

我们永远忘不了当时那幕情景。过了片刻,他突然站起来,近乎发狂了。论忍受,谁能做到一半他那样的忍受?有些事的确叫一个男人受不了。至于男子汉气概,他认为索性把老婆孩子和他自己一下子统统消灭掉才真正算得上男子汉气概。这个说话不真诚的人世间当然会谴责他这种行为,可是他一家人全从这个悲惨世界消失,进入了太虚境界,他还在乎什么呢?他们这家人还适合活下来吗?他的子女将来除了当小偷或者妓女之外,还能有什么别的出路吗?那个可怜的婆娘,连起码的人性都让酒冲刷尽了——真格的,死亡对她来说不是一种恩赐吗?只有一件事使他下不了决心,那就是他把他们都消灭干净之后,万一他本人自杀没有成功,那该怎么办?在这种情况下,他倒并非惧怕登上绞刑架,而是害怕那种成为负担的内疚,因为他倒是让别人摆脱了困境,轮到自己头上时却退缩了。他醉醺醺地说出这种令人毛骨悚然的话,几乎连字眼都说得不太利落,却还是很有口才。我们心想说服他,告诉他教规是反对自杀的,他却嘲笑我们。他坚持有权使自己摆脱无力承担的沉重负担,摆出来的振振有词的论点大胆得真叫我们吃惊不小。他受的苦难既沉重又叫人彻底绝望,他也坦率承认自己堕落,这就一时剥夺了我们这种体面人对不体面人威慑的力量。我们跟他讲些至理名言,哪知这种机智当场就给撞得粉碎,碎片纷纷砸回到我们身上来。我们敢向他提出什么诺言,难道叫他再容忍容忍就会产生什么好结果吗?他那样做还会给他带来什么伤害吗？我们难道认为他要是给押上绞刑架,明知再过十分钟就会给带进老百姓称之为永生的境界,心里还会像他把老婆领出法庭,沿街回家,受到左邻右舍一片嘲笑的祝贺时那样难受吗？"人要是落魄到破罐破摔的地步,"他说,"人世间通常的束缚也就捆绑不住他了。"他尽管醉得口齿不清,前言不搭后语,理智却非常清醒;他嘲笑自己,嘲笑这个如此亏待他的人间。

我们想必跟他已经在那间卧室里待了一个多小时,却还没跟他分手。那天他明明干不了活儿啦,我们就索性把手稿收拢起来,建议他该跟我们一块儿出去散散步。我们把博士的手稿理在一起。他在一旁耐心瞧着,也没有拒绝我们的建议。我们觉得有必要请格里麦斯太太上楼来帮我们收好那部"巨著",后来发现她居然那么了解这项工作,真使我们惊讶不已。除去博士的手稿之外,现在还有麦肯齐编好了的一页一页的索引——另外还有一些他进一步工作时需要参考的札记——格里麦斯太太对这一切都好像一清二楚似的。我们确信她熟悉古希腊悲剧家的姓名,必定能在字里行间给我们指出哪儿是合唱的段落。"呼吸点儿新鲜空气对你会大有好处的,麦肯齐先生,"她对那个不幸的人说,"兜儿里放块饼干再走。"我们把他带到街头,可他生气地拒绝收下那块硬塞进他手中的饼干。

那是一次令人难忘的散步。从酒池街尽头转弯进入格雷协会街,再朝霍尔伯恩区走去,我们顿时发现一个败落的大院入口处。他说:"我就住在那边。她眼下正在睡觉去掉酒意呐,孩子们都围在她的身旁,不知道妈妈一醒过来,还有没有钱再去喝一口。我原想请你们进去看看,可是那只会叫你们恶心。"我们并没要求进去;避免这样做与其说是我们自己不想去,毋宁说是为了不叫他难堪。

看起来那里是一处肮里肮脏、瘟疫丛生、完全败落的地点。我们这位同伴原本出身于上流人家——财富和宠爱合起来使他娇生惯养地长大成人——得到过国家给予她最宠爱的儿子的那种教育机会，而且享受到了受宠者当中很少人能获得的那种教育的好处——可他如今给自己带来的境况却是黄瓜大院、一个醉鬼老婆和四个衣不蔽体、忍饥挨饿的孩子！世间再也找不到像他那样更体面、更光明的生活开端了——可也再找不到像他这样更低贱、更卑微的结局了。他曾经是个把时间和智慧都用来追求知识的人——甚至直到今天，他仍然对人的真正事业怀有崇高的理想——他工作勤奋，一向在工作——就我们所知，他从来没有那种单纯追求享乐的念头。弄到这步田地，全是出于他年轻时一念之差："摆脱那种所谓的'绅士'阶层的传统束缚而宁愿混在下层社会圈子里自由自在地生活。"他认为这样做会对他有好处。他的生活，正像他自己承认那样，确实是个错误。

我们路过那个大院，穿过那条街，从格雷协会广场走到法院街，再由小铁门进入林肯协会街，转弯通过老广场，我们知道全伦敦再也找不到一处比这儿更易于自杀的地方了——接着又穿过新广场——这里也自有一股不那么强烈的阴郁气氛，只是透着点儿疯狂，最后我们来到了圣殿园①。我们也纳闷干吗老钉在司法界周围这一带兜圈子，或许是因为他正在跟我们谈起自己青年时代

---

① 伦敦圣殿骑士团的圣殿，现为法学协会的两个会所，即内殿法学协会和中殿法学协会。它们是伦敦四所享有检定律师权力的法学协会中的两所。

的生活吧,当时他让剑桥大学除了名——他向我们承认那是由于他以为导师侮辱了他,便试图拧对方的鼻子来报复而惹出来的祸端——后来他打算当一名律师来抬高自己的社会地位。他指着老法院那座渐渐颓败的楼房昏暗角落里的一扇窗户,告诉我们说他有一年曾经在大法院里一位迦玛列①手下当学徒,而且干劲十足。我们当然问他为什么放弃如此诱人的锦绣前程。他尽管答得含含糊糊,我们却认为他并不想隐瞒事实。他学会了喝酒,那位迦玛列便亲自过问,斥责他染上了这种恶癖;那年年底,他也跟家里人势不两立地闹翻了,因为他对某些宗教信仰问题表达了异端的看法而惹恼了大家。后来他又对那位上帝的选民迦玛列说他爱什么时候喝醉就什么时候喝醉,他管不着,从而众怒难平,最后终于导致一切家庭关系都断绝了。随后他便浪迹在下层社会圈子里,于是生活就变成了目前这种样儿。

我们从圣殿园出来,走进弗里特大街一家餐馆,打算吃点东西。这当儿,散步和新鲜空气已经驱散了他身上那股酒气熏天的味儿,我明白吃点东西会对他有好处。我们各自要了一份羊排加热土豆和一品脱啤酒,头一次也是最后一次像朋友那样围桌进餐。叫人感到奇怪的是,他那天跟我们交谈,多么像是具有双重的身份。他虽然一直显露出自己绝望的悲惨处境,话语里也不断这样提起,却能滔滔不绝地议论自己的经历和性格,就仿佛那全是另一

---

① 见《圣经·新约·使徒行传》第五章第三十四节,一位犹太学者和经学教师,后成为保罗使徒。此处指法官。

个人的经历和性格似的。他甚至能嘲笑自己造成的这种不幸的生活错误,而且还能推测出它的结局。他很清楚死亡是他所能期望的唯一解脱办法了。我们不敢对他说,要是他的妻子死了,情况也许对他会变得好一些。我们只能说,要是他干些诚实的工作,那么工作本身就会给他带来宽慰,叫他忘却苦难。"你们不了解那种工作的污秽性质。"他对我们说。唉,我们多么清楚地记得这句可怕的话,连带他打的手势和两眼闪现的愤怒光芒呵!他在这个场合对待我们的态度完全变了,我们满意地发现他已经神志清醒,还联想到了他过去的交往。"这间屋子我记得清清楚楚,"他说,"想当年我又有朋友又有钱的时候,常到这里来。"确实,这里过去常是才子聚集之处,叫人难以忘怀。"我真没想到自己又会来到这里。"可是我们发现他吃不下摆在面前的食物。他咽下一两口肉,勉强吃点面包皮,不能像我们那样狼吞虎咽,吃得干干净净——我们还由于羊排块儿没能再大些而深感遗憾呢。他那杯啤酒倒是很快就给喝光了,我们提议他再来一杯。他有点不好意思,怪里怪气地眨眨眼,接受我们的建议,另一品脱酒也跟着消失了。我们是不是再请他来一杯,一时真有点犹豫不定,最后还是放弃了这种打算。他本人如果想要的话,还是能喝上第三大杯的,可他没有提出来。我们在餐馆门口跟他分手时,他向我们保证尽管他吃尽苦头,发了许多牢骚,还是会再加把力把博士交给他的任务完成。"不管我离开还是留下,"他说,"我都愿意自食其力。"那种打算离开的想法真有点可怕!他打算到哪儿去呢?

　　这三四天发生的倒楣事博士一点儿也没听说;工作又继续顺利进行下去;第二个月底,他又来到伦敦。他跟我们谈起那位受托管理他的财务的银行家啦,他的律师啦,还嘟哝着说想另找一名副牧师。可是我们明白他来伦敦是因为他好久没见到他那个了不起的心爱之物，实在憋不住了。他受不了就这样跟他的手稿分离，又天真地渴望其中一部分应该马上交到印刷所去。"人到了六十五岁，先生，"他对我们说，"可没有时间再拖拖拉拉地干活儿了。"然而，他这一辈子一直就是在拖拖拉拉地干活儿，我们倒真心实意地相信他要是知足地拖拖拉拉干到生命终了，这对他来说倒也不赖。如果麦肯齐对博士那部论著下的评语全是实话，那就是说博士的学识要比他本人的创见或判断力差得多。不过，在这个问题上，我们不能妄加论断。他决意出版那部著作，甘愿为他这种一时的兴致自行负担费用，不受别人的牵制，我们也就没法儿不让他同印刷所打交道了。

他很想见见麦肯齐，有一次甚至非常想亲眼看看他是怎样在工作。他当然可以在我们的编辑部同他这位助手会晤，全部手稿可以挺方便地放在那个公文递送箱里让人拿来再送回去。为了使大家都不丢面子，我们不大想带这位尊敬的牧师朋友到花狗酒馆去。我们虽然对他说过他的著作正在一家酒店里让人整理，可还是相信他会设想那是一家简朴的旅馆；他要是真给带领到一处他发现原来是个小酒馆的地方，肯定会大吃一惊的。何况格里麦斯太太，即使不是格里麦斯太太，格里麦斯先生也会反对另一位访问者闯进他们的卧室；麦肯齐本人见到牧师那副黑绑腿出现在他那寒伧的劳动场所，也会失去常态的。因此，我们向他编排了一些理由，使他起码目前同意把手稿拿到我们的办公室来给他看。我们自己便到花狗酒馆去同麦肯齐约定第二天的会晤。上次见到他大约是在一个星期前，那项工作进展得挺顺利。他告诉我们再有两周即可全部完工。我们还向格里麦斯太太打听了他的老婆的情况。她能告诉我们的是,那个婆娘没有再来花狗酒馆捣乱。不过她确信从麦肯齐同我们一齐散步穿过圣殿园那天起,警察不止一次拘留了那个酒鬼女人。

我们为了方才提到的那件事奔赴花狗酒馆,到那里时,天已经黑了,还下着蒙蒙细雨。这是一月底,下午六点钟左右。我们知道这个钟点在酒馆里根本找不到麦肯齐,不过格里麦斯太太也许可以派人把他叫来,或者至少可以代我们传个口信,定好那个约会。我们走进小客厅,他们夫妇俩正坐在里面呐,我们顿时从他俩的神情看出准是出了什么岔子。我们先告诉格里麦斯太太那位博士进城来了。"麦肯齐不在这儿,先生。"格里麦斯太太说,我们几乎察觉出她的声调变了。我们说明并没期望在这个钟点能找到他,问她能不能派人把他找来。她只摇摇头。格里麦斯背靠着炉火,站在那边,两只手插在裤兜里,直到此刻一句话也没说。我们又问那个家伙是不是又喝醉了,她又摇摇头。她可不可以转告他明天带着那个公文递送箱和手稿到我们那里去一趟?她还是摇摇头。

"我早就跟她说过,我再也受不了这种折腾了,"格里麦斯说,"可总是白搭。今天早上他又喝醉了——喝得烂醉如泥。"

"今天下午两点钟他来取手稿时,可跟你一样清醒,约翰。"这么一说,公文递送箱和手稿给拿出了花狗酒馆!

"那个女人昨天又在这儿几乎光着身子横冲直撞,"格里麦斯先生说,"我再也受不了啦。为了那个家伙我干了连他本人都不愿意干的事。这我明白,可我再也没法忍受啦。玛丽·安妮,你明天吃过早饭就把那张桌子给我腾出来。"这个男人通常总管他太太叫波莉,如今却叫她玛丽·安妮,可见这人说话是认真的。我们知道他是认真的,她心里也明白这一点。

"他没喝醉,约翰——没醉,下午他来取走那个匣子的时候一点儿醉意也没有。"我们理解她重复这种断言的意思。对我们来说,这多多少少是在为她自己违背信任而让麦肯齐把手稿从她看管下拿走这件事进行辩解,要么就是向我们保证,她再糟也没让那个家伙在不适合照管手稿的情况下把它取走,以致犯下了不得体的错误。至于说责怪她,谁又会那样想呢?麦肯齐无论什么时候拿着那个匣子从楼下走过,我们都不可能设想她会粗暴地拦住他。可是现在他真这样做了,我们虽然不能怪她,心里却十分沉重。那部手稿万一出了什么岔子,难道博士不会向我们大发脾气吗?看来得马上采取行动才是正理。我们于是建议最好派人到黄瓜大院去看一看。"我本来一发现这事就想去,"格里麦斯太太说,"可他不许我去。"

"今天晚上你甭想动窝儿迈出大门一步。"格里麦斯先生说。

"谁想动窝儿啦?"格里麦斯太太说。

我们觉得除去刚听到的事之外,想必还有什么别的事给隐瞒起来了。这真叫我们忧心忡忡。那个女人对我们的态度也变了,我们敢肯定这并非由于感情变了,而是由于一些把她吓坏了的情况促成的。她并不怕她的丈夫,而是怕她丈夫跟她说的话有道理。"要是还有什么别的事要说,就请赶快告诉我们吧。"我们与其说是在对那个女人不如说是在对那个男人央求。于是格里麦斯开腔了,把情况和盘托出。头天晚上,麦肯齐从格里麦斯太太手里接过去三四个金镑,这当然是博士给的一部分酬劳;今天一清早,麦肯齐的老婆就发了酒疯,整条酒池街出现一片骚动。她又疯疯癫癫地来到花狗酒馆撒泼,格里麦斯本人正使劲轰她出去——他是听到吵嚷之后,没来得及穿好衣服就匆匆奔下楼来的——这当儿,麦肯齐也同样醉醺醺地出现了。"不对,约翰——他没喝醉。"格里麦斯太太说。"别插嘴!"她丈夫喊了一声,接着往下说。那个家伙挣扎着把他的老婆揪出去,结果两个人都摔倒在地,一块儿在街头打滚儿。"我从窗户往外一看,那种情景真让人瞧着难过。"格里麦斯太太说。我们也觉得真让人"听着难过"。一个男子汉——这样一个男子汉竟然跟一个醉鬼女人在街沟里打滚儿——他本人也醉貌咕咚的——何况那个女人还是他的老婆!"花狗酒馆实在不能再容忍这种事啦;就是这样。"约翰·格里麦斯结尾道。

接着,格里麦斯太太也终于畅谈起来。这事全发生在清晨九点钟以前。"那个女人想必是整宿都在喝酒。"她说。"那个家伙想必也是。"约翰说。"不管怎样,他在吃中饭的时候还是回来了,而且神志清醒。我请他先别上楼,喝杯茶再说。就在你午饭后刚出门不久,他就来了,约翰。"

"以后不许他再在这儿喝茶。"约翰说。

"可他没喝。他对我说不想喝,就上楼去了。我又有什么法子?我不能跟他说不许上楼啊。对了——大清早那场混乱的时候,约翰对麦肯齐说了些什么以后别再来这儿的话。"

"我当然说了。"格里麦斯说。

"这肯定伤了点他的感情,"那位女士接茬儿说,"我以为他原本不会在意约翰说的话呢。"

"我就是要他在意。"

"他当时就存了心,先生,尽管大清早那个钟点他的头脑并不像原本应该的那样清醒。唔——他怎么办呢?他就上楼,把那些稿子都收拾好带走了。至少我是这样想的。稿子现在不在那儿了。你如果愿意的话,可以上楼去看看。对了,他下楼那当儿,我说不准自己是在厨房里呢——按说我并不经常放松监视酒吧间啊——还是在酒吧间里，要么就是正在忙着打酒，因为顾客要酒要得多的时候，先生，我有时也帮忙打酒——不过，我要是正在打酒，没直起腰来，就没法看见他抱着匣子走出去。威尔考克斯小姐倒是看见了。你们可以去问问她。"威尔考克斯小姐就是酒吧间那位女堂倌。我们并不想去盘问她，因为不管怎么说，反正那个匣子已经让麦肯齐拿走了。在这桩事情上，格里麦斯太太似乎是在为自己辩护，仿佛就要受到什么严厉的指控似的，可她的所作所为都纯粹出自一片善心，她在宽待麦肯齐的时候，也对我们表示了近乎过分的热情。

"万一出了什么岔子，那也不是您的过错。"我们说。

"也不是我的过错。"约翰·格里麦斯插嘴道。

"当然不是。"我们答道。

"我们没有什么错儿，"他接着说，"问题在于你没法儿把一个皮肤黑的人洗白，即使试一试，也都白搭。他不会再来这儿了，就是这样。男人喝醉了，我们并不在乎，只好容忍。他们不像娘们儿那样该死的无可救药。男人只要还能站稳，就会想法站稳脚跟，可是娘们儿一喝醉便撒野、发酒疯。没有几个人能把那个女人治服。她的劲儿可大了，非得我们四个人一齐上去才能把她揪住，但是她平生几乎什么活儿都没干过，神志清醒的时候也虚弱极了。"

全部情况我们现在都听说了；我们一边听着，一边已经决定自己有责任去黄瓜大院把手稿和匣子找回来。我们并不想去窥探那个家伙破破烂烂的家，可是为了博士我们不得不去安排明天的会晤，如果说那次会晤还有可能安排的话。我们打听那所房子的门牌号码，记住那个大院的入口处。接着，约翰和他太太小声嘀咕了一阵,最后丈夫表示愿意陪同我们前去。"那里简陋不堪,"他说,"不过他们都认识我。"格里麦斯太太也说:"他最好陪你们一块儿去吧。"我们当然高兴有这样一位伙伴同行,同时也乐意发现这位老板,尽管我们给他添了不少麻烦,还是很够交情地愿意为我们效劳。

"这地方真够凄凉的。"格里麦斯领我们走上那条狭窄的拱道时说。确实是一处凄凉的地方。那个大院本身展宽了一点,可是有了那条拱道就显得小了,两边都有房舍。既没有明沟,就我们所见,也没有阴沟,碎裂的石板地滑溜溜的,净是泥巴,房舍之间这儿那儿遍地都是菜叶和萝卜头这类垃圾。那里拥挤着许多孩子,大院紧里边挂着一盏鬼火似的煤气灯,忽明忽暗,闪烁不定。不时传来一阵叫骂声,孩子们对这好像并不理会似的;四处还散发着一股霉烂的臭味儿,我们觉得那种环境真叫人没法生活下去。格里麦斯不再说话,领着我们朝大院左边当中那所房子走去,向一个坐在门前低台阶上的人打听麦肯齐在不在家。"原来是您,格里麦斯先生,对不?"那人没有动弹,说道。"对,我想他在家吧,可是警察把他太太带走了。"我们便从他身边进入那所房子,免不了踢到了他,为此表示歉意,那人却说:"没关系。"他没动窝儿,因此我们不踢开他,根本进不去。

看来麦肯齐租的是楼下两间屋,我们立刻走进去。屋里面没有点灯,不过我们看得见壁炉那儿闪着火光,很快就发现几个孩子出现在我们眼前。格里麦斯便向他们打听麦肯齐,一个姑娘告诉我们说他在里间屋呐。酒馆老板要一盏灯照亮儿,姑娘犹豫一下才把一节固定在小瓶上面的蜡烛头点着。我们很想借助这点微弱的亮光四下里看看,可是除了四个孩子之外,屋子里空空如也,其中三个孩子好像坐在地板上呐。格里麦斯拿着蜡烛,立刻进入另一间屋,我们就跟在他身后进去。那间屋里摆着两张床,他把那个瓶子高高举起,好让那点亮光照在其中一张床上,只见朱利叶斯·麦肯齐烂醉如泥地躺在上面呐。脑袋靠在墙上,身子横在床上,两只脚耷拉在地板上。他仍然穿着早上穿的那身衣服和那双脏靴子。我们从来也没见过这样凄惨、这样不幸、同时也这样具有说服力的景象了。他闭着两眼,面色如土,嘴巴张着,口水淌在胡子上,乱蓬蓬的深发由于两只手下意识地拨弄而披散在脸上。他费劲儿地打着呼噜,好像躺的姿势憋得他透不过气来似的;即使在这种醉态下,他的脸仍然在痛苦地抽搐。那四个孩子一连好几个钟头待在外间屋,很了解他们最尊敬的父亲所犯的毛病,甚至连走进去把他扶扶正,让他躺得舒服一点都不想干。他们又能干什么呢?他们经受长期的锻炼,经验告诉他们人只有靠睡眠才能醒酒,这对他们来说一点也不值得大惊小怪,不过是一种周期性的灾难罢了。

“她现在总该承认他常常喝酒,也喝醉了吧。”格里麦斯低头瞧着那个男人说,暗指他太太那种温厚的倔脾气。他把蜡烛交给我们,带着又体贴又粗鲁的劲儿把麦肯齐的脑袋抬起来放好在枕垫上,两腿放平在床上;说粗鲁,是表现在他的动作上,而体贴却是真正的。然后他脱去那人的靴子,解掉那块围在脖子上的旧丝手绢,又把他的裤子抻抻直,上衣捋捋平。他简直就像是在为一具尸体做殡葬准备。顶大的姑娘这当儿站在我们身旁,格里麦斯便问她,她爹这个样子有多长时间了。“天黑前,杰克·霍加特把他带回来的。”姑娘说。不用说,杰克·霍加特就是我们方才看见坐在门前台阶上的那个人。

“那你妈妈呢?”格里麦斯问。

“还没吃晚饭巡警就把她带走了。”

"那你们这几个孩子——吃什么了吗?"姑娘摇摇脑袋。格里麦斯没有当即顾到这件事,只在忙着喊叫那个醉汉的名字,摇晃他的肩膀,寻找小桌上的一个破水罐,好用凉水泼在他的脸上——可是水罐里连一滴水也没有。他只好又叫他,摇晃他,麦肯齐终于张开两眼,半醒地呆呆仰视着我们。"嗨,伙计,"格里麦斯说,"醒醒,醒醒。"

"你最好想法儿起来一下,好不好?"我们问道。

他勉强支撑着想要坐起来,接着微微一笑——这一笑真是十分凄惨,叫人瞧着难受;随即露出一副十足的可怜相,我们觉得这大概是由于他一时意识到自己的堕落而流露出来的;然后他便仰面倒下,不省人事,死人一般麻木不仁地摆脱了痛苦。

"得到明天早晨他才会醒过来。"那个姑娘说。

"这倒是实话,"格里麦斯说,"他喝得这样烂醉如泥,叫我们拿他一点办法都没有,只好随他去啦。咱们去找找那个匣子和手稿吧。"

我们低头瞧着这个男人,心想他原本是个绅士,又是个很有水平的学者,受过那么良好的教育,文学知识也那么丰富,真可以说很少有几个人能与他相比哟!我们从理性的角度来判断这件事,并不认为这样一回想他的过去就势必增强眼下这种情景的恐怖。这人如果是个鞋匠或者挖煤的,那么,看到那个姑娘站在醉鬼父亲的床榻旁边,母亲也给拘留了,可她竟然无动于衷,因为这类事在她已经司空见惯,这种情景倒会悲惨得能叫一名天使低泣!但是,一想到那人的出身、经历和原本会有的前程,一想到我们亲眼看见他一步一步腐败堕落下去,我们也就只有感慨系之的份儿了;要是他那玷污了的天资和白白浪费掉的才智并不那么有用于崇高的事业,我们也就不会有这种感触了。

我们到大院来的目的是想挽救那部手稿免遭灾难,所以我们才跟随格里麦斯进入里间屋。那当儿,酒馆老板正在问姑娘知不知道他爹从花狗酒馆带回来的一个黑匣子。"匣子在这儿呐。"姑娘说。

"那些手稿呢?"格里麦斯问。姑娘摇摇脑袋,我们俩便匆匆回到外间屋。我不记得是谁先发现了那幕可怕的情景,也不记得是不是那个姑娘指给我们看的。壁炉里整个儿填满了焚毁了的手稿。有的是整页都给烧毁了的碎片,有的是给烧焦了的纸片,围栏边上撒满了一地的纸灰。我们连忙跪下来察看,一时还以为这个可怜的家伙也许是在绝望中把自己写的稿子付之一炬,而对博士的手稿手下还是留了情。事实却并非如此。我们发现博士精心手抄的手稿已经给烧焦了不少。格里麦斯这当儿找到了那个黑匣子,只见它敞着盖儿,里面剩下的手稿也都给折腾乱了。不同卷的文稿和麦肯齐写的稿子搀杂在一起了,而且都给扯碎、弄皱,起了卷儿,就像一堆废纸给塞了进去似的——简直是乱七八糟的一大团。"这是妈妈干的,"那个姑娘说,"巡警把她带走后,我们又把这些放回了原处。"

什么也不用再问了——也甭打听什么有用的线索了。那天早晨发生的事根本用不着再详细查问了。够了,太够了,我们心里明白糟糕的事已经发生。我们跪在壁炉前,急忙用手从那堆灰烬里抢救出凡是还能找到的残余的手稿碎片,然后把它们全都放进那个匣子里,几乎泪汪汪地呆视着那堆破烂儿。"你最好去买点儿东西吃吧。"格里麦斯一边说,一边交给姑娘一个硬币,"老子喝醉了,叫孩子们挨饿,真够呛,先生。"随后,他拿起那个匣子,盖上盖儿,我们就跟他一起走出大院。格里麦斯送我们和那个匣子登上一辆出租马车之后,说道:"我明天会派人来,或者亲自来看看他。"方才我们愚蠢地请求那个醉鬼坐起来，一点儿也没想到从此以后再也跟他说不上话了。

我们坐马车回办事处，好把那个匣子存起来，等待明天的厄运，一路上心里只想着我们真不该得到这份苦难。我们纯粹出于善心，想为两个迥然不同的人——那位有学问的博士和那个红鼻头的酒鬼尽点力，结果却得到这样一个下场！帮助他俩其实我们什么好处也得不到。我们费了很大的劲儿是想把这两个彼此需要相助的人凑到一块儿——完全出自一片好心——到头来却得到了什么结果呢？我们跪在地上，花了半小时工夫在麦肯齐太太的炉灰里耙来耙去，干那种近乎斯文扫地的活儿，现在还不得不面对博士的愤怒啦、沮丧啦、谴责啦——更糟的是他的悲痛。至于麦肯齐，我们下定决心，不能再为他出什么力了。他自作自受；唉！我们干吗——干吗试图管一个这样堕落的人的闲事呢？我们在自己的办事处门前下了车，一想到明天会见到博士那副脸子，心就沉了下来。我们心想，眼下已经如此狼狈，明天上午再来到这里，更会是什么样的心情呵！

第二天上午，我们还是硬着头皮来到办事处。读者诸君，想必有时也会有这种难以形容的、短暂忧虑而沉重的负担的感觉吧，它常常使人提心吊胆。这倒不是什么莫大的哀伤或者过分的恐惧所造成的，这种不愉快的心情出自这两种情绪的混合，也就是说等待着不知会遇到什么样的灾难而忐忑不安——我们但凡想得出办法，也许还可以逃脱这种灾难。可是，在这件事情上，我们根本看不出有什么逃脱的办法。下午一点钟，那位博士就会到我们这儿来，而且会满面春风地来到，盼望遇到他那位学识渊博的同行。我们该怎样向他透露这个坏消息呢？我们确实也可以通知他暂行推迟这次会晤，可是这样做即使有什么好处，也是微乎其微。我们早晚得见到这位受到伤害的希腊古典文学研究者；所以，我们尽管忧心忡忡，还是决定不应该推迟这一不幸的时刻。我们费了一小时工夫把那些残简碎片整理一下。第一卷差不多有三分之一给毁了；第二卷几乎每一页不是给烧焦了，就是给撕得破碎不堪；第三卷只有一小部分受损。麦肯齐自己写的成品在遭遇上要比博士的手稿好一些，可是这并不能给人带来什么安慰。经过这次浩劫，我想麦肯齐那些玩艺儿对博士来说也不大可能再有什么用场了。凡是还能按页码连接起来的手稿，我们都按卷的顺序放在桌子上——原本挺大的体积如今已经缩成几乎跟一本可怜巴巴的布道书那样大小了——剩下的一些焚毁的碎片，我们就都放进那个匣子。然后，我们照旧各自坐在办公桌前面假装干活儿。我们的耳朵挺尖，在约定的时间过后一两分钟就听见博士登上楼来的脚步声。我们心头七上八下，扑通扑通直跳。我们在椅子上晃来晃去，站起来，又坐下，心里明白经不住这种尴尬局面。迄今为止，我们一直按照文学界适中的方式赞助那位博士——正像一位城里的文人会赞助一位乡下的文友那样——但是，如今我们却像一个犯了错误的学生惧怕老师那样怕他。可我们还得装出一点满不在乎的样儿呵！

没多会儿，他就面带和蔼的微笑出现在我们面前，那种微笑我们虽已见惯，眼下却把我们几乎压垮了。我们早就摸准他会带着那种微笑，而且特别担心这一点。"啊，"他握住我们的手，说道，"我还以为迟到了。原来我们的朋友还没到呐。"

"博士，"我们答道，"出了一件非常不幸的事。"

"非常不幸的事！难道麦肯齐先生故去了？"

"不是——他没死。他要是早就死了，那倒好了。他把您的手稿毁了。"博士的脸色一下子沉下来，两只手也同时耷拉下来，他愣在那儿呆视着我们。"用不着跟您说，博士，您也明白我的心情多么沉重，多么懊悔！"

"把它毁了！"随后我们就把他搀扶到那张桌子前面。他先察看那部手稿诱人而相对来说损伤不大的第三卷，似乎认为我们在戏弄他。"没有给毁掉啊。"他微微一笑，说道。但是我们还没来得及解释，他的两只手已经伸进那个匣子里的碎纸片。"我还健在，居然就让人把它烧掉了，"他感叹道，"我——我——我。"他从我们身旁走开，在办公室里从这头到那头来回遛了两趟，我们默默站着，耐心等待他大发雷霆。"我的朋友，"他踱完步，说道，"历史上有位伟大的人物也经受过这种悲痛。牛顿的手稿就给烧掉了。我只好把它带回家去，今后别再提它了。"我们真没想到博士竟会如此宽宏大量，他可是我们所遇见过的一位最善良的基督徒啦。

他说别再提它了，这倒有点办不到。我一心想把出事的经过情形跟他讲清楚，因为我觉得这是理所当然的事，可他执意不想再听取任何细节；就在这当儿有人敲门，楼下那个仆役把格里麦斯太太领进来了。读者诸君都知道我们在这两个月里跟花狗酒馆老板娘相处得很熟，但是我们还从来没有在酒馆外面荣幸地遇见过她。"哦——先生。"她刚要往下说，一见那位博士就顿住了。

我们觉得还是应该给她介绍一下好。"格里麦斯太太，"我们说，"这位就是那位先生，他那部价值连城的手稿让不幸的酒鬼毁了。"

"哦，这——您就是那位博士吧，先生？"博士点点头，微微一笑。他想必心情十分沉重，却还能彬彬有礼地点头致意，和蔼地微笑。"哎呀,"她说,"我真不知道该怎么跟你们说才好!"

"跟我们说什么?"博士问。

"又出了什么事?"我们紧问道。那个女人站在我们面前浑身直发抖,接着一屁股坐进椅子。我们脑中顿时闪现出这样一种想法:那个醉娘们儿在狂怒之下又让花狗酒馆遭了殃——也许放火把它烧了,也许伤害了格里麦斯先生本人,也许捣毁了瓶瓶罐罐啦,窗户玻璃啦,煤气灯啦。反正干出了什么事,使得格里麦斯这家人要向我们或者博士索赔,眼下这个女人就是先来这儿抗议的。唉——我们好心好意想帮助朱利叶斯·麦肯齐这样一个人,这种轻率的举动所造成的后果,何时才会终了呵!"您要是有什么话要说,就赶紧说吧。"我们低沉地说。

"他已经,他——"

"难道把自己也毁了?"博士问。

"唉,是啊,先生。他确实已经——抹了脖子啦——眼下正停尸在花狗酒馆里呐!"

朱利叶斯·麦肯齐终究得到了这样的结局!不用说,我们直到此时此刻那种对他十分仇恨的感情突然一下子消失了。这个负担过重而苦苦挣扎、深受虐待而被人遗弃的可怜虫呵!人世间苛待了他,苛待得几乎叫人抱怨上苍。这个可怜的人一直愿意工作,一直勤勤恳恳地干他那一行,也有干活儿的能力;同时他也曾经跟他的厄运做过英勇的斗争,认识到有责任抚养他的孩子和那个给他带来毁灭的贱女人,而且一心一意想那样做。依我们看,他那种酗酒的恶习倒像是她的邪恶反映,而不是他本人趋向堕落的后果。但是,仍然值得怀疑的是她是否跟他学会了那种恶癖呢。自从花狗酒馆的左邻右舍认识他俩那天起,他俩实实在在都是酒鬼;不过大伙儿说,除非她当众发酒疯,让他丢了脸,他才借酒浇愁,除此之外,大家都没见他喝醉过。就是这样一个人,如今竟得到了这样的下场!他从青年时代起就大声疾呼,要求自由,独善其身,反对父亲和家庭的管束,反对他的学院导师的指责,反对所有的牧师、教师和导师的教导,反对人间传统的束缚,结果得到的就是这样的残局!他齐耳割断了自己的脖颈,这当儿正停尸在花狗酒馆里,等待验尸官判定是不是自杀!

格里麦斯太太是来告诉我们下午四点钟验尸官要到花狗酒馆去,说她丈夫希望我们也能到场。我们最近常见到麦肯齐,在他一生最后的岁月里那么关心他的工作,简直叫我们没法儿拒绝这一请求,尽管并无传票非叫我们去不可。接着,格里麦斯太太变得健谈起来,把她所知道的有关麦肯齐的生平一古脑儿都向我们倾吐出来。麦肯齐跟那个女人已经结婚十年,而且在结婚之前当然是个酒徒。"至于她嘛,几乎是靠杜松子酒哺养大的,"格里麦斯太太说,"尽管他并不知道此事,可怜的人。"不管这话是真是假,反正她结婚之后不久就酗酒了,于是他就时而灰心丧气,时而又竭力设法改善他和孩子的处境,一生就这样来回交替地度过去了。格里麦斯太太说他俩一旦兴致来了——女的先开始,男的便跟上——就会把可以过两周日子的钱全都在两天之内耗尽在酒费上。"他俩说过在四十八小时内能把价值四十先令的酒统统喝光,这对他俩来说就跟玩儿似的,一点儿事都没有。"那位博士惊恐地举起手来。格里麦斯太太又接着说:"那可决不是我们提供的酒。约翰确实不许我们这样供应他俩。"

她坐了半个钟头光景,一直在给我们讲那人的生活经历;不过,这一切读者诸君已经听得够多的了。到底是什么恶魔唆使那个女人在自己家里把她丈夫接近完成的工作成果焚毁呢,我们却没听说。毫无疑问,必是两人发生了一场激烈的争吵,那个男人想必再也没法忍受下去了。"他也有感情啊,先生,确实有,"格里麦斯太太说,"他明白一个女人应该正派体面,尤其是做妻子的更应该如此;我敢说约翰和我都同情他,为他难过。约翰有时会对他说句刺耳的话,可他会为了做一桩对麦肯齐有利的事而愿意跑遍全伦敦。约翰不会说自己受过教育,但是他确实尊敬学问。"

格里麦斯太太讲完这些话就走了,撇下我们单独跟博士在一起。他当即同意陪我们一道去花狗酒馆;我们还有一个钟头的时间可以耽搁,就议论起那个不幸的人。我们拿不准这当儿该不该提一下那部被焚毁的手稿。如果该提,当然不会是博士本人提出来。这场跟手稿有关联的悲剧使他觉得眼下甚至提一下自己的损失也不大恰当。博士谈论的话题是这样一个人,既无希望,又无信仰,又无恐惧,以这种方式结束生命,该是咎由自取——正像达恩莱①对博斯威尔②这样说过,博斯威尔又反唇相讥那样。"上帝的宽恕是无限的。"他低下头,闭上眼,十指交叉着说。那人如果还活着,吓唬他两句还是合乎情理的,而眼下人都死了,还要百般责备,就几乎不近人情了。

<hr />

① 亨利·斯图尔特·达恩莱伯爵(1545—1567),苏格兰贵族,玛丽女王的第二任丈夫,詹姆士一世的父亲。1566 年,他暗杀了他夫人的秘书,不久他本人也被神秘地谋杀。
② 詹姆士·海帕布恩·博斯威尔公爵(1535—1578),苏格兰贵族,苏格兰女王玛丽的第三任丈夫,一般认为他是谋杀达恩莱伯爵一事的主持人。

我们在指定的钟点来到花狗酒馆,发现那里聚集了一大群人。验尸官已经坐在格里麦斯太太那间小客厅里,人们告诉我们说那具尸体已经给安放在酒吧间里了。验尸手续很快就办完了。验明的结果是他喝醉了酒,身心痛苦,就在一阵低落的情绪下结束了自己的生命。在他自杀那当儿,他的老婆正从拘留所给押上警车送往警察局。他并非一文不名,因为他给了孩子钱,让他们出去买早饭吃,还特别关照那个顶小的孩子,一个刚刚学步的三岁小不点儿,要多加小心——随后他就自杀。大姑娘回到家里,发现他躺在地板上已经断气。我们给唤去作证,在博士陪同下进入酒吧间。唉! 就是那张给抬到楼上老板娘卧室里去让麦肯齐干活儿的桌子——那张我们跟他围坐在一起共同研究过博士手稿的桌子,现在又给抬下楼来做别的用场。我们对这件事没说什么,只提出我们知道这人既勤勉又有才能;此外,唉! 我们在他死亡前一天夜里见到他烂醉如泥,瘫倒在床,不省人事。

　　这个场合最叫人难过的景象莫过于麦肯齐妻子的出现——我们以前从没见过她。她是由一名警察带来的,她是不是还处于监管之下,我们就不得而知了。她不是由于警察为了保持体面、就是邻居的照顾而穿上了一套显得太大太长的旧黑袍子,还戴上一顶几乎把脑袋都包起来的无边黑女帽。她是个瘦小女人,我们瞥见她脸色苍白,精疲力竭,脸上没有可怜的麦肯齐那类酒徒一向带有的标志。她给领到验尸官面前,在答话时声音低得根本传不到我们的耳中。那名跟我们交谈的警察说她并不太难过——眼下她麻木不仁,内心感觉不到什么痛苦。"此刻她只是有点害怕罢了,先生。"那名警察说。我们朝桌子那边瞥了一眼,只能看到前不久还是一个活人的身体轮廓。我们真想再瞧一次他的面容,似乎有一种病态的强烈好奇心想亲眼看一下那种可怖的景象。可是我们并不希望别人觉出我们有这种念头——尤其是不想让我们那位博士朋友觉察出来。于是我们就避免拥到桌子上首那边去。博士本人一直默默待在室内远离那个场合的一个旮旯里。这事一提交给陪审团审议,他们当即判定这人是由于酒醉,失去理智而自杀的。这就是学者朱利叶斯·麦肯齐的结局。

第二天,博士带着我们那个黑匣子返回乡间,我们很欢迎他还能继续利用那个像一口小石棺似的玩艺儿。至于我们给他带来了这样一场大灾难,他一句谴责的话也没说,既没口头抱怨,也没书面斥责。当初那位伟大的哲学家也曾经受过这样的痛苦,这种想法似乎抚慰了他。我们再次道歉,他却面带和蔼的微笑,说道:"如果连牛顿都能忍受,我当然也办得到。"我们之间又做了磋商,主要是我们提出来的,最好再找一位年轻学者到他的教区宅邸去,从那堆废纸堆当中把我们这位朋友的学术大厦重建起来。博士也给予我们些许鼓励,于是我们就开始四处寻访;可是就在这当口,我们收到下列一封信——

      "一八某某年某月某日写于某教区
 "敬爱的＿＿＿先生:
  感谢你们竭力想为我另找一名助手,以便重新整理编排我那部研究古希腊戏剧家韵律的论著所剩下的残简碎片。你们的允诺可谓一种额外的好意。"真是一位可亲、彬彬有礼的老绅士!因为我们十分理解这些词句里并无一点讽刺的意味。"你们的允诺可谓一种额外的好意;但是经过一番仔细研究和慎重考虑之后,我决定放弃这项计划了。已经给毁掉的那部分不可能再复原,而且也许并不值得复原。我已经老了,再也没法儿重新提笔，也许我压根儿就不适合搞学术工作，不该指望得到什么顺利的成功。我从此不想再回顾我那没有诞生的婴儿的灰烬，却愿意回忆这场灾难给予的教训以安慰自己；我现在也极明白从那种苛刻而公正的批评所得到的安慰恐怕更难以找到啦。我一想到自己幻想成为一名学者的努力化为泡影，就会转念想到那个人可怕而致命的灾难；在学识上，他可比我完备成熟得多。

你们无论何时有空来到乡间，都请记得我本人和小女竭诚欢迎你们光临我们这一教区。

你们最忠诚的。

"

我们后来一直没有时间接受博士盛情的邀请，也没再看到那个黑匣子，那里面盛着博士不愿再回顾的那个没诞生的婴儿的灰烬。我们想象得到他站在那里，思潮起伏，一只手按在匣盖儿上，却从不敢启锁。真格的，我们并不怀疑那把钥匙跟其他一些他珍藏的物品，诸如他夫人的一绺头发啦，那个没能活到站在他膝头上玩耍的男孩的小鞋啦，等等等等，都一起给收起来了，因为那位博士是个心肠软的人，是个靠回忆往事度日的人。

我们常去花狗酒馆拜访格里麦斯夫妇，坐在那里谈论麦肯齐和他的家庭。他的老婆后来很快就从那个地段消失了。没人知道她和四个孩子的下落。随后不久，格里麦斯先生也带着老婆离开了。但是不能说他们也消失了。有一天，他一边搔着头皮，一边感叹地对我说他已经——发财了。"我们买了一幢挺舒适的房子，就在考尔契斯区以外两英里那儿，"格里麦斯太太得意洋洋地说，"连带三十亩地，只不过叫约翰高兴高兴罢了。至于花狗酒馆，我可腻味透了,再在那里待上一年,准保把我累成皮包骨头。"我们观察她,并没看出她会变成那个样儿。我们瞧瞧约翰,觉得他也并没有那种得意洋洋的劲儿。

谁盘走了格里麦斯夫妇那家酒馆继续经营下去,我们可就压根儿也没再去酒池街打听。

1870 年

土 耳 其 浴

.

事情发生在八月里。大家都到野外或者莱茵河畔避暑去了，我们由于工作上的需要，不得不仍然留在城里。去年我们干得挺卖力气，如今身体并不像亲朋好友所期望的那样硬朗，于是决定去洗个土耳其浴解解乏。这个小故事只记录了一个人的亲身体验，不过我们希望取得读者的谅解，允许我们在这里运用编辑部惯用的"我们"这个词儿。这个故事是不是还能用什么别的方式来叙述，那可就说不准了。反正我们决定去洗个土耳其浴，于是就在那天下午三点左右，我们摆出澡堂里特有的那种阿拉伯式的尊贵派头，轻装上阵，大摇大摆地从浴室的外间屋走进里间屋。

并非人人都在杰明大街那家土耳其浴室里洗过澡，因此我们不妨先尽量简短地描绘一下身历其境的情景。我们当然是按照常规惯例那样走进去的，在许多聚集在门厅那儿的体面的服务员簇拥下，把帽子啦、靴子啦、"贵重物品"啦统统寄存起来；就在我们走进去的那当儿，我们看到大街对面有个身材矮胖的中年绅士站在那里，衣着褴褛，手套破烂得尤其惹人注目。一个生活富裕的男人可能不戴手套，也可能手里拿着一副，与其说是使用它，倒不如说是把它当成一种时髦的摆饰。但是，手上戴一副破烂手套，在我们看来，真是一种试图保持外表体面而实际上却是白费心机的表现。这叫我们感到莫名的哀怜。我们深信干编辑这一行的人都见过那种破烂手套，而且理解它所勾起的哀愁。要是哪位编辑对一位女士手上的破烂手套无动于衷，心没软下来，那他决不是我们的哥们儿。眼下这个例子，那副破烂手套是戴在一位男士手上，尽管透着寒酸相，那位先生走起路来却带着一点洋洋自得的样儿，避免了叫人怜悯、被人亵渎。我们只看了他一眼,可我们进入那座挂着东方文字招牌的楼房,脱掉靴子,掏出怀表和皮夹子的时候,心里却一直还在想着他。

我们当然得到澡堂子提供的两条花格毛巾,尽管竭力想表示我们从小就习惯自己把其中那块大点儿的毛巾称心如意地裹在身上,可结果还是让一位年轻伙计帮忙围好。那些东方小伙子在澡堂里溜来滑去,熟悉这门行业的本事,真叫人叹服。我们很快就不害臊了,在众目睽睽之下脱得精光;这当儿,周围的沙发上正躺着五六个年轻人,我们认出其中一位是任职于财政部的沃尔克,看上去他即使赤身露体,也跟衣冠楚楚的时候几乎同样是个好样儿的。然后我们就把另一条毛巾拖带在身后,神气活现地进入浴室。我们大概去洗过五六次,细心观察过全过程,有意把那种既轻松自在又富有东方情调的入浴方式推荐给年轻朋友们。有人爱把另一块毛巾当作披巾那样披着,这无疑会起到一点权当外衣的那种体面作用,却叫人整个儿失去了尊严而显得女里女气——那副模样就跟一位五十岁的太太有时清晨七点起床,四处寻找她的女仆,打算梳妆打扮过再吃饭一模一样。有人只把它简简单单地当做一块毛巾夹在胳膊底下,这些人出于英国人那种任性的脾气,存心破坏这家澡堂别致的东方气氛,殊不知那原本是它顶顶诱人之处咧。另有少数人把那块毛巾当作穆斯林头巾那样缠在脑袋上面,够资格达到那种身份地位的人无疑都该那样打扮。我们注意到凡是能那样做的人都气派轩昂地走进浴室,格外受到尊敬,别种方式都没法儿产生那种效果。我们也试图如法炮制,可是那块包在眼睛上方的头巾转眼间就会整个儿垮下来,挡住了视线,我们只好忍痛放弃那样做。至于个人的气度,一部分取决于步伐,几分仰赖眼神,而主要则依靠衣着,应当承认"不是行动本身,而是我们的企图毁了我们"①。绝非人人都能把一大块蓝毛巾当成头巾,像开罗大街上的阿拉伯人那样裹得好好的,双臂交叉在赤裸的胸脯上面,慢条斯理地进入杰明大街那家澡堂的浴室。不是行动本身而是企图确实糟糕透顶地把人毁了。所以,我们建议那另一块毛巾应该耷拉在屁股后头。这种效果不错,而且这种方式没有什么不能克服的困难。

我们拖沓着步子进入浴室,慢腾腾地朝一把扶手椅走去,惯于在这种场合坐下来等着发汗。那里也有大理石躺椅,谁要是能在石头上躺半小时,除去拍手唤人,发出一声要水的瓮声之外,身子一动也不动,那么这种效果也不赖。他要是在那张硬邦邦的躺椅上辗转反侧,可就前功尽弃了;我们承认自己的胳膊肘儿总喜欢舒舒服服待着,何况那样躺着,我们的骨头也会酸痛不堪。这种大理石沙发想必是给年轻的土耳其人准备的。一个人即使在一个钟头里大部分时间平躺在石板上不感到难受——更了不起的也许是一点儿也没露出难受的样儿,他还得记住这远远不算大功告成。很大的程度上还得取决于他拍手的方式和唤水的瓮声瓮气。我们发觉拍手得拍两下。头一下要轻得不起作用,甚至对那些听觉迟钝的伦敦人来说,也好像一开始就需要东方情调似的。我们其实听到了三声,不过我们认为这也得多加练习;即使有人拍得十分完美,声调也往往显出西方人那种急躁而缺乏东方人那种凝重。除

---

① 引自莎士比亚《麦克白》第二幕第二场麦克白夫人说的一句话。

去"水"那个字之外,别的什么话都不许说,效果好像应该是那人正全神贯注于发汗过程,其他任何杂念都该摒弃似的。在那种费劲儿的尝试中,还应该显出近乎痛苦挣扎的样儿——好像那个忍受痛苦的人,尽管意识到如果成功了就会通体舒畅,赛过活神仙,却也认识到处于这种半死不活的状态,也可能在这番尝试中彻底完蛋似的。拍两次手,唤一声水,每隔十分钟重复一遍,一个年轻土耳其人四仰八叉躺在大理石躺椅上,只允许自己这样表明他还活着呐。

我们坐下来,很明白自己绝对达不到那种活神仙境界,于是满足于尽情享受俗人那类舒适。椅子两个两个排列着,由此而兴起了一种习俗——我们决不会认为这也起源于东方——根据这种习俗,朋友们坐在椅子上相互交谈,消磨时光。我们觉得真心诚意去洗土耳其浴的人根本就不会开口讲话,不过交谈声如果很轻,介乎耳语和清晰发音之间,那么这种悄悄声倒也并不招人讨厌。我们闹不清这样运用嗓音是否也是东方式的,只觉得这样做倒也增添了一种神秘气氛,总而言之,并不伤大雅。不用说,那种洪亮而刺耳的说话声是要不得的。那位跟朋友大声谈论生活琐事的人不仅自私、无知、缺乏诗意,而且准是一个没教养的英国人。除了蠢人,还有谁会炫耀自己那驴叫般的大嗓门,数说议会那天开会一直开到半夜三更,而把十来位浴客的幻觉驱散呢?

尽管朋友们可以在土耳其浴室里轻声交谈,可是独自前去的人却几乎很难跟别人交谈起来。据说我们的同胞没经正式介绍,压根儿就不会彼此交谈;两个人,赤身露体,只围着一块毛巾,彼此又不相识,当然更不大会攀谈。您发现身旁有这样一位装束的人,真不知道该怎样开个话头。再说,您觉得应该保持某种程度的尊严,这种心理无疑是在您脱去裤子袜子之后油然而生的。就我们来说,还得承认更大的困难在于我们是近视眼,因为要发汗,还要洗头洗澡,不得不把眼镜寄存起来。那里的气氛妙倒是挺妙,我们却没法儿在那昏暗的灯光下辨清周围的人。对我们来说,弗赖迪大街的琼斯或者财政部的沃尔克,看起来都跟那些伺候我们的亚细亚伙计一模一样,那些仆役在那里轻步走来走去,彬彬有礼,自尊自重。我们刚一坐下,就有另一位浴客迈着庄严的步子慢慢走向我们身旁那个座位,坐下来,把两条光腿伸直,光膀子朝后一靠,挺符合那里的规矩。每逢遇到跟我们接触的人,我们往往事先推测一下他们的性格和大致的境遇。我们当编辑的,有责任这样做。要不观察公众各式各样的心理状态,我们怎能投合他们的兴趣呢?我们觉得一眼就能看出此人不同凡响,而且我们在这个故事的开头,也可以断言随后发生的事证实我们最初的印象完全正确。由于室内光线暗淡,再加上我们的视力不足,我们看不大清那位先生的容貌,不过倒能从他的一举一动看出这人一丝不苟,一定周游甚广,东西方在他看来都一个样儿,准是个世界主义者。我们承认很想聊聊,竭力想找个合适的话题,却怎么也想不出来。要不是那位伙伴更有准备,我们真就会默默消磨那半小时的休息时间。"先生,"他转过身来,带着一种别具魅力的风度说,"我希望不至于因为跟一位陌生人说话而触犯或者违反了任何一条斯文礼仪的规矩。"他的态度既自在又不失尊严,同时还带点儿饶有风趣的幽默感。我发觉他有点儿爱尔兰口音,若真如此,那种我一向喜欢的土腔在他嘴里却因为跟别的方言经常交流而几乎消失了,因此这只能说是一种猜测,或者不如说是一种希望。

"哪儿的话。"我们转身答道,可惜错过了他方才那种温文尔雅的风度。

"我认为,"他说,"两个人坐在一块儿,因为互不相识而不敢交谈,只好干坐一个钟头,真是天底下最荒谬不过的事了。这跟一个人穿着或者没穿着裤衩儿又有什么关系?"

我现在确有把握了,因为他提到那条男人短裤时生动地加重了语气,而且那个字眼儿当然是爱尔兰词汇。那可亲的声调又有谁不熟悉呢?除了爱尔兰人之外,又有谁会刚跟一个陌生人相识几分钟,就愿意表明自己是个见多识广的人呢?

"不过,"我们说,"人是衣裳马是鞍,总得靠衣着外表。"

"这倒是实话。"我们的朋友说,"为什么会这样呢?因为他们信不过自己就往往信任他们的裁缝。有谁在发言时不带一点儿说教零碎儿,有谁能讲出内心的大道理而不喋喋说教呢,您倒指给我看看。"他说得挺带劲儿,嗓音却恰到好处。要是说得太响让别人都听见了,那我们当即就得转移地点,退避到更热的一间屋里去啦。他的话语清晰可闻,却是用得体的低嗓门说出来的。"我有个信条,"他又接着说,"那就是哪怕是一刻钟时间,咱们也不该白白浪费掉。伦敦城里存在着多么古怪的一群人呵!"

"混沌一团,却并非全无章法。"[1]我们答道。

"天哪——章法可够难寻的。"他说。接着他便高谈阔论起来

---

[1] 此句摘自18世纪英国诗人蒲柏《人论》第一书函,第一章,第一节。上下文是:"生活原本可以更丰富些/不只是坐井观天而后死去/让我们畅怀细说人的这种情景吧;/混沌一团!却并非全无章法。"

了,仿佛想到了自己的祖国,却又不想提它似的。这也许正是爱尔兰人唯一常犯的毛病。"正像那位诗人所说,不管有无章法,我们都可以畅怀细说。伦敦叫人多么捉摸不透呵!您能了解纽约或者君士坦丁堡——甚至巴黎。您知道那些城市里的人在干什么,心中有什么欲望。"

"所有的城市里,人的欲望几乎全部一样。"我们说——而且认为这话说得不无道理。

"您别是指金钱吧,"他又夸夸其谈起来,"对,没错儿,金钱是人们最大的需求——最有权势的东西,最理想的美,最完美的体现。"[①]显然他对柏拉图和蒲柏都很熟悉。我们并没有因为这一小小的炫耀而认定他彻底精通那位哲学家或者那位诗人的作品,不过我们认为要真的进行交谈,杂七杂八的肤浅知识总比只熟悉一两件事物要强得多。他接茬儿说:"金钱无疑是一切;rem-rem;rem,si possis recte,sinon—[②]下文您当然知道,不消我说。我对此并不抱怨。我自己也喜欢钱,了解它的价值。我也有过钱,不过——说出来不怕您笑话,先生——我现在可是个穷光蛋。"

"对您后一种情况,我们深表同情。"我们说,态度尽量显得谦逊而自然,心想我们总不能老摆出当编辑的架势。

"我抱怨的是,"我们这位朋友一边悄声说,一边摸摸胳膊和大

---

① 见柏拉图:《会饮篇》和《理想国》。
② 拉丁文:"金钱——金钱;金钱,如果可能,当用正当手段获取,如果不可能——"此句摘自罗马诗人贺拉斯《书札》第一卷,第一章,第六十六节,原文后面尚有一句"便会不择手段去捞取"。

腿，看看室内温度有没有产生实际效果，"一个人在伦敦即使有一颗钻石，有一双靴子，或者有某种特殊的本领，也没法儿拿到适当的市场上去换取适当的价钱。"

"他在君士坦丁堡就能办得到吗？"我们问。

"要比伦敦容易些，估价也准确得多。在巴黎也可以！"我们不大相信这话，正想如何表达我们的怀疑，他却一下子把话题岔开，谈起我们特感兴趣的供应和需求问题，结果使我们失去一次跟他争论那个原则问题的机会。"一位文人，"他说，"一位有真才实学的文人，总能在巴黎找到一处销售他的产品的市场。"

"一位有真才实学的文人在伦敦也同样可以办到，"我们说，"一旦他证实了自己确有才学就行。在巴黎，他也得先证实一下啊。"

"对——他得证实一下。顺便问一下，您要不要抽一支雪茄烟？"他边说边伸手从身旁那块石板上拿起他早就放在那儿的两支十耳其方头雪茄。接着他解释因为热气的关系没把烟盒带进来，可他一向"储备"——这是他用的词儿——两支雪茄，以便万一遇到个熟人就可以一块儿享受一番。我接受了那支烟，随即我们俩就溜到一个为雇客点烟而准备的火头儿那边去，然后又回来坐下。他走起路来有股帅劲儿，真叫我觉得怪可惜的是他平时穿得那样褴褛，远远不如眼下这样体面啊。我得承认那烟叶的味道不像是一流货，可我不经常抽雪茄，因此对东方烟草不便妄加评论。"对——在巴黎，一个人也得证实一下他的才能；不过，要是有可以证明的事实在，他多么容易就可以办到！要是他手头有出售的玩艺儿，市场又多么没问题！"

我们当即说明两个首都在这方面并没有多大区别，而且指出这样一桩我们深信的事实，那就是在这个或那个首都，肯定一向都同样极难判断某人掌握了能为报刊写稿的才能,何况何谓写稿的才能也很难定个标准。"只有成就卓然才能令人信服。"我们一边说,一边拍了一下胯股,劲儿大得完全跟一个土耳其浴客不相称。

"一个人也许很有才能,只有用起来才能发挥! 一个人也许有颗钻石,只有把它卖了才算它货真价实! 可是一个人想在英国出版界五花八门的职务当中挑选一种干干,他该怎么着手呢? 他该怎样开始呢? 在纽约,这样一个人,我可以立刻给他指出门路。让他在交谈中显出自己受过良好教育,他们就会在报馆里试用他——他们就会让他在刊物上露一露,碰碰运气。可是在这儿,他即使把手指头写断了,也不会有哪位编辑会看看他写的稿子,一个字也不会看的。"

这一下子他可把我们惹火了。他提到了刊物,我们认为他搞错了。"报纸嘛,"我们说,"外界投去的稿件,我们料想不大可能受到报社的青睐,不过投给杂志社,至少有那么几家会过目的。"

"我认为,"他说,"那不过是一种装潢罢了,纯粹是出小小的闹剧。他们雇用一名练习生,让他把来稿看上一两行,然后就原封退回。整本刊物只充塞了某些作家陈词滥调的文章,那些作家确信自己不管写些什么,市场都需要——一帮铺张词藻的写作贩子,每天干八小时,可是简直不知道自己写的是什么。"我们再次大声表示他说得不对,伦敦确实有几家杂志社的社长殷切期望得到他称之为具有才能的作家的协助,不论在哪儿,只要能找到,他们就需要。我们坐在土耳其浴室里,身上只裹着一块大毛巾,没法儿把自己的身份透露给一个陌生人,而且我们觉得当编辑的通常都应该叫人难以识别出来——不过我们确实十分强烈地表达了自己的观点。

"如此说来,您的意思是,"他略带嘲讽说,"一个一直在别的国家——譬如说,在纽约或者在都柏林——用英文写稿的人,一位肯定很有才华的作家,如果想在伦敦一试身手,他也会获得发言的机会。"

"当然会的。"我们答道。

"除非他带着什么特殊朋友的介绍信,否则的话,编辑会接见他吗?"

我们顿了一顿才答复,因为这个问题对我们来说似乎具有一种特别的含意。尽管一位编辑问心无愧地恪守职责,尽管他白天连带晚上一半时间都在审稿,在读者和那些喂养读者的作家之间保持公正平衡,尽管他永远勤劳不倦,永远坚守原则,毫不偏袒,可是一遇到某些他没法儿不给予否定答复的人,他还是愿意尽可能不以个人身份出面来拒绝他们。但是眼下我们在土耳其浴室里,身份不大为人所知,很可能像一位局外人那样冒冒失失地提出自己的看法。我们这位朋友提到的那些来访者我们倒是见过不少,今后也许还会见到许多。

"是啊,"我们说,"一名编辑可能接见也可能不接见这样一位先生;不过,非见不可的话,他无疑还是会接见的。一名英国编辑就跟一名法国编辑一样,很可能会那样做的。"这一点我们说得挺带劲儿,因为觉得自己让他那种断言激怒了,他居然认为在处理这类事情上,巴黎或者纽约都比伦敦强。

"那么——先生,如果明天上午我带着一小篇文稿来拜访,您会接见我吗?"这位爱尔兰朋友用恳求的声调对我们说,就跟那些认识我们的邻居和商人那样称呼我们。我们顿时觉得我们之间的关系彻底改变了,这家伙向我们投来了一把匕首。

对,向我们投来了一把匕首。这当儿我们要是穿着衣裳,觉得自己一如往常,就会老实不客气地斥责他一顿。可是事实上,我们只能站起来,把他给我们的那支不干不净的方头雪茄抽剩下的烟头掼掉,拍六七下手招呼一名亚细亚人过来给我们洗头。但是那个爱尔兰人就在我们身旁。"允许我明天来拜访您吗?"他说,"我叫莫洛——迈克尔·莫洛。我身边没带名片,因为东西都存在外面了。"

"有没有名片,根本无所谓。"我们说,又拍手招呼那位洗头的服务员。

"这么一说,我可以去拜访啦。"迈克尔·莫洛先生说。

"当然可以,悉听尊便。"我们粗野地同意了这种强加的请求,然后就坐在石板上,让那名肤色黝黑的服务员搓澡。他捶我们的胸脯,捅我们的肋骨,捏我们的脚指头,接着给我们冲洗,先用温水,渐渐换成冷水;就在这操作的全过程中,我们心里却一直在琢磨着迈克尔·莫洛先生,回想他叫我们落入跟他交谈的圈套那种办法。这个无赖想必一开始就筹划好了,尾随我们进入浴室,带着深思熟虑的计谋在我们身旁坐下来。他恰恰是我们不想接见的那种手里拿着一篇毫无价值的文章的投稿人。我们觉得这种事完全可以靠通信来解决,又爽快又利索。可是,一旦同我们的敌人面对面相遇,我们就往往觉得自己虚弱不堪。这当儿我们挺生莫洛先生的气,却又意识到自己的感情里搀杂着一点自豪感。依我们看,莫洛先生明明是个不平凡的家伙;这样一个人竟会想方设法同我们接近,倒也叫我们多多少少有点儿得意忘形。我们已经发现他是个见多识广、颇有风趣的绅士;至于他叫莫洛,有意为我们的刊物写文章,倒也不能真给当作一桩贬损他的长处的事。然而,这无疑是个给我们设下的圈套——显而易见的骗局。这家伙假装不认识我们,靠这种手段骗取了我们的信任。但是,这种借此想捞到点什么的念头,倒也抬举了我们。这样一个人,既能摘引贺拉斯的话,又能谈论最理想的美,死乞白赖想接近我们,这就说明我们权势不小。我们洗完澡,回到外间屋,四处张望,想见到穿上平时普通便服的莫洛先生,可他还没有在那儿出现。我们一边抽着自己带来的雪茄烟,一边等着,他却一直没有再露面。他已经达到目的,我们猜想他大概宁可冒险久久待在热浪里,也不愿意再在那天下午见到我们,以免前功尽弃。临了我们只好离开那座楼房,而且不得不承认当天夜晚迈克尔·莫洛先生的形象一直萦回在我们的脑际。

　　我们毕竟也可能从那人所采取的独特的自我介绍方式中受益。他当然十分聪明,如果他能写得跟他说的那样好,他的效劳也可能有价值。在约定的钟点,他准时来到了,我们丝毫没有拒绝会见他的意思。莫洛先生的策略总算成功了,我们当时简直没法儿采取惯用的手法,什么声明工作太忙,无暇接见任何人啦,什么叫他不管有什么事,都该写信来说明啦,等等等等。我们也想到莫洛先生既然付得起三先令六便士洗个土耳其浴,想必不会是那种苦苦哀求的来访者,那些人的央求对心肠软的编辑来说,真是叫人特别难受。"我愿意白天黑夜地拼命干活儿,为了养活妻儿子女;您如果能把这篇短文登载在贵刊下一期上面,那就会使我们老少全家一个月不挨饿啦! 对,先生,不会——挨饿啦!"谁能抗拒或者抱怨这种央求呢? 然而,编辑明白为了诚实又非得抗拒不可,并且练就一副铁石心肠,让这种哀求对他一点儿也不起作用,至少就他主办的那份刊物来说应该如此。可是话说回来,要是那篇玩艺儿写得还不赖,并非荒谬透顶,那么,把它登出来,又会对谁有害呢? 要是浪费了——让我们称之为浪费吧——六七页篇幅而能拯救一家人一个月免于饥饿,那么这种浪费又何乐而不为呢? 可是,这种善心又绝对跟诚实——也跟谨慎水火不相容。我们相信读者诸君会体谅我们这种难处,会理解编辑为什么希望避免见到那些破烂手套。不过,我们的朋友迈克尔·莫洛先生花得起三先令六便士洗个土耳其浴,有钱买两支——当然啦,质量挺次的雪茄,则当别论。我们正在这样想,迈克尔·莫洛先生给引进我们的办公室来了。

我们首先看到的是那副破烂手套,接着我们顿时认出这位中年的矮胖先生就是我们踏进澡堂时见到站在杰明大街对面的那个人。在这之前,我们压根儿没想到这两个人竟会是同一个人——尽管街头那个人的寒酸相曾经在我们脑海中留下了深刻的印象,我们也绝对没有料想到。这位先生的容貌至今我们还没有看清呢。然而,不管他穿着衣服也好,还是没穿衣服也好,我们都能一下子就辨认出他的外表和步态。这当儿,他戴着一只破烂手套,另一只拿在那只戴手套的手里。我们一见这情景,当即意识到先前的想法全错了,通常那种央求肯定会出现,我们不得不尽力予以抵制。他跟我们打招呼的时候,还带着一点儿洋洋得意的神情。"那我希望,"他跟我们握手时说,"您不会因为我使用了把您抓到手的小小的计谋而见怪吧。"

"如此说来,这真是个诡计,莫洛先生?"

"谁说不是呢,编辑先生。"

"可是您去洗土耳其浴,不是因为我们也去了的原故吧。"

"遗憾的是看到你们进去,我也不得不洗个澡。我身边总共只有三先令九便士,于是我想,迈克尔,好家伙,这可是个投资的好机会,千万不可错过。三先令六便士让那些蛮子给我搓个澡,三便士从拐角那家小铺里买两支方头雪茄烟。我希望为了您的原故,那烟还凑合着能抽吧。"

真是一场彻头彻尾的骗局,还有那最理想的美和摘自贺拉斯作品的六七个字也全是莫洛先生那出小把戏的一部分!他耍得多棒啊!这人的衣着,现在看来,既褴褛又寒碜,他的神态也由此而显得猥猥琐琐。但是,他全身只围着一条蓝格儿大毛巾,大摇大摆地溜来溜去时,却一点儿也不显得卑贱。这家伙多么鬼,多么了解自己的能耐呵!"您现在来了,莫洛先生,我们能为您效劳点什么呢?"我们一边尽量装得和颜悦色,一边问道。下文是什么我们当然早就预料到。马上掏出一卷文稿,其实我们早已看到那份稿子从他胸前那个兜儿里滋了出来,接着就会向我们保证那篇玩艺儿的内容正合我们的需要。如今,人在这类事情上不再踌躇,不再缺乏自信——张口就会提出要求,就会歌颂自己,而不再缄默不语。自从竞争性考试已经成为当今的制度,一切都变了,如今没有哪个男人,哪个女人,哪个姑娘,哪个小伙子,会不好意思提出自己的优点和能力。"这只是一篇议论社会风俗的短文,"莫洛先生说,"您如果赏脸过目一下,我相信您会发现我说得恰到好处。题目是《五点钟的午茶》。"

"哦——《五点钟的午茶》。"

"您喜欢这个标题吗?"

"有关社会风俗,是吗?"

"只对某些现象略微敲打敲打。尖锐、简练、果断!我相信您会喜欢的。"

我们仿佛出于本能,连忙声明这不是我们所需要的那类文稿,这当然就跟买马人说他不喜欢那头牲口的大腿或者说臀腰太瘦一样。莫洛先生对待我们的拒绝也跟卖马人对待他的主顾一样。他面带微笑——我们能在那种微笑背后觉察到他忧心如焚——向我们保证那篇小文章正合我们的要求。我们当然早已准备好答复。他如果愿意把稿子留下，我们会过目的，如果不合要求，就会退给他。这种答复给人留下一半希望，往往使一位初次投稿者内心得到一种虚假的满足。这种人担心的是下次再来时会有什么结果。但是我们的朋友莫洛先生却是个老油子，深知他应该尽量利用这次花了不少代价才换来的机会。"您会过目的，——对不对？"

"当然。当然会过目。"

"如果行的话，您会用这篇稿子，是不是？"

"这一点嘛，莫洛先生，眼下无可奉告。我们总得照顾自己这份刊物的利益。"

"言之有理，不过刊登这样一篇文章，本市西区的各位夫人肯定都会看的，对贵刊来说，这不是再好不过了吗？"

"不管怎么说，尊稿我们会看一下的，莫洛先生。"我们一边说，一边站起来，准备送客。

可他不大想走——真的没走。"我是个结了婚的人——先生。"他说。对这项声明我们只点了点头。"我希望您能有机会见见内人。"他补充道。我们嘟哝了几句，大意是说我们当然乐意跟一位十分贤慧的夫人相识。"在天堂这一边，您再也找不到一个像她那样好的女人啦，尽管我不该这样夸口，"他说，"我们有三个小孩儿。"接下来我们明白他就会提出一番理由——这一招儿我们可太了解啦，却又实在没法儿接受。"请您稍坐——先生，"他接着说，"听我给您讲讲实情吧。"我们借口眼下特别忙，还有好多事要办呐。"当然,我明白这是什么意思,"莫洛先生说,"那就是——进来得快,出去得也快。就是这个意思。"他说这话的时候,两眼闪烁着幽默的神情,简直叫人无法抗拒,我们不由得扑哧笑出了声。这一笑叫我们整个儿缴了械。"得了,编辑先生,您要是想想我花了多大的代价才来到这儿,就无论如何也会再听我唠叨五分钟。"

"那好吧。"我们说,又坐了下来——同时想起那三先令六便士啦,两支雪茄啦,最理想的美啦,蒲柏那句诗啦,还有贺拉斯那半句话。这家伙为了达到眼下坐在这里的目的,确实费了挺大的劲儿。先前我们俩光着身子待在一块儿,我觉得他处处比我强;可是现在只因为他有货要卖,如果还适用的话,我们非得勉为其难地买下不可,因此不想接见他;真格的,我们怎能这样处世为人呢?

于是,他讲了他的经历。至于巴黎、君士坦丁堡和纽约,他坦白承认自己对这三大城市其实压根儿一点也不了解!我们面带不高兴的样儿,这种神情我们事后才觉出来,对他说他不是装得好像很熟悉这三个城市流行的文学吗?他答道那样说两句"不过是让谈话透着光彩罢了,可决不能巴望从中发现什么奇珍异宝"。都柏林嘛,他倒对那里的每条大街小巷、每家报社、每一位编辑都很熟悉,可是地方出版界那种贫困、唯唯诺诺和普遍乏味的现象把他压垮了,他便大胆决定在"文学首府"搏斗一番,试试身手。他跟我们提到《博恩闲话》《克隆塔夫纪事》、《唐尼布洛克论坛》和《埃林回声》这四家报刊社的经理,并且保证我们会发现他在这些畅销报刊社的办公室里相当知名而且受到尊重。他告诉我们他博览群书,涉猎甚广,笔在他手中随时准备着,就跟犁在庄稼汉手中随时准备着一样。他如此热情投身到他称之为"竞技场"的伟大场所,在这"文学首府"试试运气,我们有没有觉得这是他的一个高尚的抱负呢？他等着我们回答；我们不得不承认，且不说我们这位朋友多么精明能干，他的勇气确实毋庸置疑。"勇气在这儿呐，"他说，"都在这儿呐。"他用那只戴着破手套的左手抚摸着右胸脯。

他感动了我们。"莫洛先生，"我们说，"我们会看看您的大作，尽力而为。说句公道话，我们并不喜欢您写的这个主题，不过，文章要是写得好，您不妨试着写点儿什么别的东西。"

"当然可以，听从您的吩咐，天底下没有什么我不能写的。"

"我们若能帮您什么忙的话，莫洛先生，一定尽力而为。"于是编辑的架子卸下来了，人与人之间开始平等对话。"不用我说，莫洛先生，文人那颗心素来同情另一位文人。"

"正因为我知道您属于那类好人，才在那边紧紧尾随在您身后。"他噙着眼泪说。

那个盛满善心的容器像个船形黄油碟，现在拿在我们手中，我们就要把它倾倒出来，慷慨施舍。其实编辑该把这个器皿小心锁起来，即使丢了钥匙，他也不会损失惨重。这里无须乎复述我们对他所说的一切动听的话，什么诚心实意向他解释我们往往由于被迫抵制文学投稿人的央求而内心有多么痛苦啦，什么向他声明我们多么愿意发表那数以吨计的手稿从而使那些投稿人高兴啦。我们对他说我们多么理解一个女人的眼泪、一个男人的奋斗、一个姑娘的神情，并且向他保证我们天天由于没法儿叫我们的责任心跟同情心妥协一致而深感痛苦。"天哪！"莫洛先生抓住我们的手说，"您打我这儿绝对不会遇到这类麻烦。您如果像个男儿汉那样富有同情心，我会甘当牛马，拼命给您干活儿。"我们叫他放心，真的认为他也许能为我们的刊物干些有用的活儿；接着我们又站起来，等他告辞。

"现在我想跟您说句大实话,"他说,"信不信由您,我太太此时此刻连一盎司查(茶)一磅若(肉)都没有,而且我们手头连一个镧子也不剩。我这一辈子从来没告过帮——现在也不。可您如果能预付给我一镑稿费,那就免得我把身上这件上衣当掉,随便换几个钱啦。"我们认真考虑了一下就给了他一个金币。要是那篇稿子毫无价值,我们便自认倒楣。我们既然已经倒过那个黄油碟,发过善心,也就不再吝惜一片自制的卫生面包。莫洛先生说:"我不大会为了暂借二十先令这样一件区区小事向您道谢,可我永远不会忘记您耐心听我唠叨时那番感情,也永远不会忘记我在浴室里冲您发了一通怨言而您却毫不见怪。"我们向他善意地点点头,然后他就起身告辞。"不管怎么说,您还会见我,对不对?"他问道,我们作了肯定的答复。

我们虽然很想看看那篇稿子,可是当时实在挤不出时间。等办完公事之后,我们就把那卷稿纸揣在兜儿里带回家去,一路上揣摩着莫洛先生的人品。我们仍然信任他——尽管他滔滔不绝地信口开河,措词水平明显下降,单单这一点就使他不大像个有出息的文人,可我们仍然信任他。就创作能力来说,人却不可貌相。他自有他的长处,魄力也不小;一想到他在浴室里的谈吐对我们所起的作用,我们就仍然相信他,相信他肚子里想必有点儿货色。果真如此,我们扶助这样一个人——让他站稳脚跟,让他为妻儿子女挣到家中正缺少的茶和肉,我们该多高兴啊。编辑一向力求争取让某某人,男的也好,女的也好,在文学领域里站住脚跟——可是,唉!这种努力往往归于失败。不过这儿来了一位仁兄,我把他的手稿揣在兜儿里走回家去,对他倒确实抱着相当乐观的希望。

可是在我这一生迄今所看到的垃圾当中,我认为这篇关于五点钟午茶的文章要算最糟糕的了,不但庸俗愚蠢,文不对题,毫无意义,而且文理不通,晦涩难懂。词汇也拼错不少。这种文章,编辑、副编辑,甚至读者都会看过十行便放下,知道根本不可能发表。我们因为对这个人发生了兴趣才硬着头皮把全稿看完;全文从头到尾纯粹是一派胡言所凑成的大杂烩,糟糕得连毫无编辑经验的人都不相信作者竟然想把这种劳什子发表出来!我们觉得莫洛先生根本不可能给他举出来的那些刊物写过一个字。他收下了我们那个金币,依我们看,莫洛先生想必也就到此为止了。我们甚至怀疑他还会为自己这篇文章再来一趟。

但是他来了,在约定的钟点准时到达;我们一看见他那张脸就觉得他对自己的成功信心十足。他洋溢着一股迎接胜利的神情,这真叫我们感到十分惊讶。他明明深信自己会在扣除借去的那镑钱之后,取走那篇文章的全部稿酬。我们还没来得及换个适当的脸色做出必要的声明,他就抢先说道:"那你们喜欢拙作了。"

"莫洛先生,"我们说,"尊稿没法儿用。您该相信我们确实没法儿用。"

"没法儿用?"

"确实不行。我们不必再作解释——但是——但是——说真的,您还是改行的好。"

"改行?"他张大眼睛,举起两只手,喊道。

"我们的的确确这样认为,莫洛先生。"

"你们看过稿子了吗?"

"以名誉担保——每个字都看了。"

"你们不打算要?"

"对,莫洛先生,我们当然没法儿接受。"

"你们居然不要我那篇畅论午茶的文章!"我们瞧着他脸上的表情,只能确信这一拒绝叫他吃惊的程度就跟读者竟会接受那篇文章而叫人吃惊的程度一样。他把一只手举在头上,站在那里纳闷儿。"我看还是由你们自己选定题目为好。"他说,仿佛靠这种了不起的屈服好叫我们摆脱他给我们增添的一切麻烦似的。

"莫洛先生,"我们说,"我们还想直言奉告——"

"听我讲,"他说,"我已经对你们那么怀有好感,真可说没有什么事我不愿意为你们干啦。我把这篇文章收回,等孩子们一有了一口吃的,就再给你们另写一篇。"最后我们终于叫他明白,或许认为已经叫他明白,这事根本毫无希望,深信他无能为力替我们效劳。"难道我就这样给撵走吗?"他说,蓦地哭了起来,一屁股坐进一把扶手椅,把头埋在桌面上。"呜呜,唉! 我该怎么办呢? 说真的,难道我没想到咱们之间的关系已经牢靠得跟纳尔逊纪念碑那样坚固吗? 你们付给我定钱,难道我没认为事已成定局了吗?"我请他别提钱的事,叫他尽管放心收下那枚金币。"内人说不定哪天就要临产了,"他接着说,"可是眼下连半个锚子的东西都没准备! 说实话,人世间真是残酷无情,人世间可太残酷啦!"说这话的正是那个在澡堂子里跟我谈起过君士坦丁堡和纽约的人,而且他还叫我相信他是人世间的一个见多识广、生活富裕的人呢!

甚至到现在我们也没怀疑他在跟我们说谎。他为什么要装出这副可怜相呢,至今还是个谜;我们仍然勉勉强强相信他。我们觉得他明明为了要照应妻子而失望得心都快碎了,因此我们打算再奉送他一镑钱,把这看成我们力所能及的施舍,可他拒绝了。"我从来不向人乞求,"他说,"就我来说,我倒宁愿饿死。玛丽·简同样宁肯饿死也不愿我四处去低三下四地哀求。看来我们俩最好还是结束生命算了。"这话说得真叫人十分伤感;他把脑袋伏在桌面上,我们真不知道该怎样才能把他劝走。

"您还是收下这枚金币吧——把它当做一件小礼物好了。"我们说。

"决不!"他抬头瞧一眼,说道,"决不!"接着又低声哽咽。这次会晤时间拖得很长,于是我们向他提出一个建议,事后我们承认确实提得轻率而鲁莽。那就是我们建议到他家去看望一下他的妻儿。这人尽管为杂志写不出一篇好文章,不过也可能是我们私下乐意接济的一个很合适的对象。而且我们越观察这个人,越喜欢他——尽管他没有什么真本事。"那里破烂不堪。"他说,拒绝我们前去。经过我们之间这段交往,我们觉得他这样反对,真是毫无道理,因此一时怀疑他是在欺骗我们。"现在先别去,"他哭着说,"还不到去的时候。我会再试一次——再试一次。容许我再来拜访一次,好吗?"

"那您收下这枚金币吧。"我们说,借此想考验他一下。他要是拿了那枚原本可以归他的金币,我们承认就会把他当成一个骗子。他却没拿便走了,叫我们简直摸不清他的真正品质。

三天过后,他又来了,外表依然如故。戴着那副破烂手套,上衣也没当掉,头上戴的还是原先那顶帽子——仔细一观察就会发现它已经破旧,但是若不较真儿的话,倒还像样儿。脸上也没有困苦的痕迹,此时此刻还带着近乎清新的欢快表情。"这一次我给您带来了一篇准保叫您满意的文章——除非您比阴曹地府的判官还难伺候。"他一边说,一边塞给我们一卷纸。我们立刻打开一看,看看头一页。题目是《英格兰教会——为人民发问》。这篇交到我手中的文章像是前三天急就而成的,可是按内容来说,即使一位善于处理如此重大主题的作者想把它写好,也得花费两个星期的时间。不出我们所料,头一页上的语句就文理不通,荒唐可笑。我们开始生自己的气,居然跟这样一位仁兄打交道,他根本不够格写这类文章,却自命不凡,大笔一挥。我们看稿时,他观察着我们的表情,说道:"我想这一次我投中了吧。"

读者诸君不必劳神再听我们详述后来发生的情况了。反正前次发生的事又重复了一遍。他纳闷儿啦,争辩啦,抱怨啦,哭鼻子啦,等等等等。他谈起他的妻子和家庭,说得真好像直到这末一时刻都自信会成功似的。接下来他失望得无以复加,我们于是再次建议去看望一下他的夫人。他踌躇良久才给了我们一个霍克斯顿地区的住址,请我们尽可能晚上七点钟以后来。他再次拒绝收下我们给的钱,然后就起身告辞,知道次日晚上我们要去看望他的妻子。"你们十分肯定那篇稿子不能用吗?"他离开时又问了一声,我们做了一个十分肯定的答复。

次日,我们提前在俱乐部吃完晚饭,就朝莫洛先生给我们的地址走去。这是八月里一个美好的夜晚,我们走得挺暖和。我们去的那条街是一条体面的小街道,新而干净,但是四周有一种单调的压抑气氛,不过倒没有什么明显叫我们感到十分沮丧的事物。它并不四通八达,仅仅是为了适应收入偏低的体面人居住而在这一带修建起来的。我们当即估计这里的房租大概每周十先令六便士,房客大都是钢琴调音员啦,马车工匠啦,消防人员啦,公共机关的信差啦,等等。这一带尽管一点儿也不脏,却显得阴阴沉沉,色彩暗淡,叫人憋闷。我们走向十四号门牌,见大门敞着就走进通道。"进来吧。"我们那位朋友喊道;我们发现他正坐在前厅小起居室里,两个膝盖上一边坐着一个孩子,另外一个可爱的小姑娘,年纪约摸十二岁,正坐在室内一个旮旯里补自己的袜子。那间屋子和周围的情景都出乎我们意料之外。样样无疑都挺朴素——在某种意义上来说,够简陋的,但绝非贫困。孩子们都穿得蛮体面,明明不缺乏营养。莫洛先生本人见到我,两眼闪现我先前发现过的那种幽默的神情,看来这当儿他根本没受到先前不止一次向我们展现的那种极端痛苦的折磨。"请进,先生,妈妈还没从医院回来——还没有呐,"那个小姑娘站起来说,"不过已经七点多了,她也该回来啦。"这一声明使我们感到有点儿诧异。我们确实听说过莫洛太太的情况,她预先住进医院已经挺得计,可她居然还经常每天晚上七点钟回家来,这就叫我们闹不明白了。我们的朋友莫洛又眨了眨眼,几乎让我们一时觉得自己成了某种至今给蒙在鼓里的骗局的对象。可是,这人就是那个在杰明大街土耳其浴室里洗澡的家伙,他的两篇稿子如今还在我们手中,而且他曾经哭得泪人儿似的,根本不像开玩笑。"我知道你们会来的。"莫洛先生说,同时把两个孩子放下来,站起来迎接我们。

"看到你过得这样舒服,我们很高兴。"我们答道。

"爹过得挺舒服,先生。"小姑娘说。我们端详莫洛先生的脸容,只见他的两眼一眨一眨地闪亮。我们肯定是上了"当",这可真是一场前所未闻的、精心设计的大骗局。我们与其说后悔给了他那枚金币,倒不如说深感懊恼自己好心周济却受了骗。"妈妈回来了。"小姑娘一边说,一边朝门口奔去。莫洛先生站在室内正中央咧着嘴笑,又抱起那个最小的孩子。他好像一点儿也没有为自己干过的事害臊,甚至这当儿向我们表示的神情,也只是对那个小男孩的宠爱,而不是为自己向我们开了那么一个不光彩的玩笑而感到的悔恨。

我们一见到莫洛太太就发现莫洛先生分明彻头彻尾撒了谎。不管她哪儿不舒服,有必要去医院,反正不是那种会使她行动不便的害喜病。她是个健壮的女人,精神饱满,四十来岁,脸上流露着既和蔼可亲又事事一丝不苟的神情,这种神态我们常在意志坚强的女人脸上见到,她们不得不把沉重的家务事承担起来。她屈膝行礼,摘下无檐女帽和围巾,把一瓶酒放进橱柜,对我们说:"迈克尔说过你会来,先生,我们当然很高兴见到你——只是给你增添了麻烦,真是抱歉,先生。"

我们彻底给搞糊涂了,简直不知道怎样客客气气地答礼——简直不知道该不该对她客客气气地答礼。"我们真不大明白怎么会给引到这儿来了。"我们说,至少尽力保持一点儿轻松和善的语调。他仍然搂着那个男孩儿,不过这当儿脸上现出怪有趣儿的神情,看上去他几乎想捧腹大笑似的。"您的丈夫声称他陷入了困境。"我们压低嗓门说。我们出于某种敏感而克制自己,没把莫洛先生特别提到的——最不真实的——那种伤心事讲给这个女人听。

"唉,真是的,先生,"那个女人说,"请到这边来一下。"随即她就领我们进入后边一间小屋,那里面有一张床和一个上面堆满纸张的老式写字台。她很快就说明了事实真相。她丈夫其实是个疯子。

"疯子!"我们惊呼道,同时立刻准备拔腿就跑,以便逃脱可能遇到的极大的风险。

"别怕,他连一个耗子也不会伤害,"莫洛太太说,"而且看管起孩子来,全伦敦再也找不出一个年轻女人比他更好的了。"我们于是听她讲述实情,觉得她对那人的率直感情是全部话语中的主要特征。她告诉我们她本人是圣·帕特里克医院的护士长,每天早晨八点上班,一直工作到下午六七点,每周挣三十先令,附带中午一顿饭。她说他们夫妻俩完全摆脱了经济上的困难。真格的，因为谈到了钱，她便打开写字台的一个小抽屉，从中取出我们那枚金币，几乎看都没看一眼就交还给我们。莫洛本人也是"好人家出身"。她不止一次提到这一点，让我们明白他的家族目前每年津贴他一百镑。她说他受过良好的教育，曾经在都柏林三一学院念过书，后来因为屡犯小小的过失而被迫离校。他很早就热衷于报界；他俩结婚后，他就全靠剪刀和糨糊拼拼凑凑的本事在都柏林养活全家。我们没有细问他的事业历程，如果时间许可的话，莫洛太太肯定会原原本本告诉我们的。甚至在他神志正常的那些年月里，他也只是半清醒，用他那支极为多产的笔洋洋洒洒地写出大量稿子议论他周围的世界。"要是我让他有一支蜡烛的话，他就会没完没了地通宵写作。"莫洛太太说。我们便问她干吗还给他蜡烛呢，而且顺便打听一下稿纸的开销。她说稿纸全是由一家莫洛每天都去拜访的报社提供的，究竟是哪家报社她却不愿透露。"论起干活儿，全伦敦再也没有哪个人比他更刻苦了，"莫洛太太说，"他神志不清。他的文章我也不说完美无缺，可有的还是写得很不错，我纳闷儿他们为什么不发表。"这是她所说的唯一一句我们不便苟同的话。"对了，先生，"她说，"您还没看过他写的诗呐！"我们不得不对她说读诗会要了我们的老命。

这个女人从容自在，一点儿不虚伪，而且乐天知命，这使我们感到高兴。她什么也不抱怨，只想把丈夫那种小小的怪癖解释清楚。我们提到他编造得挺妙的一些谎言，她立刻打断我们的话。"他确实撒谎，"她说，"没错儿，他编造得全都妙极了。可他连一个苍蝇也不会伤害。"我们觉得她分明不但爱她的丈夫，而且景仰他。她指给我们看那些塞满几个抽屉的成堆的稿子；不过那篇议论英格兰教会的文章倒是特地为我们赶写的新作。

等她讲完,我们便回到他的身前,他冲我们微微一笑。"再见,莫洛。"我们说。"再见,先生。"他答道,还跟我们握握手。我们仔细端详他,简直不敢相信这就是那个在土耳其浴室里坐在我们身旁的人。

他后来没有再麻烦我们,也没有再到我们的办公室来,不过我们倒时常去看望他,而且发现我们的一些同行也在那样做。我们甚至乐意提供给他稿纸,他如今还在继续使用呐——我们料想,大概是为其他编辑们着想而在孜孜不倦地写稿呢。

1869 年

马拉凯海岬

没多久以前,在康瓦尔郡北部,丁塔吉尔和波西尼两个村镇之间那段海岸上,紧靠海边住着一个老头儿;他打捞大浪里的海草,把它们当肥料卖出去,就靠这个行当糊口为生。那里的悬崖险峻而秀丽,海水从北边汹涌地冲刷撞击过来。这片景致,虽然比不上爱尔兰西海岸许多地段或者威尔士和苏格兰若干地点的景色,可我确信它在英格兰算是最美丽的了。悬崖峭壁应该是险峻而凹凸不平的,从山顶到底端的沙滩只有一条险径通往这儿那儿。海水即使冲不上去,也至少非常贴近峭壁,尤其重要的是:下面的海水应该是蓝蔚蔚的,而不应该是我们英格兰人常见的那种灰里吧唧的颜色。这些必要的条件丁塔吉尔一一具备,唯独缺少那种十分明亮而可爱的蓝颜色。峭壁本身倒也险峻而凹凸不平,一遇涨潮,沙滩就变得很窄——窄得在春潮时分刚够人站住脚。

　　我刚才提到的那个老头儿,名叫马拉凯·特伦格罗斯,他的小屋,毋宁说是棚舍,就贴近大海边缘。马拉凯——这一带人都管他叫格罗斯老头儿——并没有把房子全盖在沙滩上面。峭壁上有条很宽的裂缝,由顶端起形成一条狭沟,从上贯通下来,足够开辟一条陡峭而崎岖的小道,直通岩脚。这条裂缝宽得可以让特伦格罗斯在石基上定居下来,他确实就在那儿住了很多年。据说他起初干这个行当时,总是自己用篓筐把海草背上去,可是后来他有了一头毛驴,就把它训练得可以驮一只驮筐在那条陡峭的小道上走上走下,因为山缝狭窄,毛驴身上两边都挎驮筐就通不过去了。他在自己的小屋旁边又给这个脚力搭了一个窝棚,跟他住的那间屋子差不多一般大。

随着岁月的推移,格罗斯老头儿除了有那头毛驴的协助之外,又有了别的帮手,我倒宁愿说那是上帝恩赐给他的另一种相助;说真的,如果不是那样,老头儿必定早就舍弃他的小屋和他的独立了,而进入坎麦尔福特的济贫院,因为风湿病折磨他,老年使他背驼得几乎直不起腰来,他渐渐不能赶驴登上山坡,甚至连他梦寐以求的海草也没法去打捞了。

我们这个故事开场时,特伦格罗斯已经有十二个月没登上悬崖,后六个月里他除了有钱可存就存起来之外,对这个本行买卖没起什么推进作用,不过偶尔撒一把饲料喂喂毛驴罢了。真正的活儿全由他的孙女玛哈拉·特伦格罗斯一人承担起来了。

沿海的庄稼人都认识玛莉①·特伦格罗斯,坎麦尔福特的小商小贩也都知道她。她长得野里野气,像个小精灵,乱蓬蓬的头发随风飘扬,个头儿矮小,手也小,眼睛又黑又亮;不过大家都认为她体格健壮,周围的孩子说她夜以继日地干活儿,从不晓得累。她的年纪嘛,众说不一,有人说十岁,有人说二十五岁;我倒能告诉读者,她这时已经过了二十岁。老年人都称赞玛莉人品好,因为她非常孝顺爷爷;据说她几乎每天都给他带回点杜松子酒和烟草,而自己却啥也不买——至于杜松子酒,没有人看见她打酒而指责她跟这种玩艺儿打交道。可是她没有朋友,在年轻人圈子里也只有个别几个相识。他们说她厉害,脾气怪,没说过谁一句好话,她是个地地道道的小泼妇。

---

① 玛莉是玛哈拉的昵称。

年轻人都不喜欢她,因为她天天穿着一样的衣服,即使在星期天也从不打扮得漂亮点。她从来不穿袜子,好像对于展示自己女性的那种魅力一点儿也不关心;她如果肯学一学的话,一定会办得到的。在衣着方面,什么日子对她都一样;说真的,我觉得别的方面对她来说直到最近也天天一样。马拉凯老头儿自从定居在峭壁下面以后,谁也没见过她进过教堂。

最近两年里,玛莉听从了丁塔吉尔的牧师的劝导,星期天也出现在教堂里了,即使不完全准时,至少经常露面;大家知道她住的地方特别,也就无意在这方面向她挑剔。然而,在这种场合,她并不换装。她坐在教堂一进门那张矮石凳上,还是穿着那身厚厚实实的红哔叽裙子和松松垮垮的棕色哔叽上衣,这身衣服她认为最适合自己在海水里干那种又艰苦又危险的活儿。牧师对她不进教堂狠狠责备过她,她辩护说自己没有上教堂的衣服呀。牧师向她解释教堂不问衣着好坏,一视同仁,会接纳她的。玛莉信了他的话,就鼓起一股当然值得称赞的勇气去了,尽管我确信其中也搀和着一点并不太值得赞扬的倔脾气。

大伙儿说格罗斯老头儿有的是钱,玛莉要是打算买一身像样的衣服,还是办得到的。牧师波尔华斯先生因为老头儿不能去看他,便亲自到山岩下拜访老头儿,趁玛莉不在家就向老家伙暗示了一下姑娘的衣着问题。格罗斯老头儿在别的问题上倒还能容忍牧师,可是一提到钱,老头儿就冲他发了一通脾气,波尔华斯先生只好收回话茬儿,于是玛莉也就继续穿着那件哔叽短裙子,脸上披散着长发,坐在那张石凳上。在这种场合,她也顾不得什么体面,竟用一根旧鞋带把后面的头发扎起来。这样一扎可以保持到星期一和星期二,可是一到星期三下午,玛莉的头发一般又披散开来了。

没人怀疑玛莉那种不知疲倦的勤劳,因为她和毛驴收集的海草,量大得十分惊人。大家公认格罗斯老头儿压根儿就没收集过玛莉那个数量的一半,但是当时这种东西越来越不值钱,因此还需要加倍干。玛莉和那头毛驴没完没了地苦干,捞起来成堆的海草,使那些看到她那双小手和轻盈体态的人都大吃一惊。是不是有人,有仙女,要不然鬼怪什么的,在夜里帮她的忙呢?玛莉在答复别人的问话时总爱急躁,搞得即使别人说她坏话,她也没法惊讶地申辩了。

谁也没听见过玛莉·特伦格罗斯对自己干的活儿抱怨过一句话,可是人们却在这阵子听说她为了有些邻居亏待她而抱怨不已。

大家知道她到波尔华斯先生那里诉过苦;他没法帮助她,也许是没有按照她的需要立刻帮她个忙,她就到——唉,多傻哟!——坎麦尔福特某位律师的事务所去了一趟,那位律师其实也不见得是一个比波尔华斯先生更友好的朋友。

原来她受人损害的性质是这样的:她打捞海草的地方是个小海岬,大家一向就以住在那儿的老头儿的名字管它叫马拉凯海岬——地势险要,只有通过那条从岩顶到特伦格罗斯的棚舍的小道,才能到海边上去。潮水退去后,那个海岬的宽度差不多有两百码,两旁岩石矗立,因而谁也没法从南北两方侵犯特伦格罗斯这块地盘。老头儿正是为了这个如意算盘才选定这个地点。

海水冲进海岬,带来大量漂浮的海草,潮水一退就留在两道峭壁中间了。春分和秋分起大风那段期间,海草的供应从不间断;即使风平浪静时,沿海好几英里之内都找不到海草,而这里却能收集到成堆的一串串又长又软、咸渍渍的海草。从激浪里打捞海草,往往是困难而危险的活计——困难得只好让不少海草滞留在那里,由下次潮水带走。

　　玛莉打捞上来的海草,无疑不到她脚下的产量一半。她并不惋惜让回潮拖走的那一部分,可是一旦外人闯进她的海岬,在她眼皮底下捞取她的财富——她爷爷的财富——那就使她心碎了。正是这种掠夺,这种侵犯,逼得可怜的玛莉去找坎麦尔福特的律师。可是,唉,坎麦尔福特的律师尽管收了玛莉的钱,却一点忙也帮不了她,她心碎了!

　　她无疑跟她爷爷的想法一致,认为那条通往海岬的小道毕竟是他俩的产业。人家跟她说,那个海岬和流进去的海水都不属于她爷爷,她明白这种说法也许有它的道理。但是,使用那条小道,又该怎么说呢?是谁把它修成现在这个样儿的?难道不是她自己一双小手,辛苦而疲劳地把一块块石头搬开,好让爷爷的毛驴能有落脚的地方吗?难道不是她从峭壁浮面刮下碎土,填平那条崎岖不平的小道,好让毛驴行走方便吗?而眼下,她看到庄稼人的大小伙子赶着别的毛驴下来——说真的,其中还有一个吆喝着一匹马驹子呐;那人可不是个孩子,而是一个小伙子,论年纪也应该知道不该抢劫一个可怜的老头儿和一个年纪轻轻的姑娘啊——于是她痛骂世间的人,咒骂那个坎麦尔福特的律师是个笨蛋。

　　谁要是向她解释那儿的海草足够她捞的,结果非但白搭而且事情变得更糟。那不都是她和她爷爷的吗,不管怎么说,那条唯一的羊肠小道不是他俩的吗?她的买卖生意不是受到妨碍阻挠了吗?甘里弗的儿子赶着他那匹马驹子挡住道,她不是只好让她那头驮着海草的毛驴倒退二十码吗?说二十码,其实只有五码。甘里弗曾经想按自己订的价买她的海草,因为她不肯卖,他就唆使他那个贼儿子用这种卑鄙的手段坑害她。

"他下次再来,我就砸断那头牲口的腿!"玛莉对格罗斯老头儿说,两眼射出愤怒的光芒。

甘里弗老农拥有五十英亩地,宅子靠近丁塔吉尔村镇,距离峭壁不到一英里路远。人称"海里漂"的海草是他唾手可得的唯一好肥料,怪不得他一想到玛莉·特伦格罗斯固执地不让他得到,就觉得憋得慌。

"别处有的是海草,巴迪尔。"玛莉对老农的儿子巴迪尔·甘里弗说。

"可没有这样近啊,玛莉,也没有这儿的丰富。"

他接着对她解释,他不会捞取近在手边上的海草。他比她个头儿大,体力也强,会到远处她从来不敢问津的岩礁那儿去捞取。这当儿,她带着藐视的眼神,赌咒说她敢去他不敢去的地方捞草,还再三威胁要把马驹子的腿砸断。巴迪尔嘲笑她那种发火的样儿,笑话她披头散发,而且管她叫美人鱼①。

"我就会像美人鱼那样叫你完蛋!"她喊道,"美人鱼,一点也不错! 我要是个男子汉大丈夫,决不会来打劫一个可怜的姑娘和一个残废的老头儿。可你一点也不像个男子汉,巴迪尔·甘里弗!你连半个男子汉也不配。"

但是,一眼就能看出巴塞洛缪②·甘里弗是个英俊的小伙子。

---

① 在欧洲民间传说中,美人鱼有法术,能预言,有时引诱人,把人淹死,或诱使年轻人和她们一起在水下生活。
② 巴塞洛缪是巴迪尔的全称。

他个头儿有五英尺八英寸多高,胳臂大腿粗壮,长着一头拳曲的浅棕色头发和一双蓝眼睛。他爹不过是个小农,巴迪尔却在周围的姑娘眼里人缘很好。大家都喜欢巴迪尔,唯独玛莉·特伦格罗斯一个人把他恨得像毒蛇一样。

有人问巴迪尔,像他这样一个温厚的小伙子干吗要迫害一个可怜的姑娘和一个老头儿呢,他就摆明是非。照他的看法,谁想独吞上帝恩赐给人类的共同财富,那是绝对不许可的。他决没有伤害玛莉的意思,跟她本人也这样说过。玛莉却是个泼妇,一个邪恶的小泼妇,应当教训教训她,让她以后说话要有礼貌。一旦玛莉在他捞海草时跟他客客气气讲话,他就会让他爹付给老头儿一点使用那条小道的通行费什么的。

"跟他客客气气说话!"玛莉说,"休想。只要我还长着根舌头,就绝对办不到!"我担心格罗斯老头儿对孙女的这种观点,非但不会指责她,反而会鼓励她呢。

但是,她爷爷并没鼓励她砸断马驹子的腿。砸瘸一匹马驹子,可不是闹着玩的事儿;格罗斯老头儿想到万一玛莉被关进监狱,他俩的处境就会十分狼狈了。因此他建议在马驹子下腿的地方设置种种障碍,同时又估计到自己那匹训练有素的毛驴照样可以通行无阻。于是,巴迪尔·甘里弗又一次下来,走近马拉凯的棚舍时,确实发现那条小道很难通行,可他还是想法走下来了,可怜的玛莉看到自己费了好大劲儿才放好的一堆堆石头,不是给推到一旁,就是给滚到路外边去了,这种对她没完没了的迫害简直快把她逼疯了。

"好哇,巴迪尔,你可真是个乖儿子。"格罗斯老头儿坐在门口,瞧着这个犯境的人说。

"人不犯我,我不犯人,"巴迪尔说,"大海人人有份享受啊,马拉凯。"

"天也人人有份,可我决不会爬到你家大谷仓的房顶上去观星望月,"玛莉说,她正站在岩礁当中,手里拿着一把长钩子,那把长钩子是她用来拖拉波涛里的海草的工具,"可你既不讲理,也没志气,要不然你就不会来这儿招惹他老人家生气。"

"我既不想招他生气,也不想惹你发火。你就让我在这儿待一会儿,说不定咱俩还可以交个朋友哩。"

"朋友,呸!"玛莉喊道,"谁会跟你这种人交朋友? 你干吗搬动那些石头? 那都是我爷爷的。"接着,她怒冲冲地晃动一下,好像要朝他扑过去似的。

"由他去吧,玛莉,"老头儿说,"由他去吧。他会得到惩罚的。哪天他再来这儿,遇到岸边刮风,准保淹死。"

"但愿他淹死才好!"玛莉气咻咻地说,"他要是掉进礁石当中那个大窟窿里,潮水涨起一半冲过来,我才不会伸手救他。"

"会的,你会救的,玛莉;你会用你的钩子像钩起一捆海草那样把我钩上来。"

他这样说的时候,玛莉轻蔑地转身,走进棚舍。她要准备干活了,最伤她的心的就是巴迪尔·甘里弗这样一个人居然来看她在暗礁当中干活儿。

这是四月里的一个下午,四点多钟以后,整整一早晨都刮西北风,还降下阵阵暴雨,海鸥一整天在海岬里飞出飞进,玛莉知道这是可靠的信息,预告潮水就要带来海草铺满在礁石上啦。这时分,波涛朝低处暗礁汹涌退去,速度快得令人惊异;时机到了,如果当天要把这宗财富收集上来,就得马上动手夺取。七点钟,天就渐渐黑下来,九点钟潮水高涨,这批收成如果在黎明前还没打捞上来,就要让海水重新带走。玛莉对这一切了如指掌,巴迪尔也开始懂得一些了。

玛莉拿着长钩子,光脚走下去的时候,看到巴迪尔的马驹子耐心地等待在沙滩上,她真想过去砸那头畜生。这当儿,巴迪尔手里拿着一把普通的三棱叉,站在一块大石头上,目不转睛地望着前方的海水。他说过他只到玛莉不敢去的地方捞海草,正在找寻自己在哪儿落脚干活儿最合适。

"由他去吧,由他去吧。"老头儿看见玛莉正朝那头牲口走近一步,便冲她喊道,她就像恨那个男人一样恨那头牲口。她如果真有什么想法的话,可是一听见风中传来爷爷的喊声,便打消了那个念头,径直朝前走去干活儿了。她走下水面,在礁石当中赶快打捞;这时她看见巴迪尔还站在那边高处,再望过去,滔滔波浪猛地翻滚腾起,接着在岩石上撞碎,风在悬崖洞穴和底墩的中间呜呜哀嚎。

时不时刮来一阵暴风雨,尽管还有足够的亮光,天却让乌云遮暗了。喜爱海滨壮丽景色的人,再也找不到比这儿更秀丽的景致了。处处光线十全十美,色彩缤纷,华丽得无与伦比——蔚蓝的大海、白花花的浪花、黑澄澄的沙滩,还有使峭壁变得绚丽多彩的红棕色条纹。

玛莉也好,巴迪尔也好,都没有往这方面想;说实在的,他俩也几乎没有像往常那样考虑自己的买卖生意。巴迪尔正在思考怎样能在这个姑娘力不能及的地方更好地完成自己要干的活儿,玛莉则打定主意不管巴迪尔往哪儿去,她都要比他走得更远些。

玛莉在许多方面占了便宜。她认识这里的每块礁石,清楚地知道在哪块上能站住脚,哪块不能。她的动作也由于长期实践而十分熟练。巴迪尔明明比她强壮,也很能干,却不能像她那样在波浪中间从这块石头跳到那块石头上去,也不会像她那样在干活儿时取得水力的帮助。她从六岁小淘气的时候起就在这个海岬里捞海草啦,她熟悉每个窟窿,每个角落和每一处有利的地点。波浪是她的朋友,她利用它们。她能估量波浪的冲力,而且知道那股力量在何时何地就会消失。

玛莉在她这个海岬的咸水潭里可以说是了不起的——真正了不起,而且毫无畏惧。她瞧着巴迪尔从一块块岩礁上朝前移动,心里高兴地想到他可走错了路。旋风刮进海岬,不会把海草吹向海岬的北壁,而且那个大窟窿就在那边——就是她刚才希望他遭殃时所说的那个大窟窿。

这当儿,她干起活儿来,钩起乱蓬蓬的海草,把这大量的货物先放在沙滩紧靠岸那边,不等潮水折回来收回废品,就可以在夜里把它们拉回家去。

巴迪尔也紧靠我刚提到的北壁摞起他的草堆。他越堆越多,后来他明白即使让马驹子拼命干活儿,他也没法在当天夜里把那堆海草全运上去。不过,他那一堆还是没有玛莉那一堆大。玛莉的钩子比他的叉子好使,技巧也比他的力气强。他一失手,玛莉就会发出狂野的怪笑奚落他,还透过大风冲他尖声喊道他连半个男子汉也不配。起先他还笑着答复她,没过多会儿,她夸耀自己的成功而指出他的失败,他可冒火了,不再答话。他眼看自己失去面前那么多可以到手的货,也气自己没本事。

起伏不平的海面布满一长串一长串蓬乱的海草,都是浪涛从海底拔上来的,却成堆成堆地经过他的身边,漂到远方去了——不仅如此,还有一两次飞越他的头顶啊;接着玛莉嘲笑他的怪声就会在他耳中鸣响。这当儿,暮色苍茫,礁石堆里越来越暗,潮水猛力冲撞进来,阵阵狂风越来越凶猛地刮来,可他还在闷头干活儿。只要玛莉继续干下去,他也就不甘示弱,而且还打算在她避上岸去之后,自己再多干一阵子。他可不想败在一个小丫头手下。

那个大窟窿里这时灌满了水,然而却像热锅里正在翻滚的水。这个大锅里盛满漂浮的东西——大量荡来荡去的海草,厚厚实实的,一个人躺在上面似乎也不会沉下去。

玛莉很明白要想从那个惊涛骇浪的大锅里捞取什么东西,那简直是白费心机。那个窟窿通到岩礁底层,靠岸一边又高又滑又陡。就是在落潮时,那边她也从来没去干过;玛莉相信那是个无底洞,扔进去的鱼能一下子流到几英里以外的海洋里去——所以,玛莉在心情比较好的时候,会把这种情况告诉来访者。她对这个窟窿一清二楚,常把它叫作"泡儿内的疆儿",翻译过来大概是魔窟的意思。玛莉从来也没去打捞过进入那个大锅里的海草。

但是,巴迪尔·甘里弗不明情况,竭力想在那个深渊滑溜得要命的边缘站稳脚跟;她一直在观望着他。巴迪尔居然在那儿站住了脚,还捞了一把草,尽管收获不大。她闹不明白他怎么会站稳的,她一动也不动地站在那儿,担心地瞧了他一会儿,接着她看到他哧溜一下。他滑倒了,爬起来,又滑倒,再次爬起来。

"巴迪尔,你这个傻瓜!"她尖声喊道,"你要是掉进那个窟窿里就甭想再爬出来了。"

她只想吓唬吓唬他呢,还是由于自己心软而惊恐地想到他会出事,谁知道啊?她自己也说不上来。她像往常那样恨他——可她也不忍心看他在自己眼前淹死。

"干你的吧,甭管我。"他生气地粗声粗气说。

"管你！——谁爱管你？"姑娘还嘴说。接着她又准备干自己的活儿。

她用两手平端着钩子，走下岩礁，这时她忽然听见扑通一声，赶快回头一看，发现仇人的身子正在那个深渊打转儿的波浪里翻滚。这当儿，潮水从大海近边冲来，来势凶猛，后浪催前浪，而且越过前浪，然后在翻滚的波涛劲头减弱之际，又带着瀑布一般的轰响，从岩礁上急速退去。于是，在过量的海水退下去那瞬间，深渊表面平静一些，尽管起皱的泡沫依然上下翻腾，表面上经常处于接近沸腾的状态，真好像那个大锅给煮开了似的。但是，这种相对的宁静转瞬即逝，因为前浪的泡沫刚一消失，后浪就几乎紧冲上来，于是海水又撞击岩礁，两壁回鸣着怒涛轰隆隆的响声。

玛莉立刻朝深渊边缘冲过去，为了安全起见，她匍匐着爬过去。随着一个浪头的跌落，巴迪尔的脑袋和脸漂到她跟前来了，她看得见他的脑袋染满了鲜血。她闹不清他活着还是死了。她只看到他的血，还有他那漂在泡沫里的浅头发。接着退潮的吸力拖动他的身体，不过这次退去的潮水劲头没有大得足以把人带走。

玛莉马上挥动钩子，钩住他的上衣，把他拖向自己跪着的地方。就在那风平浪静的瞬间，她把他拖得很近，都能碰到他的肩膀了。她用身子压住钩子的长弯柄，尽量弯腰用右手揪他。可是她揪不住，只能碰到他。

后浪又呼啸着涌上来，虎视眈眈，仿佛必然要把她打翻，让他俩灭顶似的。她只好跪下，抓紧钩子。

那瞬间，她为了自己也好，为了他也好，为了那个呆坐在岸上小屋里的老头儿也好，她脑中闪现了什么祷告，又有谁晓得呢？巨大的浪头从她身上冲刷过去，使她几乎俯卧在岩石上了。潮水从她跟前消失后,动荡的泡沫和咆哮的激浪从她身旁退却了,她发现自己平躺在岩石上面,而巴迪尔的身体却浮了上来,一半在水里,一半在水外,正躺在滑溜的暗礁上,她那个钩子已经从他身上脱落下来。那瞬间,她看得见他睁开眼睛,正在用两手挣扎呢。

"抓住钩子,巴迪尔。"她喊道,一边把钩柄伸到他的面前,一边用手揪他的衣领。

她使出那么大的力气揪他,即使他是她的亲兄弟、情人或亲爹,她也绝望得再也使不出更大的劲儿了。巴迪尔居然设法抓住了她递过去的钩子,后浪打来时,他依然在暗礁上。不一会儿,她就比较安全地坐在远离那个窟窿一两码的地方,巴迪尔躺在岩石上,流血的脑袋枕在她的膝上。

现在她该怎么办呢?她挪不动他;海水在十五分钟之内又会冲到她坐着的地方。他几乎完全失去了知觉,脸色十分苍白,血从脑门上的伤口慢慢地流出来。她用手轻轻把他脸上的头发撩开,又俯身在他嘴边看看是不是还有口气儿,这时她才发现他长得多俊啊。

只要他能活过来,她又有什么舍不得牺牲呢?眼下对她来说,没有什么别的东西像他的生命——她刚从水里救出来的这条生命那样宝贵的了。可她该怎么办呢?爷爷即使可以下到岩礁这儿来,恐怕也不肯来。她能把这个伤号拖回去,即使几英尺也好,让他能躺在潮水冲不到的地方,等她找到人来急救吗?

她说干就干,开始搬动他,几乎把他举了起来。她一边这样做,一边也纳闷儿自己哪里来的这么大力气,不过那瞬间她确实劲儿很大。她又慢又轻地倒在岩礁上,好让他趴在她身上,然后她就把他背到一处下两个钟头海水冲不到的沙滩边上去。

她爷爷这时终于在门口发现出事了,便迎上前来。

"爷爷,"她说,"他掉进那边的水潭里,让水冲撞到石头上了。看他的脑门子。"

"玛莉,我看他已经死了。"格罗斯老头儿低头盯视着那个身体说。

"没有,爷爷,他没死;不过他没准儿快死了。我得马上到农庄去一趟。"

"玛莉,"老头儿说,"瞧他的脑袋,人家会说是咱们害死他的!"

"谁会这么说?谁会撒这个谎?难道不是我把他从窟窿里揪上来的吗?"

"那有啥用?他爹会说咱们把他杀死了。"

玛莉知道不管别人会说什么,眼前她要做的事是正当的。她得跑上小道,到甘里弗庄园去得到必要的帮助。如果人世间真像她爷爷所说的那样坏,那她可不想再在这个人间活下去了,尽管如此,她现在该做的事还是没有什么可怀疑的。

于是,她光着脚尽快奔上悬崖,到达顶端时,她向周围张望一下,看看四下里有人没有,她一个人也没看见。她就沿着麦田田埂,朝甘里弗家飞快跑去;快到家宅时,她看见巴迪尔的母亲正靠在门上。她走近前去,想要喊一声,可是她喘得上气不接下气,没法大声说话了;她就径直跑过去,抓住甘里弗大娘的胳臂。

"他在哪儿?"她一边说,一边用手按住心口好缓过气来。

"你说谁呀?"甘里弗大娘问,她也一向站在自己家人一边,长期敌视特伦格罗斯和他的孙女,"你这个丫头片子,干吗这样抓住我?"

"他快死了,就是这事。"

"谁快死了?是马拉凯老头儿吗?老家伙如果不行了,我们可以打发个人下去看看。"

"不是爷爷,是巴迪尔!他在哪儿?当家的在哪儿?"

这下可把甘里弗大娘急坏了,她扯起嗓门呼天抢地求救。幸好甘里弗老爹就在附近,身旁还有邻村的一个老乡。

"不去请大夫吗?"玛莉说,"哎呀,你们得请个大夫呀!"

她没闹清楚他们是否派人去请医生了;不一会儿,她又赶忙穿过田野,朝那条通往海岬的小道奔去,甘里弗夫妇俩和另外那个老乡跟在她的身后。

玛莉走着走着,缓过气来能说话了,因为他们走得没她快,而认为已经走得够快的了,这倒让她得到了喘息的机会。她一边走,一边把经过情形讲给那个老爹听,却很少提到自己干的事。老大娘落在后面,一边听,一边时不时大声抱怨她的孩子让人害死了,后来又着急地打听他是不是还活着。老爹一路上没说什么。大家都知道他是个沉默寡言、头脑清醒的人,并称赞他勤劳,办事得体,但是大家也都料到他要是生起气来,还是挺严厉、挺不好惹的。

他们临近小道顶端时,另外那个老乡对他悄悄嘀咕了两句,他就转身拦住玛莉,说道:

"他如果真是让你们害死的,你们就得偿命。"

这当儿,老大娘尖叫着说她的孩子让人害死了,玛莉回头看那三个人的脸,明白她爷爷说的话应验了。他们疑心她谋杀了那个她自己几乎舍命搭救的人。

她畏惧地回头看看他们,一句话没说就带头沿着小道下去。她受到这种攻击,该如何答辩呢?如果他们非说是她把他推进深渊,倒在海水里,然后用钩子打他,她又怎么能够证明不是那样呢?

可怜的玛莉一点儿也不懂法律得看证据,她觉得自己难逃他们的手掌。但是,她还是急忙走下陡峭的小道——步子快得他们没法跟上——她心事重重,内心激动万分。她曾经豁出性命来搭救那个人,就好像他是自己的亲兄弟一样。为了救他,她把自己的胳臂大腿也碰伤了,上面的血迹还没干呢。她当时有那么一刹那觉得自己也会跟他一道死在那个深渊里了,而现在他们居然说她谋杀了他!他也许还没死,一旦还能讲出话来,会说什么呢?她想起他睁开眼睛那瞬间,好像看见了。她并不为自己担忧,心情非常激动,但是她心事重重——满怀轻蔑、鄙视和愤慨。

来到峭壁底层,她就站在棚舍门口等他们下来,让他们先到不远的沙滩上去看看那儿的两个人。

"他就在那边,爷爷陪着他呐。去看看他吧。"玛莉说。

父母两人在石头堆里跌跌绊绊地跑过去,玛莉依然留在小屋门口。

巴迪尔·甘里弗躺在沙滩上,玛莉方才就是把他安放在那儿;马拉凯·特伦格罗斯老头儿艰难地拄着拐棍,站在他的身旁。

"她把他放在这儿以后,他就没动晃过,"他说,"一动也没动过。你们看,我让他的脑袋枕在一条旧毯子上。我还试过给他点杜松子酒喝,可他喝不下去——滴水不进。"

"哎哟,我的孩子!我的孩子!"母亲扑倒在儿子身旁喊道。

"别嚎啦,老婆子,"父亲一边说,一边慢慢跪在儿子身旁,"哭哭啼啼的,对他没啥好处。"

他低头对那张苍白的脸瞧了一两分钟,然后抬头严厉地盯视着马拉凯·特伦格罗斯的脸。

老头儿简直不知如何忍受这种怕人的追究。

"是他自己要来的，"马拉凯说，"全是他自己找的。"

"谁打伤了他?"父亲问。

"当然是他掉在窟窿里自己碰伤的。"

"鬼话!"父亲抬头瞧着老头儿。

"是他们害死了他! 是他们害死了他!"母亲尖叫道。

"别闹,老婆子!"丈夫又说,"血债要用血来偿。"

玛莉靠在房角那儿,全听见了,却没有动窝。他们爱怎么说就怎么说吧,你们可以把这说成谋杀,可以把她和她爷爷拖进坎麦尔福特监狱,然后再送到包德明去上绞架;但是他们夺不走她那颗清白的良心。她豁出性命,尽了最大的力量救他,她也确实救了他的命!

她想起自己在他俩一齐走下岩礁以前对他发出过种种威胁和诅咒。那些话都很恶毒,可是后来她却冒着生命危险搭救他。他们爱说她什么就说呗,爱怎样对待她就随他们的便吧。她心里明白自己反正没做亏心事。

后来,父亲抱起儿子的脑袋和肩膀,叫别人帮着把巴迪尔抬向小道。他们小心翼翼地抬起他那沉甸甸的身子,向玛莉站着的地点走来。她呆立着,只看着他们在忙碌,老头儿拄着拐棍,一瘸一拐地跟在他们身后。

他们来到小屋的尽头,她瞧了瞧巴迪尔的脸,看到他的脸色非常苍白。脑门上不再有血,可是那个锯齿般的大伤口却清晰可见,周围的肤色一团青紫。淡褐色头发朝后耷拉着,还是大浪过后她用手拢过的样子。噢,在玛莉的眼里,尽管他的脸色苍白,脑门上有个怕人的伤痕,可他多么漂亮呀,她背过脸去,唯恐他们看见她的眼泪;但是她没有动窝,也没说话。

正当他们拖着脚步抬他经过小屋尽头时,她却听见一声触动她心弦的声音。她顿时伸直身子,仿佛要听什么似的探望过去,接着就跟着他们一块儿朝前走。嗯,他们已经停在小道尽头,又把那人的身体放在岩石上面了。她又听见那个声音——一声长叹,于是她谁也不顾,奔向那个受伤的人的脑袋旁边。

"他没死,"她说,"瞧,他没死啊。"

经她这么一喊,巴迪尔睁开了眼,四处环视。

"巴迪尔,我的孩子,跟我说话呀。"母亲说。

巴迪尔把脸转向母亲,微微一笑,接着东瞧西找。

"怎么啦,孩子?"他爹说。巴迪尔又转向这个声音,就在这当口,他的视线落在玛莉身上了。

"玛莉!"他激动地喊道,"玛莉!"

对在场的人来说,不用再多说什么,瞧巴迪尔自己现在对这事的态度,玛莉显然不是他的仇人;玛莉也的确无须乎再争取别的胜利。那句话已经给她申了冤,她便退入小屋。

"爷爷,"她说,"巴迪尔没有死,我想他们不会再说咱们害死他的话啦。"

格罗斯老头儿晃晃脑袋。那个小伙子没有在那里丧命,他很高兴;他并不想要他的命,可他知道人们会说什么。他越穷就越信别人会把他踩在脚下。玛莉自己得到了安慰,也就尽量用话哄他。

她要是敢去的话,就会悄悄溜到庄园去探望巴迪尔。可她一想到这事就又鼓不起勇气,她于是又去干活儿,把捞到的海草拉到明天装上驴背的地方。她正在干活儿,看到巴迪尔的马驹子还耐心地待在峭壁下面,便拾起一把干草扔到它的面前。

海岬里,天色已暗,可她还在往回拉海草;她蓦地看见一盏灯笼微弱的亮光顺着小道下来。这可是极不寻常的事,因为灯笼在马拉凯海岬是不常见的。那个灯笼下来得相当慢——比一般人提着灯笼下来的速度慢得多;后来,她在朦胧中看见一个人影儿站在小道底端。她迎上前去,看出那是甘里弗老爹。

"是玛莉吗?"甘里弗问。

"是啊,是玛莉;巴迪尔好点了吗,甘里弗先生?"

"你得马上去看看他,"那个老农说,"他不看到你,就说什么也不肯睡。你可千万别说不去啊。"

"只要用得着我,我当然去。"玛莉说。

甘里弗等了一会儿,以为玛莉可能要修饰一下,可她却不需要做什么准备,说走就走。她浑身上下都让她拖拉的海草滴滴答答的盐水浸湿了,披头散发,她这样就算准备好了。

"爷爷睡着了,"她说,"我现在可以去啦,走吧。"

于是,甘里弗转身跟着她走上小道,心里纳闷儿这个姑娘怎么过着这样很不合她那女性身份的生活。他发现天虽然黑了,可她还在跟惊涛骇浪搏斗,独个儿摸着黑干活儿呐,而那个看来可能是她唯一的保护人已经上床睡觉了。

他俩来到峭壁顶端,甘里弗就拉着她的手,领她朝前走。她不明白这是什么意思,可她并不想把手抽回。他说了几句小心别掉下峭壁的话,声音低得玛莉几乎听不清楚。那人知道她救了他儿子的命,他方才非但没感谢她,反倒伤害过她的感情。这当儿,他从心眼里喜欢她,可又没话可说,只好这样默默地表示对她的爱抚。他握着她的手,好像她是个孩子似的,玛莉也就在他身旁轻快地走着,什么也没问。

他俩来到庄园的门口,他在那儿站了一会儿。

"玛莉,我的姑娘,"他说,"他非看到你才称心,可你别跟他待得时间过久。大夫说他身子骨虚弱,非常需要睡眠。"

玛莉只点点头,他们就走进屋子。玛莉过去从来没来过这儿,惊奇地对那间大厨房里的家具东张西望。我不知道她脑子里有没有对自己将来的命运闪现过什么想法。她还没在那儿停留很久,就给领到楼上的卧室里去,巴迪尔正躺在母亲的床上。

"是玛莉本人吗?"那个虚弱的青年问。

"是她本人,"母亲说,"你想说什么就说呗。"

"玛莉,"他说,"玛莉,全靠你的搭救,我现在才活着。"

"我忘不了她的恩典,"父亲说,眼神避开了她,"我决忘不了她的恩典。"

"我们只有他这样一个儿子。"母亲说,用围裙直擦眼泪。

"玛莉,你现在可以跟我做朋友了吗?"巴迪尔问。

玛莉其实生来就是为了做海岬这个庄园的女主人,这当儿却一句话也说不上来了。不仅是因为那些人在场,加上他们说的话,使她胆怯,张口结舌,而且也因为房间里那张大床啦,大镜台啦,还有好多她从来没听说过的希罕玩艺儿啦,使她觉得自己很渺小。她蹑手蹑脚地走到巴迪尔身旁,把手放在他的手上。

"我还要去捞海草,玛莉;不过那是为了你。"巴迪尔说。

"千万别去啦,巴迪尔宝贝儿,"母亲说,"你可永远别再到那个可怕的地方去啦。万一你出了岔子,叫我们怎么办?"

"你要是再去,可千万别再挨近那个窟窿,"玛莉终于一本正经地说,当初巴迪尔还是她的仇人时,她决不会泄露这个秘密的,"风要是从北边刮来,更去不得。"

"姑娘该下楼去了吧。"父亲说。

巴迪尔吻了他握着的那只小手,玛莉一边看着他,一边觉得他真像个天使。"玛莉,明天再来看我们啊。"他说。

她没有答复这句话,就跟着甘里弗大娘走出卧室,来到底层的厨房,母亲给她准备了茶点,张罗她喝浓牛奶,吃一块热点心——凡是庄园里能拿出来的好吃的都端出来了。我不知道玛莉那天晚上是不是对吃喝很在意,不过她开始觉得甘里弗全家人都是好人——非常好的人。不管怎么说,这总比让人控告谋杀,被带进坎麦尔福特监狱强得多了。

"我决忘不了她的恩典——永远不会。"父亲这样说过。

这句话一直缠住她,好像彻夜都在她耳边鸣响。巴迪尔到海岬这边来过了,她多么高兴——嗯,多么高兴啊!如今不存在他会死去这个问题了,脑门受了伤,像他这样一个棒小伙子,又有什么关系?

玛莉准备独自回海岬,可甘里弗大娘说:"让老爹送你回去。"玛莉坚决不同意,不管白天还是黑夜,她都认得回海岬那条道。

"玛莉,今后你就是我的孩子啦,我会常想念着你。"母亲在姑娘一个人出发时说。

玛莉一路上也想到这一点。她怎么会成为甘里弗大娘的孩子呢;嗯,怎么会呢?

我想无须乎再把这个故事讲下去。玛莉后来果然成为甘里弗大娘的孩子,怎么变成的,读者自明;经过一段时间之后,那个庄园宅子里的大厨房啦,样样希罕的玩艺儿啦,统统成为她自个儿的了。大家都说巴迪尔·甘里弗娶了一条海里的美人鱼,但等玛莉自己听到别人这样说的时候,我可不知道她是不是爱听;不过巴迪尔叫她美人鱼时,她就会皱起眉头,把头发往后一甩,假装用她的小手给他一巴掌。

格罗斯老头儿也被请到悬崖顶上去住,在甘里弗先生的屋檐下度过他余日不多的晚年;那个海岬和打捞海草的权利嘛,从那时起大家都公认是属于甘里弗庄园的了;后来是不是有哪家邻居打算去争夺那个权利,那我就不知道了。

1864 年

巴拿马之行

当今男男女女常常发现他们在大型远洋客轮上所体验的一段生活,跟他们的日常生活迥然不同,也许可以说没有什么方式可言。旅途中,可以建立短暂的友谊,也可以容忍短暂的敌视不和。精神饱满的人想出一些临时的对策,需要点刺激的人兴致勃勃地耍弄一些结局大抵无害的花招,无所事事而麻木不仁的人则陷入普遍受人藐视的境地——这种人,不管在船上也好,在别处也好,都注定如此。但是,这种生活上的乐趣和活动要在启程三四天后才展现出来。起先,男女之间相互猜疑,隐而不露心中的厌恶。他们绝非期望这种恶感日益增长,等着过十天、十五天乃至二十天烦闷或晕船的日子。晕船现象一般在启程两天后的夜里就消失了,烦闷的心情也在第四天晌午烟消云散。于是,男人开始觉得女客们并不见得十分丑陋、庸俗而乏味;女人也不再哼啊哈地简单作答,不再像先前那样固守在自己那块小天地里了,而变得和蔼可亲,甚至也许一反她们在岸上的常态。男人相互结交成友的现象也随之出现。他们一踏进这种新环境,往往怀着明显的反感相互看待,个个觉得那些硬要凑过来亲近的人都是些低三下四的家伙,或许更坏也说不定;可是临到第四天,如果不是更快的话,人人都会交上两三个亲密无间的朋友,一块儿抽烟啦,聊天啦,交流一下自己在旅程中的特殊对策啦,也许还包括一些花招。女性之间的友谊发展得比较慢,因为女人比男人更疑神疑鬼,但是友谊一旦增进,也是很热和的,有时还展露女性那种深情厚谊。

然而,最了不起的结侣成伴还是建立在绅士淑女之间。这在船上也好,岸上也好,皆是理所当然的事,下面这个故事就想讲一讲这类的结合。这种友谊虽然珍贵无比,却很少能够持久。这里面尽管可能充满甜蜜的风流韵事——因为人们在海上不大舒适的旅行过程中,往往变得十分罗曼蒂克——但是这类浪漫事迹大多短命而虚幻,偶尔还挺危险咧。

这些远洋航线有好几条,一般似乎公认英国是个中心。一条是大东航线,从南安普敦启程,越过比斯开湾,驶入地中海,途经苏伊士运河,然后分支到澳大利亚,到印度,到锡兰,到中国去。一条是大美航线,定期横渡大西洋,直达纽约和波士顿;这段航程枯燥无味,例行公事一般,乃至途中浪漫事迹几乎绝无仅有。还有一两条北美航线,也许同样有这种缺陷。另一条航线是开往非洲海岸的定期班轮——据我所知,非常罗曼蒂克。还有一条了不起的西印度航线,跟这里要讲的小故事息息相关——了不起的原因不在于我们那可怜的西印度群岛,它目前可没法叫人觉得有哪点美妙,而在于从它那里出发,还可以去墨西哥和古巴,去丰亚那,去格林纳达和委内瑞拉共和国,去中美洲和巴拿马运河,然后再从那里去加利福尼亚、温哥华岛、秘鲁和智利。

由此可以想见从这条航线离开大不列颠海岸的旅客,种族成分该有多么的复杂。其中有法国人,是去那些产糖的法属岛屿,一般说来并不十分罗曼蒂克;有老西班牙人——地地道道的西班牙人,是到他们昔日帝国版图的废墟上去重建财富;有新西班牙人——美洲各共和国里讲西班牙语的人,举止和外表上都同西班牙绅士迥异——这些男男女女也许有印第安人血统,都急赤白脸地想发财致富,并不太关心生活上的优雅体面。还有荷兰人啦,丹麦人啦,是到各自祖国所属的岛屿去。另有星条旗帜下的公民,他们可哪儿都去——哎呀!现在没准儿还有旗帜上用棕榈绿叶作为图案的新南方公民哩。此外还有英国各阶层形形色色的男人，当然也有英国女人。

女人往往注定要做孤独的长途旅行，有的去跟丈夫团聚，有的去找个丈夫，还有少数可能是离弃自己的丈夫。那些回祖国受教育的英国姑娘，横渡大西洋再回到自己远方的家中去；另有一些姑娘则是去追随早已作为先驱到异乡去的亲戚。这并不是说这些女性绝对孤零零地上船，踏上甲板时连一臂友好之助都没有。她们往往受托于某些谨慎的长者来照顾，在船上首次露面时给人一种印象是属于某某小圈子里的人。可是她们真正的孤独感往往不是很快就显露出来。那位谨慎的长者也许跟她志趣不相投，于是到第四天傍晚时分就会另有一种新的友谊建立起来。

前不久，这种友谊在我下面要讲的情况下建成了。一个青年——并不太年轻，因为他已经三十出头，但还算是个小伙子——乘一艘西印度远洋巨轮离开南安普敦，打算通过巴拿马运河，上行到加利福尼亚和温哥华岛去。细谈这次远行的原由，就显得太啰嗦了。只消说明促使他的动机并非那种该诅咒的贪婪也就够了；他也无意长久定居在大不列颠遥远的殖民地。当时他是个鳏夫，也许因为丧失了年轻的妻子，家中那份凄凉景象使他感到痛苦吧。他上船时有一位比他差不多大十五岁的绅士伴随着，那人到圣·托马斯去，一路上跟他同住一间卧舱。他俩先前彼此介绍过，因此就作为朋友出现在"赛拉比吉"号上，不过他俩是在南安普敦才开始认识的。我这位主人公名叫拉尔夫·福莱斯特，孑然一身，站在船侧的甲板上，眺望渐渐朝后退去的安普敦海岸。

"我说，老伙计，咱们最好去看看自己的席位。"他的新朋友一边拍拍他的后背，一边说。马修·莫里斯先生是个经常外出的老油子,一经简单的介绍马上就知道怎样跟他的临时伙伴混得厮熟。长期旅行已经使他变得老脸厚皮的了,他要是乐意,半小时之内就能跟任何一个男人称兄道弟,十分钟之内就能跟任何一位女士结成兄妹或姐弟的情谊。

"席位?什么席位?"福莱斯特问。

"你可真是一位去加利福尼亚的阔少爷。你要是不麻利点,酒也喝不到,饭也吃不上,只好饿着肚皮折回来。你难道不知道这艘船上总是尽量装满乘客吗?"

福莱斯特承认船上确实满员了。

"餐厅只为一百名左右的旅客准备伙食,可是船上却有一百三十名旅客咧。动作迟缓的人理应麻利点。不过我已经在碟子上放了名片,占好位子。咱们最好下去看看,免得让那些西班牙佬抢先。"福莱斯特便跟着他的朋友走下底舱,发现几张长桌前几乎已经坐满食客等着吃饭。他刚一坐下,旁边那位旅客就挺不客气地说他在侵占一位夫人的座位,福莱斯特马上准备让出来,马修·莫里斯却不同意,于是引起一场小小的风波,幸好结局没有酿成流血事件。当时那位夫人没有光临,脾气暴躁的先生只好同意挪到餐桌对面的一个空位子上去坐。

头三天那位夫人都没露面。福莱斯特事后了解到暴躁先生原来是巴巴多斯首府布里奇顿几家商号的老板,随行还有几位女眷。首先出现的是他的女儿,她在第二天慢慢爬下楼梯来吃午饭,声称一口也吃不下,预言不出五分钟就得离席。不过她在这种场合亮相,还是叫她自己和朋友都感到欣喜而惊奇。随后来了暴躁先生的妻子和大舅子——看来大海对这位先生的体质,也像对女士们那样起了同样强烈的影响;最后在第四天早餐时分,维纳小姐才姗姗来迟,终于露面,坐在福莱斯特先生右手的座位上。

他早先在甲板上见过她,那当儿她正躺在一张长凳上,白费心机地想使自己舒坦一些,因此他对他的伙伴说这位女士可长得真不俏,近乎丑陋哩。亲爱的淑女们,男人在船上首次见到你们的时候总爱这样品头论足呵!她闷闷不乐,忧心忡忡,身上也不大对劲。她不喜欢大海。她一点也不喜欢那位照拂她的暴躁先生。她也跟暴躁先生的妻子不大合得来,同时对自己卧舱里的伙伴——暴躁先生的女儿更是讨厌得要命。那位女郎晕船晕得很厉害,为人非常自私;维纳小姐也晕得挺厉害,没准儿同样自私。她俩原本可以像天使一般和睦,而在这种环境下却彼此敌视。怪不得维纳小姐白费心思地在长凳上扭来扭去想使自己舒坦一些的那副模样,叫福莱斯特先生觉得她像个丑八怪。

"用不着等咱们到达热带地区,她就会非常活跃起来,"莫里斯先生说,"那会儿,你就会发现她其实并不太丑。你餐桌旁边那个位子就是她的席位。"

"决不会那样!"福莱斯特说。第四天早晨,她真的进入餐厅,他对她却彬彬有礼。在西印度班轮上,旅客一般下到底舱去吃饭,而从利物浦横渡到美国去的轮船上,餐厅则设在顶舱,人得往上爬。

维纳小姐决不是一位年轻女郎。她都近三十啦。船上的妇女猜她三十六岁,可都弄错了。她是爱尔兰人,在岸上处于常态、头脑清醒时,看上去也决非一点魅力都没有。她长着一对亮晶晶的眼睛,肤色晒得黝黑,牙齿整整齐齐,深褐色的头发光滑溜净,嘴边还挂着点感情和幽默,福莱斯特先生要是头一次在她更有利的情况下见到她,便不会对她的仪表做出丑的论断。

"你会慢慢发现她有好多优点的,"莫里斯对他的朋友说,这当儿他俩抽着早饭后马上就来一根的雪茄烟,等着再吃午饭,"她路经巴拿马运河,到秘鲁去。"

"你怎么会知道的?"

"这条船上谁到哪儿去,我都知道得一清二楚。是那位脾气暴躁的老家伙告诉我的。他负责照应她,一直到圣·托马斯为止,但是他对那位小姐的身世可一点也不了解。他下船后就把她转托给船长。你赶巧同她一路到美洲国家去,会有机会表现得称人心愿的。"

福莱斯特先生回答说他并不想对她深入了解,可这回没再说她长得难看。维纳小姐在饭桌上跟他交谈过一两句话,他发现她的两眼闪亮,声调也很哆。

"我也去巴拿马。"第五天清晨,他对她说。那时分,天朗气清,轮船持续朝南航行,十月里的阳光照耀着他们,温暖宜人。这艘大船只以每小时十二英里的速度行进,因此仿佛并不移动似的漂浮在大西洋里。现在船上诸事顺遂,令人心旷神怡,福莱斯特已经忘记自己头一次见到维纳小姐时觉得她好像很丑那回事了。他跟她攀谈时,轮船正穿过亚速尔群岛,他就把自己那副双筒望远镜递给她,指点她寻找斜岸上的橘树丛,橘树丛两人都没看到,可是这件扫兴事儿却也没有扰乱他们的和睦。

"我也去巴拿马。"

"真的吗?"她说,"那我就不会觉得很孤单和烦闷啦。从圣·托马斯再往上走那段路程,真叫我提心吊胆。"

"我如果能想些法子,就不会叫您闷得慌,"他说,"我尽管算不上旅游家,也会竭力相助的。"

"噢,谢谢您!"

"莫里斯先生不能随您同行，实在可惜。他哪儿都熟，穿过巴拿马运河，就跟穿过摄政街那样熟门熟路。"

"是说您那位朋友吗?"

"就算是吧，我真巴不得他是，因为我挺喜欢他这个人，可我对他并不比对您更了解。我也跟您一样孤孤单单，没准儿有过之而无不及哩。"

"可是，"她说，"男人家从来没有因为孤单而受罪呀。"

"哦，是吗? 维纳小姐，我要说您在这一点上搞错了，可别认为我失礼。您的鞋子挤得您脚疼，那只有您自个儿觉得出来，而邻居的靴子紧，您就不一定知道啦。"

"没准儿是这样，"她说，停顿下来，又装模作样地寻找橘树<u>丛</u>，"福莱斯特先生，人间还有比孤单更糟糕的事呐。女人命里往往注定巴望别人少管她的私事。"说完她就离开他，回到暴躁绅士的妻子身旁，也许觉得自己跟福莱斯特先生萍水相逢，陌不相识，就此中断这种渐渐变得异乎寻常的谈话，可能是慎重可取的。

"你过得倒挺自在嘛，亲爱的。"那位来自巴巴多斯的夫人说。

"还好，谢谢您，夫人。"维纳小姐说。

"福莱斯特先生好像蛮招人喜欢的。我对阿美莉娅说，"——阿美莉娅就是维纳小姐在自己那间卧舱里没法友好相处的那位小姐——"我对阿美莉娅说，她在船上如果不惹先生们注意，那可就错了。交个朋友而又适可而止嘛，"——她特别使劲念"适可而止"这个字眼——"我看也无伤大雅。"

"我也是这个看法。"维纳小姐说。

"但是阿美莉娅脾气太古怪。"

"这种事最好听其自然，"维纳小姐说——言下之意也许是指这种事压根儿就跟阿美莉娅没有缘分,"女人对自己的作为心里有数,就不必害怕一位男士对她的注意。"

"我就是这样对阿美莉娅说的,亲爱的,可她不像你我这样老练呵。"

维纳小姐和那位照应她的谨慎的夫人彼此就是这样寒暄对答,船上的旅客普遍认为维纳小姐是那暴躁的巴巴多斯家族圈子里的人,而她竟然觉得别别扭扭,那可就不妙了。

"你跟维纳小姐混得跟着了火的房子一样火热啊。"马修·莫里斯对他的年轻朋友说。

"并不太火热,我向你保证。"福莱斯特说。

"她不像你早先认为的那样丑了吗?"

"丑!不,她一点儿也不丑。我可从来没那样说过。说真的,她也没有什么特别美的地方。"

"对,我敢说她今后三天里也不会出落得分外可爱。等你一到巴拿马,她就会是个十全十美的女人啦。这种事怎样发展我很清楚。"

"这种事在我根本不会发展得那样快,"福莱斯特一本正经说,"维纳小姐是个很风趣的女人,看来她和我要有一段时间同路,因此我们俩应该友好相处。那伙跟她在一块儿的人同她志趣不相投。"

"嗯,毫不相投。当中缺少个把小伙子。我在船上经常观察到除了单身汉之外,谁也没法跟单身女郎志趣相投。这是一条公认的航海规律。天可真热,是不是?我们都觉出热带气候啦。我要到'提琴'那边去抽根雪茄烟凉快凉快。""提琴"是指船上一处专供旅客吸烟的地方,莫里斯先生就是到那里去。福莱斯特没有陪他去,而朝船首走去;他往一块帆布篷上一坐,默默思忖自己生活的孤独。

"赛拉比吉"号的顶舱通向一条环形的长廊,餐厅就在下面,所以从那里可以观赏侍者在摆设美味佳肴。这类船在开饭前摇两遍铃,中间相隔半小时。女士们一听到摇第一遍铃,便回到客舱里梳妆打扮一下。那种穿礼服进餐厅的规矩在船上倒也要求得不十分严格,因此在摇第二遍铃之前,她们就已经准备停当,一般在开饭前十五分钟左右就会聚集在走廊里。她们一开始都孤单地站在那里,逐渐便会有一些胆大心细的男人掺进去,最后形成类似小客厅里那种三三两两的格局。维纳小姐那个小圈子的人待在长廊这一边的客舱里,莫里斯先生和福莱斯特的客舱在对面。福莱斯特原先一直心满意足地待在自己这边,偶尔冲对面的女士们投送一句话过去;可是这一天,他洗过手之后就胆大包天地走过去,插在阿美莉娅和维纳小姐当中。

"妈,咱们这儿可真够挤的。"阿美莉娅说。

"可不是吗,亲爱的,"她母亲说,"但是又有什么法子呢?"

"女宾休息室里有的是空地方。"维纳小姐说。如果说船上有一处最叫女士们厌恶的地方,那就是女宾休息室。福莱斯特坚守岗位,没有动窝,不过他要是充分理解了阿美莉娅话中带刺的涵义,是不是还会那样做,倒值得怀疑了。

第二遍铃响了。暴躁先生把胳膊伸给暴躁太太挽着。大舅子把胳膊伸给阿美莉娅,福莱斯特也就对维纳小姐如法炮制。她犹豫一下,还是挽住了;她本来由那位谨慎而已婚的暴躁先生照顾,这样一来就把身心都托付给那位也许轻率而无疑是单身汉的福莱斯特先生来照应了。她这一着错了。一位来自牙买加、慈母般好心肠的老太太,把这全都看在眼里,知道她错了,真想跟她说个明白。

但是心眼好的老太太是不忍心把这种事说出来的。这毕竟是旅途中结个伴儿而已。维纳小姐也许太轻率,可在秘鲁又有谁更明智呢?真格地,也许错的是这个人间,而不是维纳小姐。把这种事往歪里想的人,真不要脸①,维纳小姐挽住他的胳膊时心里在这样想,她依在上面,觉得不再像早先那样孤独了。就在那一天,她还让福莱斯特从他的细颈酒瓶里倒杯酒给她喝。"你是不是喝我的更好些,维纳小姐?"暴躁先生大声问道,但是还没等到回答,那杯酒早已斟好。

"别进展得太快,老弟,"那天夜里,莫里斯和我们的主人公临睡之前在甲板上散步时,前者对后者说,"这种事,人还没摸清头绪就会陷入困境。"

"我觉得没有什么可特别害怕的。"福莱斯特说。

"我想也是,不过要留点儿神。像暴躁太太那样多嘴多舌的女人,在这类事情上总爱刨根问底,什么不着边际的话都说得出口的。你会发现去巴拿马的一路上,船上传遍流言蜚语,人人都会对你另眼相看。"福莱斯特经过这一番忠告,确实提高了警惕。随后一天半,他和维纳小姐亲密的程度虽有进展,却很小。在整个旅程中,这段时间也许使他最感烦闷了。

维纳小姐觉察到这一点,也退却了。第二天下午,她只跟那位身子骨单薄的大舅子在甲板上遛了两个弯儿。福莱斯特先生刚一走近她,她就埋头看书,其实她心中并无恶意;话说回来,她如果不

---

① 原文为法语。

怕别人说些什么怪话,他又何必怕呢?午餐时,她对他冷冷淡淡,不想再喝他的酒。

"喝点我的,维纳小姐。"暴躁先生扯高嗓门说。然而那一天,维纳小姐滴酒未进。

接近热带地区,太阳落得快;那天傍晚六点多钟,福莱斯特先生走出客舱来到甲板上,暮色茫茫,天已经暗了。但是夜景绚丽,天气暖和,一排排长凳那边传来嗡嗡的谈话声。他感到被人遗弃十分苦恼,心神不定。整艘船上他只喜欢一个人,却又何必回避她,也让她回避自己呢?他很快就看见她站在那儿。暴躁家族占据了一条长凳,她在对面倚在栏杆上。"维纳小姐,今天晚上,您散步吗?"他问道。

"不大想。"她答道。

"那我就没完没了地问您,直到您做出肯定答复为止。散散步对您有好处,因为我发现您一整天也没走走路。"

"真的吗?那我就遛个弯儿。唉,福莱斯特先生,您可不知道非得跟那帮人生活在一起是什么滋味哟。"于是那天晚上,建立真正友谊所需要的彼此信任什么的,就由此在他俩之间增长起来了。只有知己之间才会彼此倾诉的事讲出来了,出于友好同情才会说出的热情话语应答出来了。唉,他俩可真够蠢的,因为友谊和同情得有更深的根基呀。

她把自己的身世向他和盘托出。她出国到秘鲁,是去嫁给一个比她差不多大二十岁的男人。这是一项已经持续十年之久的婚约。最初订立时附带了一些条件,因此当时她还有一个弃约的机会,而现在可一点选择的余地都没有了。他发了财,她却身无分文。他甚至连旅费和行装费都给她付了。她一直拖到自己在英国靠人资助的唯一生路断了才屈服下来,只好采取这个没法改变的步骤。前两年她一直跟一位亲戚过活,但是她现在去世了。"秘鲁那个男人也是我的表兄——一个远亲——您明白了吧。"

"您爱他吗?"

"爱他!怎么,像您爱您那已故的妻子那样吗?像她在世时坚贞地爱您那样吗?不,当然不是。我永远体会不到那种爱情。"

"那他为人好吗?"

"他是个硬心肠的人。男人一像他那样成天价跟钱打交道就会变得冷酷无情。五年前他回国一趟,那时我就发誓决不嫁给他。不过,他给我写的信倒还和善。"

福莱斯特坐在那儿沉默了一两分钟,因为他俩这会儿又遛到了船首,正坐在那块绷在斜桅周围的帆布篷上,接着他对她说道:"女人决不应该嫁给自己不爱的男人。"

"唉,"她说,"您当然会怪我。女人总是受到这种对待的。她们没有多少选择的机会,选错了人就会挨人骂。"

"您原本可以拒绝他嘛。"

"不,不行。这桩婚事怎样提出来的,怎样在某些条件下才得到我的同意,我可没法让您全部理解。如今那些条件产生了,我受到他的牵制。我拿了他的钱,逃脱不了。什么女人不该没有爱情而结婚啦,人不该挨饿啦,说起来都不费吹灰之力。可是人间照旧有人挨饿——他们拼命干活儿,还是挨饿。"

"我没有指责您的意思,维纳小姐。"

"但是我在指责自己,常常还埋怨自己。我要是纵身一跃,跳进大海,半小时之内又会身在何处呢?我常想这样做。您是不是有时也会有这种干脆一死了之的想法啊?"

"水看上去倒也清凉而甘甜,可我承认自己对彼岸世界感到恐惧。"

"我也有此同感,正是那种恐惧使我不敢自寻短见。"

"我们生来就得经受愁伤的重担。我知道自己这方面也够沉重的。"

"您自己的,福莱斯特先生!您难道没有什么愉快的事值得回忆,对将来也没有什么指望吗?我又有什么可回忆的,可指望的?唉,现在都快八点了,他们已经喝过晚茶。不知我那位刻耳柏洛斯①又会对我说些什么啦?只要能封住那两位女士的嘴就好了,我倒不在乎男人的嘴。"说完她就站起来,回到船尾那边去;她刚悄悄坐进一把椅子,就发现暴躁太太伫立在她面前。

从那里起到圣·托马斯,航行一直按常规进行。烈日当空,底舱的舷窗紧闭,透不进一点风,热得那里的旅客大声抱怨。讲西班牙语的男人成天价坐在客舱里赌钱,女士们忙着收拾东西,做好上岸的准备。福莱斯特和维纳小姐依然结侣成伴,惹得暴躁太太说了些不三不四的话。有一次,她居然教训起维纳小姐来了,那位小姐也不甘示弱,知道怎样为自己辩白,暴躁太太没有占得上风。他俩这种悬乎乎的结侣成伴,我方才说过,一如既往,可是决不应该瞎猜两人有谁做了一丁点有失体统的事。他俩现在了解了彼此的境遇,不过是坐在一块儿聊聊天罢了。要不是某些女士的过分留心,这事根本没有什么差错。事实上也确实不算出了什么岔子。旅

---

① 刻耳柏洛斯(Cerberus),希腊神话中的冥府门狗,蛇尾三头,长年不眠。

客当中很少有几位真正关心维纳小姐是不是找到了一位爱慕她的男人。去巴拿马的多半是讲西班牙语的旅客,而且临近分道扬镳时,大家还有些旁的事要考虑。

接着分手的时刻来到了。他们清晨抵达漂亮的圣·托马斯港,大多数人都不知道自己正处在闹黄热病的岛屿最为严重的瘟疫中心。从船上看,圣·托马斯岛挺美。经人这么一说,众口皆赞,好话说尽。随后出现一阵忙碌的景象,一条接一条的小船靠近那艘从英国来的大船,分头载走一批批旅客和行李。头一条开走的小船,是路经背风群岛①到德梅拉拉②去的,正把暴躁先生全家老小带走。

"再见,维纳小姐,"暴躁太太说,"祝你平平安安地到达目的地,路上要多加小心。"

"我衷心希望你万事如意。"阿美莉娅一边完美地吻别她的敌手,一边说。年轻女人既能彼此敌对,又能在分手时吻别,这可真叫人惊讶不置。

"万事如意嘛,"维纳小姐说,"那可太有点奢望啦。不过,我也不知道哪点会出大的岔子。再见,先生。"她把手伸给暴躁先生。他正拿着几把雨伞、几根手杖和几件大衣往船下走,又不得不把它们放下,好腾出手来。

"好,再见,"他说,"祝你一路平安,在巴拿马运河见到你的朋

———————————

① 背风群岛,一译利沃德群岛,是西印度群岛的一部分。
② 德梅拉拉,是圭亚那的一个城市。

友们。"

"但愿如此，先生。"她答道。于是那一伙人就走了。

开往牙买加的小船也接着即将启程。

"咱俩恐怕不会再遇见啦，"莫里斯跟他的朋友热情握手道别时说，"总是这样的。千万别干预秘鲁那位先生的权利，不然的话，他会动刀子的。"

"我无意在那方面伤害他。"

"那就好，再见。"于是他俩就此告别。次日清晨，驶往墨西哥的小船出发了；第三天中午又有一条船去科隆——我们英国人管巴拿马运河这一边的城市叫这个名字。维纳小姐和福莱斯特先生拎着行李登上那条船。如今那个三个脑袋的刻耳柏洛斯走了，她就不加犹豫地让他做些男人在旅途中应该为女人张罗的琐碎事儿。一个女人在这种情况下如果没有人照应，是很凄凉的，很容易被人推搡到一边，而且没法坚持自己那份应得的膳宿权利；维纳小姐把自己和行李全都交托给那位唯一待她好的人来照顾，我想很少有人会责怪她吧。

深夜，那条船驶出圣·托马斯港。拉尔夫·福莱斯特和爱米莉·维纳站在船尾上，眺望那个渐渐朝后退去的丹属城市的万家灯火。人间如果有一处最叫我憎恶的地方，那就是这个丹属的小岛啦，我们许多年轻的船员被送到这里来丧命——而且送来也不是为了什么正义事业。但是这个问题也不是三言两语就能在这儿争论清楚。

"我还剩下五天时间的独立和自由，"维纳小姐说，"我的大限到啦。"

"天哪，看在上帝面上，别说这种怪吓人的话。"

"难道叫我看在上帝面上撒谎,胡说八道不成?现在还有点时间准我说话,而我应当看在上帝面上沉默不语吗?对,应该如此。对您我可以说应该如此。我说的话,您干吗要抱怨呢?"

"凡是能为您效劳的事,我什么也不抱怨。"

"对,您不应该抱怨。我那位梦魇如今到巴巴多斯去了,让我自由自在地过一两天吧。我想要是船上的机器全坏了,咱们得在海上再漂流六个月,那该有多好哇?我这个想法也许太邪恶了,是不是?"

"那咱们就都会饿死,完事大吉。"

"船上要是有一头牛,十来头活羊,成千上万只公鸡和母鸡就好啦,但是咱们就要到达圣·玛莎和卡塔赫纳啦。我要是从圣·玛莎逃之夭夭,会出现什么情形吗?"

"我看那我就得跟您一块儿逃跑才是。"

"嗯,当然。我可不想把您毁掉,所以不会那样干。船只失事对您伤害却不大,可以等下一班船来搭救嘛。"

"维纳小姐,"他踌躇一会儿,说道——同时朝她身边凑过去,说实话,凑得未免也太近一点了——"从一切良好、正确而符合女子利益的角度来考虑,您还是回英国吧。就您的感情来说,我如果可以用半开玩笑的话来判断……"

"福莱斯特先生,这不是在开玩笑。"

"就您的感情来说,英国的一家贫民院也许胜过秘鲁的一座宫殿。"

"一家英国贫民习艺所也许更好些,但是贫民院不会收留我的。您不知道人有知己的朋友是什么滋味——不,不是朋友,是属于自个儿的人——当然,只亲近得对您表示尊敬,而不是应该关怀您的幸福。同时也体面地不介入爱米莉·维纳和高劳契先生在秘鲁结婚那档子事。她不会再惹什么麻烦,令后人们也许还会在家庭的小圈子里偶尔不加厌恶地提起她的名字。福莱斯特先生,问题在于有人活在人间根本没有什么意义。"

"我也打算回英国,"他停顿一下,又添说道,"您方才那样痛苦地说还剩下五天时间的生活自由,吓得我真是灵魂出窍。回去吧,维纳小姐,顶住一切逆境。他就要在巴拿马见到您,您呐,干脆留在运河这一边,对他说您得回去,我来给你们两人传话。"

"叫我一步一步走回英国?"维纳小姐说。

"这我倒也考虑过,"他挺温柔地答道,"人有时会大胆地提出一些建议,也许在通常情况下就太冒昧了。少量的钱在我还不成问题。我英勇无畏地支持您对抗那个西印度群岛的刻耳柏洛斯,您作为报答就应该允许我去跟那位驻科隆的代理人交涉。"

"我喜欢有话明说,福莱斯特先生。我想您是在打算给我五十来块金币吧。"

"嗯,不妨说猜对了,"他答道,"您如果喜欢有话明说,我就是这个意思。"

"那我从这儿一走,既掠夺和欺骗了我了解的那个人,也掠夺了我并不了解的一个人。我虽然害怕咱们方才谈过的水底深渊,我倒宁愿面对它,而不愿意照您的建议去做。"

"他和您之间的感情,我当然不能妄加评论。"

"不,不,您不能。我可真没良心,连谢都没谢您一声!我实实在在感谢您。我要是接受就会显得太卑鄙啦,您慷慨大度,为人高尚。十分高尚。我很高兴——我也闹不清为什么——反正能够得到这种帮助我真高兴。但是,把我当作小妹看待吧,这样您就会觉得我是不会接受的——我是说,即使我有心背叛那个人,这种帮助也是不能接受的。"

他们就这样通过加勒比海,上述一类的对话常常翻来覆去地讲个没完。抵达西属圣·玛莎和卡塔赫纳两处海港时,他都陪她上岸溜达一下。他发现她受过良好的教育,渴望见识旅途中一切新鲜事物。最后他们接近巴拿马运河那天,她变得越发沉静,不再轻易表露感情,说话却不像早先那样低沉了。

"我难道不应该爱他吗?"她说,"他从老远的卡亚俄①到这里来完全是为了见我。还有谁会从伦敦到莫斯科去找个老婆啊?"

"我就会——如果她是我想娶的老婆,我就会从这儿再绕地球一圈到莫斯科去。"

"嗯,这个老婆,她可压根儿没说过爱您!这纯粹是一种讲求实惠的事。嗯,我已经把我那个大箱子锁好,准备把钥匙交给他,不再打开。他有这个权利,因为里面的东西都是他付的钱。"

"您怎么用这种庸俗的观点来看待事物。"

"女人就应该如此,要不然总会遇到麻烦。小心,我要介绍您跟他认识,把您对我的好处一五一十都讲给他听。您怎样不怕刻耳柏洛斯,还有其他什么的。"

"我当然愿意跟他会面。"

"但是我不打算把您慷慨相助那件事告诉他——至少现在不。他要是待我好,有礼貌,过一阵子我也会告诉他。我这个人最不善

---

① 卡亚俄,秘鲁的一个港市。

于保守秘密——这一点您无疑早已发觉了吧。咱们立刻就要通过运河,是吗?"

"船长是这样说的。"

"瞧!"——她把那副双筒望远镜还给他,"我能看见岸边木平台上的人啦。对了,我还看得到一架发动机在冒烟呐。"于是一个多小时以后,那条船便掉头停泊下来。

科隆,或者应该叫做阿斯平瓦尔,是个像圣·托马斯那样不招人喜欢的地方。它对英国人来说并不太讨厌,因为英国人除非必要,是不大利用这个港口的。我们在那里没有设立可以顺利通往各处的大交通站。虽然如此,阿斯平瓦尔就它本身的优点来说,也还算是个不太令人可憎的地方。通过运河到太平洋去的旅客,一向在这里不会呆得很久。他们如果清晨抵达,马上就能搭火车去巴拿马;如果迟了,可以在船上待到第二天天亮再走。当然啦,不言而喻,这条交通线就像那条从纽约到加利福尼亚的公路那样,主要对美国人影响大。

旅客上岸后不到一个钟头,新格林纳岛海关官员就把他们的行李检查完毕,然后他们便可以乘火车跨过运河。那些偏僻地区的官儿们看来总是那么像模仿人类一举一动的猿猴。阿斯平瓦尔的官员就像猴子干得出来的那样,把箱子一一打开瞧瞧,明明不知道该执行什么任务,也闹不清哪类物品不许过境。在欧洲,到另外一个国家去得在边境检查行李,他们干吗不可以跟欧洲人一样呢?

"我怀疑他会不会到车站来接我。"她在三个小时的旅程快要结束时说。福莱斯特觉出她的声音发颤,心情越来越紧张。

"他如果已经到巴拿马,就会来接您。据我所知,那趟从秘鲁开出的船没有发来电报通知什么时候到达。"

"那我倒还能多活一天——也许两天。说不准多少天。我还是希望他在那儿好。悬而不定更叫人难受。"

"那个箱子这下又得打开了。"

他们到达巴拿马车站时发现那条从南美海岸开来的船被别的船只堵住,靠不了岸,旅客都还没下船。福莱斯特就把维纳小姐送到旅馆,等她从自己那间卧室里出来,便陪她在休息室里坐着,一直跟她在一起。他们得呆四五天,福莱斯特很快就给她安排好房间。他帮她把行李送到楼上,放好那个大箱子,旅馆里的人因此都把他当作她的朋友。接着传来那艘轮船上的旅客正在下船的消息,他跟她一样紧张起来。"我下楼去见他,"他说,"告诉他你在这儿。我会很快就能按他的名字把他找到。"于是他就走了。

旅客从一艘大船上下来,纷纷来到一家旅馆,那种乱哄哄的景象大家想必都耳闻目睹。两三位精力旺盛、性子急的男人首先来到,恁着尖声叫唤和威胁,抢先得到安置。他们向来得到旅馆里最坏的房间,因为老板认为那些大阔佬带着大批行李,行动迟缓,必然来得迟一些。四五位这样的人物在走廊里走过福莱斯特身旁,并没有把他吸引过去搭讪。一个跟他年龄相仿的人,很可能是高劳契先生,但他马上声明自己是萨巴莱洛伯爵。接着过来一个孤老头子,手里拎着一个小提包。他是那种穿梭于两极之间、由于没有行李累赘而洋洋自得的旅客,他不需要任何人帮他提行李。正当他独自在街上遛弯儿时,福莱斯特走过去跟他攀谈。"高劳契,"那人说,"高劳契,您是他的朋友吗?"

"我有一个朋友认识他。"福莱斯特说。

"哦,是的,当然当然。"那人说。他犹豫一下又说:"可是先生,高劳契先生已经在卡亚俄去世,就在开船前七天。您最好去问问科克斯先生。"老头儿说完就拎着小包走了。

高劳契去世了。"死了!"福莱斯特依然站在便道上,靠在旅馆外面那堵墙上自言自语道,"她从老远来到这里,而他却死了!"千头万绪的想法随着涌上心头。该谁去告诉她呢?这一噩耗她怎能经得住呢?她发现自己渴望已久的自由终于到来,这对她真会是一种宽慰吗?要不然现在是考验她的感情的时刻到了;她丧失了秘鲁生活可以给她的家庭、财富和地位,会不会因此而感到遗憾呢?尤其是一个就要跟她十分亲近的人突然死去,会不会对她的心灵是个打击呢?

但是他该怎么办呢?他现在怎样来表示对她的友情呢?他慢慢地走进旅馆大门,那里正聚集着一大群男女,一位漂亮的中年绅士问他是不是叫福莱斯特。他点头称诺,那位绅士便说:"有人告诉我您是维纳小姐的一位朋友。您听到从卡亚俄传来的不幸的消息了吗?"原来这位绅士跟高劳契并不相识,而是受托带来一封信给维纳小姐。这封信交到福莱斯特手里;他感到透露这个噩耗给他那位可怜的朋友,实在是个沉重的负担。但是不管怎样,他得马上去告诉她,因为乘坐这艘太平洋轮船来的旅客都已经知道这件事;他义不容辞的责任就是不能让维纳小姐从一个陌生人嘴里突然听到这个消息。

他上楼走进客厅,看见维纳小姐正坐在一大群女人当中,就走到她面前拉住她的手,悄声问她能不能跟他出来一下。

"他在哪儿呐?"她问道,"我知道出了事儿。到底怎么啦?"

"这儿人太多,跟我出来一下。"他于是把她领回到她的房间。

"他在哪儿?"她说,"怎么啦?他派人来通知不再要我了吧。告诉我,我是不是已经摆脱他,获得自由啦?"

"维纳小姐,您自由了。"

她尽管琢磨过这个问题,但是一听到这句答复还是大吃一惊;她还没闹清事实真相。"原来如此,"她说,"嗯,还有什么? 他写信了吗? 他像买头牲口那样把我买下,我想他有权任意处置我。"

"我拿到一封信;不过,亲爱的维纳小姐——"

"好了,全都告诉我——快点。全都告诉我吧。"

"您自由了,维纳小姐,不过您要是知道这是怎样得来的,就会很伤心。"

"他做买卖蚀本,倾家荡产了吧。"

"维纳小姐,他去世了!"

她两眼直勾勾地盯视着他,呆站了一忽儿,仿佛不能理解他的话似的。接着她慢慢退到床前坐了下来,说道:"福莱斯特先生,他当真死了!"他没有答话,只把信交给她。她就呆呆板板地接过来念,信是高劳契先生的合伙人写来的,把一切必要让她知道的情况告诉她。

"要我先出去一会儿吗?"他看她念完信,便问道。

"去吧;噢——不。呃,您还是先走开,让我一个人想一想好。唉,我真不该说了他好多坏话!"

"您没说什么不好听的话。"

"说啦,好多都是坏话。可是说过的也记不得了。现在让我一个人待会儿,过一阵子您马上回来。这儿再也没有谁能跟我谈谈啦。"

他走出来,发现旅馆的餐厅正在开饭,就进去吃一餐。然后,他就在这个城市又热又窄、破破烂烂的街道上来回溜达。过了两个钟头,他又回到维纳小姐的房间。他一敲门,她就把门打开,他发现地板上净是衣服。"您看,我正准备回去,那条轮船后天就回圣·托马斯。"

"您做得很对——马上走吧。哦,维纳小姐! 爱米莉,您现在总该让我帮帮您了吧。"

方才那两个小时,他几乎一直在想着她;对他来说,她的声音已经变得悦耳动听,眼睛炯炯有光。

"您得帮帮我,"她说,"在这种时刻,您来跟我说话,不就是在帮助我吗?"

"让我觉得有权利做您的保护人,好吗?"

"保护人! 我确实知道需要这样的帮助。咱俩一块儿在这儿的日子里,您就是我的朋友。"

"您不能一个人回去。我的旅行无关紧要。爱米莉,我跟您一道回英国。"

这当儿,她从座位上站了起来。

"千万别这样,"她说,"别愚蠢得忘了您自己的正事。现在他死了,我就应当跟您一块儿走,您认为这可能吗? 我对您说了他好多刻薄的话,现在我有责任哀悼他。您要是跟我在一起,我怎能诚心诚意地表达那份心情呢? 他活着的时候,我觉得前些日子我有权利坦白自己的想法。您跟我分手吧,别再见面;我把咱俩看成一对离经叛道的男女,有那么一阵子迷了心窍,忘却了人间的习俗。不能再这样下去啦。我非但不能再跟您同行,而且还得要求您忘掉咱俩这一段相识的缘分。"

"爱米莉,我永远忘不了您。"

"别再提我。我没有什么理由让您说我的好话,您也友好得不会说什么坏话。"

于是她把那封信的内容讲给他听。她回国的旅程已经安排停当,钱也送来了。高劳契在遗嘱中答应赡养她,他阔倒是挺阔,可提供的钱却不见得多,不过还凑合够她维持生活。

他俩就此在巴拿马分手。她连过运河也不让他陪送,但是他在车站跟她道别时,她热情地紧紧握住他的手。"上帝保佑您。"他说。"愿上帝也保佑您,我的朋友!"她回答。

于是,她便独自一个人返回英国,他也就动身前往加利福尼亚。

1861 年

鲍 什 妈 妈

维尔纳温泉浴场所在的比利牛斯山谷,对英国人来说,或者说实在的,对其他旅客来说,都挺陌生。爱找舒适旅馆和秀丽风景的游客,一般都不会到比利牛斯山东部去游逛的。他们难得越过吕尚镇;其实这样做也对,就此在这条山脉最美的一处结束旅程;他们大都会在这块也还不赖的地方受到向导、店主和租马人的哄骗迷惑,也就打消进一步远行的念头。从远方到这一带来疗养的病人也不常去维尔纳。时髦人士都讲究去邦纳温泉和吕尚镇,真正有病的人又去巴莱热和高泰莱。您在那些地方能遇到熙熙攘攘的巴黎游客啦,波尔多富商的夫人小姐啦,以及如今夹杂其中为数也不算少的英国绅士淑女。然而,比利牛斯山东部一带的游客仍然稀少。情况也许永远就这样了;那里尽管有许多美丽的山谷——维尔纳山谷也许是其中最优美的一个——却没法同游客所喜爱的欧洲其他地区的山峦景色相竞争。在比利牛斯山西部波·德·威纳斯奎和布莱希·德·罗兰一带,说得更精确些,就是这些名山从法国绵延进入西班牙境内的几处边界地点,人们即使拿那里同瑞士、意大利北部、提罗尔①和爱尔兰相比,也会觉得那里的景致并不见得逊色。可是东部山区嘛,就没法相比了。那里的小山稀稀拉拉,不密集相聚,从这个山谷到那个山谷的隘口峡道虽然并不显得低矮,却无悬崖绝壁使它们紧连在一起,因此欠缺壮观优美的景色。结果那里的旅馆当然也不如想象的那样完美无缺了。

可是话说回来,其中倒有一座山峰堪与米迪峰②或玛拉德达峰③相媲美。谁也不会小看这座严峻而苍劲的卡尼固峰,它巍峨庄严,孤零零地矗立在两条从柏比南通往西班牙的道路之间,一条靠近柏拉迪斯,另一条靠近布隆。维尔纳温泉就隐藏在卡尼固峰西麓脚下一处僻静的山谷里,据我所知,正如前面已经提到的那样,这是比利牛斯山东部一处最优美的地方。

近几年常来这里洗温泉浴的人差不多都是从毗邻的柏比南、纳尔邦、卡尔卡松和贝奇尔各小城镇来的旅客,因此这里的温泉既不出名也不奢侈,价格也不昂贵,可是凡是信任这里的温泉的人都对它抱有信心;说真格的,到那里去的男男女女,有的是由于劳累而精疲力竭,有的是因为生活无节制而病倒,有的是因为过于忧虑而犯了神经衰弱症,个个洗了回去都变得精神焕发,体格健壮起来,足可以再次投入那多灾多难的世界继续搏斗一番。羡慕他们的人虽然也许会增多起来,可他们的性格在后来的年月里却好像并没起多大变化。

在那年月,维尔纳乡镇大名鼎鼎的人物要算鲍什妈妈了。人们也知道有过一位鲍什爸爸,因为如今还有个鲍什小子同娘住在一起,可谁也好像不大记得那位老爹了,只知道他一度确实存在过,他在维尔纳压根儿就无人知晓。鲍什妈妈虽是本乡人,婚后却没在乡间度过,早年孀居后又回到故里,当上维尔纳镇上的鲍什旅馆老板娘兼经理,也可说是旅馆的心脏和灵魂吧。

这家旅馆是一所结构略嫌粗陋的大房子,主要接待来维尔纳

---

① 提罗尔,奥地利西部一州。
② 米迪峰在法国南部。
③ 玛拉德达峰在西班牙境内。

疗养的病人。它正好盖在一个喷泉的喷口上，泉水从大地内脏直接涌入浴池。旅馆设备可以容纳七十人，夏秋两季总是客满。冬春两季来的人也不算少，原因是鲍什妈妈收费低廉，设备也还凑合。

在这方面，说实在的，也在其他方面，鲍什妈妈拥有一个诚实女人的美名。她定了那么一个价格，任何设想出来的借口都没法说服她让点步。而这个价格所换回来的早点啦，午餐啦，温水浴啦，床铺啦，她可从来也没昧着良心降低水准。这原本是旅馆老板应该具备的品质，并不会赢得顾客过高的赞赏，却也得到公众经常光顾这份应得的报偿。尽管如此，还是有些人认为鲍什妈妈的作为当中偶尔也出现一些差强人意的地方。

首先是她缺少一个作为公共场所的老板所应具备的那种笑容可掬的和蔼态度。就拿她一般的生活方式来说，她对待顾客严峻而寡言，在旅馆里独断独行，有时还表现得前后矛盾；谁要是建议她在某一方面哪怕只改变一天花样，或者刚露出一点抱怨的苗头，她都表现得不够理智，毫无商量的余地。

说真的，不管顾客对旅馆哪方面不满意，她一概容忍不了。她对这种抱怨只有一种答复。无论是男是女，谁要对旅馆不满意就可以随时打个招呼，立刻离开，悉听尊便。腾出来的地方反正会有别的顾客准备搬进来。她之所以能存有这种答复的魄力，主要还在于她收费低廉，而这种魄力她是十分珍惜的。

顾客遵照医嘱在不同时间洗温泉浴，但是旅馆一般供应水的时间是在清晨五点到七点，过时不候。早餐九点开，中餐定在下午四点。过了时辰，鲍什旅馆就没有任何别的吃喝了。村子里有家咖啡馆，绅士淑女可以到那儿去喝杯咖啡或糖水；旅馆里可绝无这项服务。在规定就餐时间之外，即使想用贿赂或者乞求的手法也没法弄到什么吃食。一位旅客，要是在最后一遍餐铃摇过十分钟之后才进饭厅，就会遭到鲍什妈妈的白眼，她总坐在她那张餐桌的首席。谁要是迟到半小时，那他只能赶上什么就吃什么，已经上过的菜一律不再找补。如果末一道菜已经上过，那就大可不必再进餐厅，去了也白搭。

在咱们这段故事所发生的那段期间，她那副外表可说是对她大为不利了。她六十来岁，胖墩墩的，脖颈短粗。那一头灰发，午餐时刻倒还梳理得整整齐齐，可是在这个钟点之前，人们整天都会看到乱蓬蓬的头发从小帽底下滋出来。两道眉毛又宽又密，然而单靠眉毛也没法使脸膛再现当年那种威风凛凛的神情了。那两道浓眉确实有股威严劲儿，可还比不上眉毛下面一天到晚总戴着的那副绿眼镜更威严。有人分析之后认为鲍什妈妈之所以有股威力，奥秘之处全在于那副眼镜。

她习惯每天从早餐起就在旅馆里到处转悠，一直到该整装吃午饭时才算为止。

每间客房和浴室她都要进去看看，餐厅转一两个圈儿，厨房更是三番五次出出进进；她遍访每个角落，透过那副绿眼镜监视着一切；谁要是在她巡逻的时刻遇到她，并不是件愉快的事。她习惯慢慢溜达，双手背在身后；除非客人主动跟她说话，她难得理人，而且也很少在这种场合跟人闲扯。如果有谁想谈点跟旅馆业务有关的事，她会听一听，然后给予答复——所答的话叫人听上去并不悦耳。

她就是这样独自闯荡江湖，是一位严峻固执、一本正经的老太婆，偶尔也会爆发一阵激情；她除了诚实之外，倒也不是说一点仁慈和柔情都没有。她生了不少孩子，足有七八个之多。其中死了一两个，另外几个成了家；这些儿子都在很远的外地安了家，在眼下咱们正谈的这件事发生时，只有一个儿子剩下来，还处于母权的管辖之下。

阿道夫·鲍什是目前这家旅馆的住客和食客对她众多的孩子之中印象最深的一个。他是顶小的儿子，鲍什妈妈生下他不久就回到维尔纳来了，因此他是在乡镇里长大成人的。乡亲们都认为，认为得也对，他是他妈妈的心肝宝贝——比他哥哥姐姐都更受宠——简直是她的眼中花儿和命根子。这时他约摸二十五岁，近两年没待在维尔纳——原因容我慢慢道来。他被送到巴黎去开阔眼界，学法语以取代家乡山沟里的土腔土调；然后又离开巴黎到南方的兰格道克住一阵子，学点农业知识，据说日后对发展维尔纳山谷的农场可能会有点用场。他就快回来了，这叫他母亲异常高兴。

她这样慈祥而宽厚地宠爱这个宝贝儿子，也许不足以说明她的心眼儿好，可她也曾对一个邻居——不，一个与她竞争的旅馆老板——的遗孤表示了慈爱。维尔纳并非只有一家温泉浴所，不过另一家老板在鲍什妈妈返回定居之后没几年就去世了。他人财均没兴旺，死后撇下他唯一的孩子，一个小姑娘，无依无靠。

这个小姑娘，玛丽·克拉维，在她爹去世后就被鲍什妈妈立刻接到自己家里来抚养了，尽管老太太过去对她爹十分怀恨。那时节，玛丽还是个婴儿，鲍什妈妈把她接过来时恐怕对姑娘日后的归宿也没多加考虑。不过她一直对小姑娘尽了做母亲的职责，姑娘也就成为旅馆里大家的小宝贝儿，阿道夫·鲍什最喜爱的玩艺儿——最后当然也就成为他最早的情人。

于是麻烦事在维尔纳出现了。当然，山谷里的居民早已发现这件正在发生和今后可能发生的事，只有鲍什妈妈还蒙在鼓里。后来，老太太终于醒悟过来，发觉阿道夫·鲍什，她的美德和财产的继承人，当地和邻近一带首屈一指、前途大有作为的青年，竟一心一意在转念头要娶那个穷孤儿玛丽·克拉维为妻了！

鲍什妈妈怎么也没料到居然会有人钟情于玛丽·克拉维。她总把她当作孩子，当作自己施舍的对象，像大家都把这穷苦的玛丽视为一个小可怜虫那样看待她。她透过那副绿眼镜从来也没看出玛丽·克拉维是个美人儿，没有看出她富有小伙子们爱看的那种成熟的媚劲儿。在旅馆百十来件日常杂务上，玛丽是鲍什妈妈的一个从不闲着的好帮手，老太太对她的能干心里完全有数，也很欣赏。可也就是由于这个缘故，老太太一直只把她看成是个有用的、干苦活儿的杂役。她挺喜欢自己抚养的这个孤儿——喜欢得甚至谁的话她都不愿意听，唯独听姑娘对旅馆事务的看法；但是"鲍什阿妈"——玛丽就这样称呼她——却对玛丽作为一个姑娘的美貌、文雅和温柔可爱一点儿也没注意到。

糟糕的是阿道夫对这一切并非熟视无睹。凡是他母亲忽视的地方他都赏识，结果是堕入了情网，这原本也是件很自然的事。因此他吐露了自己的爱情，玛丽也回报了他的爱情。

阿道夫至今只遇到过几件小事没顺心意，认为只要把他打算娶玛丽·克拉维为妻这件事告诉母亲，一切麻烦就会迎刃而解。可是玛丽具有女性的直感，心里对这事明白得多。她向他倾诉爱情时，害怕得浑身直哆嗦，几乎蜷缩成一团，而且在阿道夫准备去争取母亲同意时，就躲藏起来了。

早在咱们眼下要说的这件事的前两年，鲍什妈妈就发过一阵脾气，我也不必再多啰嗦。她起先滥骂抱怨一通，真够玛丽受的，后来又默默恨在心里，更够玛丽呛的；当然由此而决定该把可怜的玛丽送到孤儿院或者收留叫化子的济贫院去——简单说吧，只要她不在眼前,哪儿都行。她的前途啦,幸福啦,乃至她本人的存在啦,跟她又有什么关系?阿道夫·鲍什的前途和幸福——难道不应该认为是维尔纳顶顶要紧的大事吗?

不过这种极其尖锐的局面并没持续多久。首先,鲍什妈妈在那副绿眼镜下面确实有一颗慈爱而温柔的心;头两天盛怒之后,她承认必给玛丽·克拉维做个安排;到了第四天,她又确认旅馆这个小天地,她的天下,如果少了玛丽·克拉维就不会给料理得有她在那样好了。其次,鲍什妈妈有位朋友,他就严重事务所提的意见她有时是会听取的。这位朋友告诉她,既然必得弄走这对情侣当中的一个,倒不如把阿道夫送走更好;他离开土生土长的山旮旯到外地去住几个月,会受益良多的;倘若离家一两年,即使不能叫玛丽忘掉他,也会叫他忘掉玛丽的。

这儿咱们顺便提一下这位朋友。在维尔纳,一般人都管他叫上尉先生,尽管他压根儿就没晋升到那个军衔。他在陆军里还是准尉的时候就伤了一条腿,领取抚恤金过活,从而断送了他的前程,使他没法再走那条通往荣誉的艰险道路。近十五年,他常到鲍什妈妈家来做客,起初作为一位偶尔来往的客人,可是近些年来,就跟她本人一样长久待在那里了。

人们总称呼他上尉,他的真名实姓也便很少让人提起。然而,咱们不妨也知道一下他叫西奥多·坎潘。他个儿高,长得很神气,一向穿着一套黑衣服,当然质地粗糙,不过总是刷得蛮干净,一尘不染;他五十来岁,特别显眼的是腰板挺得笔直,另外惹人注目的就是那条黑不溜秋的木腿。

这条木腿大概是他最扎眼的地方了。上尉总是根据情况所需,亲手把它上漆、磨光、擦亮,让它总显得乌黑锃亮。它比一般木腿长一些,正如上尉确实比一般人高一头一样;然而,看来它好像并没妨碍他原有的那种僵硬死板的动作。它从来没有使他像其他装木腿的人那样经常感到碍事。而且为了让它显得更光彩,他还在木腿中央,或者可以说小腿周围,加上一个光亮的铜箍,就像擦亮了的金子那样闪闪发光。

近几年来,上尉已经习惯于每天晚上七点钟左右到鲍什妈妈那间密室——一间小而黑的私人起居室里坐坐,她总在那里结算每天的账目,核算一下利润;他在那里当着她的面享受咖啡和葡萄酒的款待——这些确实都由她出钱,因为从不上账。我说过在这家旅馆一过规定的吃饭时间就没有吃喝了,我这么说,只指笼统的市面而言。店里尽管不许再有什么买卖交易,可是就友谊而言,这些对上尉来说倒是一向许可的。

就在这种场合,鲍什妈妈常常谈谈她的私事,征求并接受别人的意见。因为鲍什妈妈到底也是个凡人,如果没人相助,她那副绿眼镜也不可能助她度过人间一切烦恼。五年前,维尔纳的乡亲们发现鲍什妈妈打算下嫁上尉,纷纷议论这件事足有十八个月之久;可是不管有多大的耐心,最终也全耗尽了,因为除了天天喝杯咖啡之外,并没有任何进一步的发展,这个话题也就渐渐消失——鲍什妈妈根本就没理睬这档子事。

她虽然不考虑自己再醮,却常想到别人家的婚事;近几天来,在晚间喝咖啡和葡萄酒的当儿,两人又在商讨一桩婚姻大事。人们见到鲍什妈妈大发雷霆,上尉替玛丽求了情,最后按他出的主意,玛丽留下来,阿道夫给送走了。

"阿道夫不能总不回来呀。"鲍什妈妈提出她的困难。上尉虽然也承认这个事实,却说玛丽可以在两年还没结束之前就嫁给别人啊。问题便由此而产生。

可是把她嫁给谁呢？对这个问题，上尉心地坦然地答道，鲍什妈妈最好亲自作出抉择，这比他来做更为合适。他闹不清玛丽的经济地位。要是夫人同意给她个小嫁妆嘛，上尉认为这事就比较容易安排啦。

这件事翻来覆去地谈了好几个月，玛丽在这期间继续郁郁寡欢地干活儿。她心中只有一个安慰，那就是阿道夫离开之前，确实握着她送给他的那个小十字架，向她许下诺言：人间任何借口也不能把他俩拆散——早晚他一定会成为她的丈夫。玛丽觉得要不是有这项幸福的保证，她就浑身无力干活儿，嘴也懒得说话了。

鲍什妈妈后来经过深思熟虑的盘算，想出个办法，在喝第二杯咖啡时就亲自把这个计划告诉了上尉，她还往他那杯咖啡里倒了一满匙超过往常限量的白葡萄酒。上尉本人为什么不可以娶玛丽·克拉维呢？

这可真是个惊人的建议，上尉至今一辈子还没动过脑筋想自己娶媳妇呢，可是鲍什妈妈的巧安排确实使这事也绝非完全不可能接受。嫁妆嘛，她准备大大慷慨相赠。她的确非常疼爱玛丽，打心眼儿里愿意送给她任何东西——除了她的儿子——她自己的阿道夫之外，什么都可以给。她的建议是这样的。阿道夫本人将来决不会要这个澡堂子。如果上尉娶玛丽为妻，鲍什妈妈宣布道，在她本人故去之后，玛丽就成为这家浴池旅馆的女掌柜；当然这还需等阿道夫的经济利益作出某些安排之后再定。

这项计划足足讨论了一千次，最后总算决定让玛丽本人知道这件事——她于是给叫出来，当着鲍什妈妈和她未来的丈夫的面坐下。可怜的姑娘对这位分配给她的、僵硬而不雅观的情人并没表示厌恶——他在外表上几乎同他那条腿一样木头木脑。总的来说，玛丽还是喜欢这位上尉的，觉得他是她的朋友，何况这类婚姻在她这个国家也不算离奇。上尉也许年纪稍大了点，不再适合让一位姑娘做他的妻子兼护士了，可话说回来，玛丽本人能提供的也微乎其微啊，除了青春、美丽和善良之外，还能有什么呢？

可是她也不能就此完全接受，她不是已经发誓完全委身于那位属于她的阿道夫了吗？那些了不起的金钱利益一桩桩地给她摆出来，鲍什妈妈最后还说，她一旦做了上尉的妻子就会被人视作旅馆的第二位女掌柜而不再是个仆人；她只能哇的一声哭出来，说她不知道怎么办才好。

"我会好好待你的，"上尉说，"尽男人所有的温存劲儿来体贴你。"

玛丽拿起他那只干瘪的硬手吻一下，抬头用恳求的目光瞧着他的脸，这对他那颗心并非没起一点作用。

"咱们现在别再逼她啦，"上尉说，"反正还有的是时间。"

不管他的心怎样受到了感动，可有一件事是肯定了的，那就是她永远也不许嫁给阿道夫。这件事他是无条件支持的，他如果退让就会彻底丧失自己在鲍什妈妈旅馆里的地位。说真格的，他的良心也没让他觉得应该让那桩婚姻得以实现。那样做未免太过分啦。天下漂亮的姑娘要都允许嫁给头一个钟情于她的小伙子，那世界还成什么样子？

很快就显得时间不富裕——越来越紧迫了。阿道夫再过三个月便要回来啦。到时候事情要是还没安排好，就还可能出岔子。

鲍什妈妈便提出她最后那个问题："你不会认为你总能嫁给阿道夫吧？"她发问时，那副绿眼镜所显露的那股令人恐惧的威力比往常增大了十倍。玛丽又只能以嚎啕恸哭来作为答复。

事情终于在他们之间商妥。玛丽说她得听到阿道夫亲口对她说不再爱她，才同意嫁给上尉。她一边扑簌簌地掉眼泪，一边说他所许的愿，起的誓只允许她做到这一步了。她爱她的情人，目前无论如何也不能怪她。她有誓言的约束，这至少目前不能怪她。只有听到他亲口说出他抛弃了她，她才能下嫁上尉——或者，真格地，按照鲍什妈妈所希望的任何别的方式来作出自我牺牲。到那时，人生还会有什么意义呢？

鲍什妈妈那副绿眼镜依然十分冷漠，可她那颗心却不是这样。她告诉上尉，玛丽一旦当了坎潘夫人就会同她本人在旅馆里平起平坐，她还会把她当作女儿一般看待。她每天晚上也应当享用一杯咖啡啦，大餐桌上有她的座位啦，穿一件丝袍子上教堂啦，仆人也应称呼她夫人啦；只要她放弃自己对阿道夫那种少女般幼稚而愚蠢的爱情，前途似锦的大门就会向她敞开。这些了不起的诺言全都由上尉转达给玛丽听了。

然而，在玛丽的眼睛里，人间只有一样东西最宝贵，那就是阿道夫那颗心。没有了那颗心，她也就不存在了；有了它，有了它的保证，她就能耐心等待，直到世界末日。

家里在商讨这些大事时给阿道夫写了好几封信，他回了一封信，提到他非常珍惜玛丽的爱情，可是如果已经证明这项婚姻既然对他俩都没有什么好处，他就同意放弃。他同意她嫁给上尉，并对母亲在金钱上提供给他的方便表示感激。噢，阿道夫哟，阿道夫！可是！唉！难道大部分男人的心——也有一些妇女的心——不正是如此吗？

信读给玛丽听了，却同一些枯燥乏味的法律文件一样没对她产生什么效果。那年头,在那些地方,男男女女都不大信赖书信;即使写,也不大表达感情,不大掏出心窝里的话。玛丽会像过去那样理解阿道夫的眼神、阿道夫的语调;她会顿时从中觉察她心上人的真情实意,他的想法,他内心深处真正希望她怎么做。可是从那封又拘谨又干巴巴的文件中她啥也理解不了。

最后同意让阿道夫回来,亲口道出她的命运。上尉比可怜的玛丽更了解人性,自知蛮有把握赢得这个新娘子。阿道夫开了眼界,见了世面,不会再看重家乡山沟里的这位姑娘啰。金钱和玩乐,再加上社会上有点小地位,很快就会使他跟旧情人一刀两断;玛丽呢,也就会甘心认命,就像法国自古以来别的姑娘们所经历过的那种处境一样。

现在是阿道夫归来的前夕。鲍什妈妈正在跟上尉一边照例喝着咖啡,一边讨论这档子事。近来鲍什妈妈对这事有点紧张不安,认为他们对玛丽如此百般迁就,委实有点欠加考虑。她觉得现在全由两个年轻情人自己来决定结不结合,搞得别人都插不上手了。鲍什妈妈如今已经做到仁至义尽的地步,不能再退让。事情如果全照她的心愿去办,她就决心向所有当事人倾泻大量祝福;反之,她就要把怨气一股脑儿倾泻出来。在这件事情上,她有自己的道德准则。她会对自己周围的人尽量做点好事。可是没有人能够诱导她同意阿道夫娶玛丽·克拉维为妻。要是发生那种事,她就会把玛丽撵出旅馆,赶走上尉,连阿道夫本人也轰出家门。

因此她近来变得有点爱发牢骚,同她那位朋友商量事情时固执己见。

"我真搞糊涂了,"她在咱们谈到的那个夜晚说,"真糊涂了。也许一切都会顺利;可要是阿道夫反对我,那咱们该怎么办?"

"鲍什妈妈，"上尉呷口咖啡，喷口雪茄烟，说道，"阿道夫决不会反对咱们。"许多人都多少有点注意到上尉自从参加讨论这桩婚事以来在旅馆里越来越像在自己家里那么自在，跟鲍什妈妈谈起话来也随便多了。妈妈本人也注意到这一点，心里感到特别别扭，可现在又有什么法子可想呢？等上尉一结婚，不管她对玛丽许下了什么诺言，她也要让他明白明白自己的身份。

"可他要是说喜欢那个丫头，那可怎么办？"鲍什妈妈接茬儿说。

"我的朋友，您尽管放心，他决不会说这种话的。他已经出外两年，像玛丽那样漂亮的姑娘他不是没见过。另外您手里还有他那封信呐。"

"那不顶用，上尉，他会像你囫囵吞下一份配菜煎蛋饼那样快地吞下那封信，根本不认账。"如今上尉吃配菜煎蛋饼确实特别麻利。

"再说，鲍什妈妈，您手上还掌握着钱袋呐；他会明白，除非您心里痛快，那个他可吃不掉。"

"唉，"鲍什妈妈叹道，"可怜的孩子！除非我给他钱，否则他真是身无分文呵。"不过这个想法看来倒没有使她心里感到不痛快。

"阿道夫如今会成为一个深通世故的人，"上尉接茬儿说，"他会明白犯不上为了两片嘴唇而牺牲一切。那是孩子的蠢念头，阿道夫可不再是个孩子啦。相信我，鲍什妈妈，事情会叫人称心如意的。"

"玛丽也许会病倒，半死不活地给咱们添麻烦。"鲍什妈妈说。

这话上尉可不大爱听，不过他也觉察到了这一点。

"也许会，也许不会，"他说，"不管怎么样，她反正会熬过来的。这种毛病很少让小娘儿们呜呼哀哉，尤其是还有另一桩婚事在等着她呢。"

"算了吧!"鲍什妈妈说,借此也对上尉近来过于放肆的举止报复一下。他耸耸肩,闻一撮鼻烟,没经邀请就又给自己的咖啡加了满满一匙白葡萄酒。这场讨论就此结束;第二天早饭之前,阿道夫·鲍什安抵家门。

那天早晨,可怜的玛丽紧张得不知所措。一两个月前,甚至两三天前,她还蛮有把握阿道夫会对她忠诚的;可是离那致命的一天越近,可怜的姑娘心里就越没底了。她深知那两个老奸巨猾的顾问在出谋划策地破坏她的幸福,她觉得面对这样两个可怕的敌手,自己简直不敢设想能有成功的把握。头天晚上,鲍什妈妈在过道里遇到她,跟她道晚安时还亲了亲她。玛丽不懂得什么叫牺牲,可她觉出这是一个让她做出牺牲的吻。

那年头有一种驿车装载邮件前往奥莱特,每天一清早打普拉迪斯经过;于是他们从维尔纳雇了一辆马车到那里去把阿道夫接回来。世间没有一个王子或公主曾经受到过这样焦急的期待。鲍什妈妈一大早就起床穿着停当,等待儿子归来,还至少说了五次阿道夫准保不会回来。上尉拖着那条木腿出门在公路上溜来溜去,那条腿就跟电线杆一样直,而且也差不多一样黑。玛丽也早就起床了,可没人见到她的踪影。她在别人还没有动静之前便起床到处走来走去了;可现在大家都在活动,她反而却像只野兔躲进自己的窝穴。

后来那辆老马车叽里嘎啦地来到门前,阿道夫从车上跳下来投进母亲的怀抱。他比她上次见到他时胖了点,白了些,络腮胡子也蓄长了些,衣服穿得更时髦,看上去当然更有男子气概。玛丽从她那扇小窗口也望见了他,觉得他简直就像神祇。她心里念叨着,这样一个神一般的人还能把她放在心上吗?

母亲十分高兴看到儿子归来。他轻松自在地说个没完。他还热情地跟上尉握手——尽管已经听说这人准备跟他的情人结婚，然后他就一边搀着妈妈进门，一边打听玛丽。"玛丽在哪儿呢?"他问道。"玛丽!哦,在楼上呐!吃完早饭你就会见到她。"鲍什妈妈说。他们就这样走进家门,进入饭厅,同客人们一道吃早饭;在场的人都多多少少听说过这家人出现的麻烦事,他们都密切注视这个小伙子的表现,他对玛丽到底还有没有爱情是事关重大的。

"您等着瞧,事事都会如意的。"上尉仰着脑袋说。

"我也是这么想,我也是这么想。"鲍什妈妈说,因为上尉的话正说在她的心坎上,也就不想再跟他抬杠。

"我知道不会出什么问题,"上尉说,"我早就跟您说过阿道夫回来不再是个孩子;他现在确实是个男子汉了。您瞧,他根本就没把玛丽·克拉维放在心上。"上尉一边说,一边很富表情地把手里拿着的一块小石头掷过邻墙。

于是他们外表上显得无比欢悦,前去吃早饭。这并不是说内心没有乐呵呵,因为鲍什妈妈觉出儿子已经治好了爱情的创伤。这当儿,玛丽还坐在楼上,不敢出头露面。

"他回来了。"旅馆里一个年轻女仆奔到楼上玛丽的房门口报信儿。

"是啊,"玛丽说,"我看见他回来了。"

"哎呀,他多漂亮啊!"那个姑娘说,合拢两手,翻着两眼盯视着天花板。说实在的,玛丽倒由衷地希望他最好连现在一半的漂亮都没有,那她赢得他的机会就会更大一点了。

"大家都围着他说话,仿佛他是位省长咧。"姑娘说。

"甭管谁在跟他说话,"玛丽说,"别打搅我,走吧——快去干你的活儿。"他干吗不先来跟她说会儿话呢？他要是真的对她忠贞不渝，干吗不呢？唉，她脑子里开始转出他也许会背信弃义的念头！然后呢？她该怎么办？她依然闷闷不乐地坐在那里，想到那另一个许诺给她的终身伴侣。

早饭刚一吃完，阿道夫就尽快地给邀到妈妈那间密室去开个家庭会议。该不该请上尉也参加，鲍什妈妈脑子里转了半天弯儿。她有许多理由想把他排除在外。她不愿意让儿子知道她没有能力料理自己的事，她也乐意让上尉明白他的帮助对她来说并非完全需要。可她心里又怕自己那副绿眼镜如今在阿道夫身上不像过去在他没开眼界、长大成人之前那样起作用了。她的儿子作为一个男人，也许有必要叫另一个男人来对付。于是，上尉还是应邀参加了。

会谈的详情这里就无须赘述。三人关在小屋里足有两个钟头，最后三人一起走出来。鲍什妈妈容光焕发，安详惬意；她最终获胜的希望大为增加。上尉的脸毫无表情，活脱儿跟大外交家通常那副脸色一样；他挺直腰板，技巧娴熟而绝妙地抬动那条木腿，走得稳稳当当。而可怜的阿道夫却紧锁双眉。嗯，可怜的阿道夫！原因是他情绪十分低落。他做了放弃玛丽的保证，以换取妈妈慷慨的津贴，现在还需要他亲自去把这个消息通知玛丽。

"您不能告诉她吗？"他对母亲说，脸上没有一丁点儿他母亲为之骄傲的那种男子汉豪迈的神情。鲍什妈妈对他说这是协议的一部分：玛丽要他亲口说出他的决定。"可你也用不着把这当回事，"上尉带着玩世不恭的态度说，"姑娘希望如此。她只不过有个幼稚的想法，以为她受着约束，除非你亲自解脱她。我想她不会找麻烦的。"阿道夫那瞬间真想把上尉从母亲家中一脚踢出去。

那么，在哪儿跟她会面呢？鲍什妈妈建议在温泉旅馆的饭厅里,因为照她的看法,他俩可以在那儿走来走去,大白天那个钟点也不会有人到那儿去。阿道夫却不同意,嫌那里面太冷,而且凄凉。

上尉认为鲍什妈妈的小客厅最合适,可妈妈本人又不赞成。她心里有数,那儿可能会有人偷听;她猜想这次会见结束时不会没有人哭,那想必是挺悲伤的,声音也小不了。

"让她到那个山洞去吧,我随后就会跟上去。"阿道夫说。大家于是一致同意就么办。那个山洞是个自然形成的洞穴,位于温泉旅馆旁边的山峦悬崖陡壁上。从山脚下那个旅馆小花园起,有一条蜿蜒小路爬上这座陡壁,台阶无穷无尽。旅馆前面有一条哗哗流的小河,它和旅馆大门之间仅仅留下一条很窄的小道;河上架了一座木桥通向那个小花园,离木桥两三百码之处就是通往山洞的台阶。

夏季,风和日暖,这里常有人光临。山洞里有一张绿桌子和四五把松木椅子;还有一个绿色的花园长凳,因为后腿有点毛病,不知是谁把它挪到山洞紧里面一个角落里来了。洞前面有一堵两尺来高的护墙,以防游客失足掉下陡壁。其实这也不算个洞穴,而是岩石上的一道小裂缝,就像我们在峡谷里抬头常见的情况一样,而旅馆里的顾客却把这些陡峭的台阶当作锻炼身体和娱乐的好地方了。

人站在墙后面可以眺望下面的小花园,也可以看到鲍什妈妈的旅馆发亮的石板屋顶,往左边去还可以看到那座顶端覆盖白雪、沉郁而静谧的卡尼固古峰,它是比利牛斯山东麓之王。

鲍什妈妈负责通知玛丽到那个山洞去,阿道夫答应随后就到。这时节正值春寒,虽然风势减弱了,山峰脚下已经没有积雪,但微风依然清新而凛冽,旅馆里的少数几位客人也不会到那儿去溜达。

"让她穿上斗篷。"上尉嘱咐道,他不愿让自己的新娘子在他俩结婚那天感冒头疼。鲍什妈妈轻蔑地哼了一声,好像对上尉这项建议根本不屑理睬似的。不过,大约十五分钟过后,人们看见玛丽慢慢走过小桥,头上围块头巾,身上还是紧紧裹着一件深棕色斗篷。

可怜的玛丽对凛冽的新鲜空气并不在意,可她也高兴能借此把脸遮住。鲍什妈妈在她那间小屋里找到她就面带笑容,慈祥地吻她一下,吩咐她到山洞去一趟,玛丽当即悟到,要么猜想到,一切都完了。

"他会把全部实情告诉你——到底怎么回事,"妈妈说,"不瞒你说,我们会尽一切力量让你幸福,玛丽。可你应该记住神父先生那天告诉咱们的话。咱们在这个尘世泪谷里不可能得到一切;只有等咱们有一天把可怜而邪恶的灵魂涤净之后,才能得到一切。现在,去吧,亲爱的,穿上你的斗篷。"

"是,阿妈。"

"阿道夫就会去找你。尽量表现得好一点,像个有理智的乖姑娘。"

"是,阿妈。"她就这样去了,眉宇间又接受了一个让她作出牺牲的吻——心中承受着那种难以形容的悲哀!

阿道夫早在她出去之前就离开旅馆,他站在有马厩的那个院子里,躲在门内免得让她看见;他瞧着她慢慢过桥,登上第一级台阶。过去他时常看见她轻快地登上那些台阶,就几乎没有一次不立刻飞快地跟上去。她一听见他的脚步声,便会奔跑起来;然后他会在山顶上把她抓住,只见她上气不接下气地喘,于是就偷吻她几下,而她由于方才逃跑而累得简直没有一点儿力气抵抗。可是现在却没有那种奔跑啦,没有那种追随啦,也没有那种亲吻的念头啦。

如今,他要是敢的话,宁愿逃脱这次会面。可他不敢,只好垂头丧气地在那里等了十多分钟,时不时同一个站在附近的旅馆伙计说句话,显得他并非不自在。可是那个伙计明白他心里并不踏实。这种装模作样很难骗人,也很难让人相信。十分钟后,他就像玛丽那样慢腾腾地登山,到那个洞穴去。

　　玛丽在山顶上望着他,自己躲在一处不让人瞧见。他却一次也没抬头张望,两眼一直盯着地,拖着沉重的步子爬上来。他走进去那当儿,她正站在洞穴当中,两眼低垂,双手紧握在身前。她所站的地方离那堵护墙稍远一点,只有她那位虚情假意的情人能看见她,旁人没法瞧见。他一走进来,她便尽量一动也不动地呆立着,浑身却在索索发抖。

　　他刚才走到末一级台阶时才拿定主意该怎么办。也许上尉毕竟是对的,她没准儿对这事并不在乎。

　　"玛丽,"他装出一副高兴样儿,假模假样地说,"分别这么久,没想到居然会在这么一个古怪的地方相会。"接着就向她伸出一只手,只是一只手! 他甚至没有问候她,也没像一个做哥哥的那样吻一下她的脸蛋儿! 咱们该记住可怜的玛丽对外界的礼仪知道得很少,对她来说,他在没成为她的情人之前一度也算是她的哥哥。

　　玛丽握住他的手说:"是啊,分别很久了。"

　　"可我现在回来啦,"他接着说,"看来咱俩处境都很尴尬。我压根儿也不知道这回事。可我想全是出于好意。"

　　"也许是的。"玛丽说,依旧浑身哆嗦,依旧两眼低垂。接着两人沉默了一两分钟。

　　"听我说,玛丽,"阿道夫终于开口,放开她的手,尽力把这事了结,"我觉得咱俩过去恐怕太愚蠢了。你现在是不是觉得咱俩还是那样呢？看来十分清楚,咱俩根本就不可能结婚。你有没有觉出这一点来?"

玛丽头晕目眩,可还没到昏倒的地步。她倒退三步,靠在洞穴的一面墙上。她也尽量在想怎样才能打赢这一仗。难道她连一点机会都没有了吗?爱情和劝说都不起作用了吗?她并不太依赖自己的美貌,可是殷切央求,再提一提两人过去经常那么热烈而庄严地提出来的山盟海誓,难道就不会起一点作用吗?

"咱俩根本就不可能结婚!"她重复他的话,"根本,阿道夫?咱俩根本不能结婚吗?"

"哎呀,我亲爱的姑娘,我看是不能。你看我妈彻底反对这桩婚姻。"

"咱俩可以等待啊,难道不能吗?"

"唉,问题就在这儿,玛丽。咱俩没法等待。咱俩现在便得作出决定——就在今天,你看她不给我钱,我什么事也干不成;你呢,除非立刻嫁给坎潘,否则她连住都不让你住下去啦。他虽然年纪大一点,可还是个挺好的人。你要是嫁给他,你看,就可以待下来,什么事都可以随你的心愿去做。我呢,可以常来看看你们,也可以照原本就应该那样去闯天下。"

"阿道夫,那你希望我嫁给上尉吗?"

"拿我的名誉担保,我想这是你切实可行的、最好的办法啦;我真的希望如此。"

"唉,阿道夫!"

"不瞒你说,我又能为你做些什么呢?假如我下山去告诉妈妈我决定娶你,结果又会怎样呢?你该朝那方面想一想,玛丽。"

"她不至于把你轰走的——你是她的亲儿子啊!"

"可她会把你轰走；说轰就轰，这我敢保证，我能拿我的名誉担保。"

　　"我才不在乎。"她摆一下手，表明她对这种对待多么无所谓。"只要我还有你那爱情的保证，我就不……"

　　"可你往后怎么办呢？"

　　"我会去工作。还有别处呢，这里也不光是这一家旅馆。"她指着鲍什旅馆的石板屋顶。

　　"可我呢——我就会在这人间变成一个穷光蛋啦。"小伙子说。

　　她向前走去，双手拉住他的右手，热情地，噢，非常热情地紧握着。"你会得到我的爱，"她说，"我内心最深情的爱啊。我要是还能有你的爱，世界上别的什么东西我都可以不要。"她偎依在他的肩膀上，两眼盯视着他的脸。

　　"可是，玛丽，不瞒你说，这都是瞎扯。"

　　"不，阿道夫，这不是瞎扯。别听信他们的挑唆。爱情，要不是这个意思，还有什么意义呢？哦，阿道夫，你真的爱我，真的爱我，真的爱我吗？"

　　"是啊——我爱你。"他慢腾腾地说，仿佛若能克制住就不会说了。接着他就用胳膊慢慢搂住她的腰，也仿佛不由自主似的。

　　"难道我不爱你吗？"热情的姑娘说，"哦，我深深爱着你，一心一意爱你。阿道夫，我那么爱你，决不能让你跑了。我没有向你发过誓，发过成千上百次誓吗？我怎么能嫁给那个人呢？噢，阿道夫，你怎么居然希望我嫁给他呢？"她紧搂着他；盯视着他，脉脉含情地恳求他。

　　"我当然不希望那样，只不过……"他顿住了，难以启齿说他准备把她牺牲给那个老家伙是因为要从母亲那儿换到钱。

"只不过什么？阿道夫，你原来就不该那样希望！你不是发誓要娶我吗？瞧这儿，瞧这个，"她从胸脯那儿取出一个小项链，这还是当初他交换那个小十字架时送给她的呢。"你当时在圣母马利亚像面前发誓娶我，不是还吻过这个吗？我因为怕你母亲生气而不敢起誓，还是你叫我起的，这你还记得吗？后来，阿道夫！哦，阿道夫！告诉我，我还可能有一线希望，我愿意等待；哦，我愿意耐心等待。"

他转身离开她，恍恍惚惚地在洞穴里踱来踱去。他确实爱她，像男人爱漂亮的甜姐儿那样爱她。她那只温暖的手啦，她偎依着他那种感情啦，她那双流露真情的、泪汪汪的眼睛啦，都让他内心那股爱情力量复萌。可他该怎么办呢？他即使愿意放弃母亲提供给他的那种唾手可得的黄金美梦，又怎样生活下去呢？怎样作出这种自我牺牲呢？玛丽会因此而给撵走，剩下他也会成为母亲和那个硬邦邦的木腿军人手下的牺牲品——一个一文不名的牺牲品，在这块地方闷闷不乐地煎熬度日，没有丝毫影响，没有丝毫乐趣。

"可咱俩怎么办呢?"他又感叹道，目光再一次和玛丽探询的眼神相遇。

"咱俩可以真诚相爱，可以等待，"她说，朝他凑近过来，握住他的手，"我不怕；她又不是我的母亲，阿道夫。你也用不着怕你的亲妈。"

"怕！不，我当然不怕。可我不知道这件事咱俩究竟怎样才能对付。"

"我告诉她我不愿意嫁给上尉，我不能放弃你的诺言，然后我就准备离开那个家，你愿意我这样做吗？"

"那不会有什么好处。"

"阿道夫,只要我再次得到你的诺言,再次能听你亲口表露爱情,那就会大有好处。你不记得这个地方了吗? 就是在这儿,你非叫我说爱你不可。就是在这儿,你又打算告诉我是受骗了。"

"不是我要欺骗你,"他说,"我真不明白你为什么对我这么狠心。老天爷知道我的烦事已经够多的了。"

"好了,如果我也叫你心烦,那就算了吧。你爱怎么办就怎么办吧。"她把身子靠在背后的岩石上,两只胳臂交叉在胸前,视线由他身上移开,盯视着卡尼固山那花岗岩石的尖峰。

他又一次在洞穴里踱来踱去。他爱过她,爱得打算娶她为妻,可是此时此刻又很想让她同他十分讨厌的那个上尉结婚;命运如果允许他自己和她结婚,也很可能使他成为一个规规矩矩的好丈夫,可他又受不住母亲由于愤怒而必然施加给他的惩罚,再说他已经答应母亲放弃玛丽——彻底屈服并支持那个把她嫁给上尉的计划。他承认母亲为他安排的生活道路,他作为一个男人应该义不容辞地走下去。正是这种男人恪尽职责的观点,再加上上尉的花言巧语,尤能促使他就范,因此坎潘老头儿完全胜利了。争论一方允诺一年给他两千法郎,有了这样一个后盾,那么说服一个如此意志薄弱、囊中一贫如洗的小伙子,便是一件很容易的事啰。

"我告诉你我该怎么办,"他终于开口,"我单独把妈妈找到一旁,跟她说先让事情暂时维持现状。"

"如果是件麻烦事,那就不必了,阿道夫先生。"高傲的姑娘两手还交叉在胸前,两眼依然眺望着山峰。

"你一定明白我的意思,玛丽。你一定能理解她和那个上尉在怎样折磨我。"

"可是,阿道夫,告诉我,你爱我吗?"

"你知道我爱你,只不过……"

"你不会抛弃我吧?"

"这我要问问妈妈。我想办法让她让步。"

玛丽觉得自己对她情人的这种许诺并没有多大信心,可是话说回来,尽管那句诺言软弱无力而又含含糊糊,却也总比彻底而斩钉截铁的断绝强多了。所以她感激他,含着眼泪向他保证她会永远、永远忠实于他,然后就叫他先下山去。她说,一等没人注意他走下去,她自己便会悄悄回去。

她又瞧着他,仿佛期望看到一点爱情复燃的苗头,可是落了空。她又多么渴望他的嘴唇碰碰她的脸蛋儿,没想到这也一样给否决了。他照她的要求,独自下山;大约过了半小时,她也随后走下去,神不知鬼不觉地偷偷溜进自己的小房间。

咱们这儿再略过母子交锋那一幕;但是那天晚上,旅客都上床睡觉之后,玛丽得到通知说鲍什妈妈在房子尽头那间小起居室里等她去谈话。那是一间私人会客室,专为接待特殊客人而设置的,因此很少使用。鲍什妈妈坐在小桌后面一张扶手椅上,桌上点着两支蜡烛,靠墙一张沙发上坐着阿道夫。上尉没在场。

"把门关上,玛丽,进来坐下。"鲍什妈妈说。从她的口气不难觉出她恼怒而严厉,极为固执,决定要不折不扣地通过那副可怕的眼镜对她施加威胁。

玛丽逐一照办。她把门关上就在近旁一把椅子上坐下来。

"玛丽,"鲍什妈妈说,那声音在可怜的姑娘耳朵里听来十分凶恶,一股怒火透过那副绿眼镜直射出来,"我听到了什么胡言乱语?你居然胆敢说非要我儿子跟你结婚不可?"这位威风凛凛的母亲停顿下来等待答复。

玛丽却无言答对,她求援地望一下她的情人,好像乞求他替她战斗下去。可她如果不能自己战斗,他当然也不能为她出力。他心中那点战斗力早在她到来之前就已消失殆尽。

"我要立刻得到答复,"鲍什妈妈说,"我不想让我接济的对象背叛我,叫我蒙受耻辱。是谁把你从垃圾堆里捡出来,小姐,把你抚养成人,没让你进入弃儿教养院? 敢情你就是这样来报答我? 你不满足我给你吃,给你穿,把你养大,还非要抢走我的儿子不可! 你死了心吧,阿道夫绝对不会跟你这样一个靠人接济的孤儿结婚。"

玛丽依然坐在那里,让这一连串刺耳的话吓蒙了。鲍什妈妈倒是经常骂她;她的确没少挨骂,可那是妈妈骂孩子那种骂。自从玛丽这桩爱情事儿传到她的耳中,她可大为生气了,可也还没到眼下这种狂怒的地步。真格的,至今也没人开导姑娘朝这方面注意。至今也没人嘲笑过她吃别人接济的面包。她从来没想到自己由于这个原因而不配做阿道夫的妻子。在那个山沟里,他们在身份地位上还近乎平等,她压根儿也没愠郁地想过自己比别人低一等。而现在……!

那阵话声一住,她又望着阿道夫,却不再是乞求的目光,他是不是也在一起嘲笑她呢? 这当儿,她就想探一下。没有,她不能说他也在那样做。她发觉他在一个劲儿拉扯沙发垫子上的穗子。

"眼下,小姐,马上告诉我这种荒唐事儿是不是结束了,"鲍什妈妈接着说,"我得告诉你,我不打算再留你住在我家里阴谋破坏我们的安宁和幸福。你作为玛丽·克拉维,不能待在这里。坎潘上尉愿意娶你;你作为他的妻子,我准备实践我的诺言,尽管你一点也不配。你要是拒绝嫁给他,就得离开这里。我的儿子嘛,他在这儿,现在会当着我的面告诉你,他也完全拒绝你向他提出的那种荣誉。"

然后她顿住,一边等待回答,一边抄起手边一个扁槌子咚咚地敲桌子;玛丽啥也没说。阿道夫虽然受人哀求,却也一言未发。

"怎么样,小姐?"鲍什妈妈问。

玛丽站起来,走到阿道夫面前,用手轻轻碰一下他的肩膀。"阿道夫,"她说,"现在该由你来说啦。我会照你的要求去做。"

他长叹一声,先对玛丽、后对母亲各瞧一眼,微微晃一下身子,说道:"唉,玛丽,我认为妈妈是对的。咱俩压根儿就不可能结婚,确实办不到。"

"那就这样决定了。"玛丽说,回到座位上。

"你愿意嫁给上尉吗?"鲍什妈妈问。

玛丽只点点头作为默认。

"那咱们又是朋友了。过来,玛丽,吻一下我。你知道我有责任照顾自己的儿子。我要是能克制自己,就不会冲你发脾气了;我确实不会。等你做了坎潘夫人,你就是我自己的孩子了;你可以随意挑选这所房里的屋子,要哪间就给你哪间——来!"她又一次在玛丽的脑门上印了一个吻。

他们怎样走出那间起居室,各自回屋,我简直说不上来。不过,在那一吻之后,没过五分钟,三人就分手了。鲍什妈妈轻轻拍拍玛丽的脸蛋儿,冲她微笑,管她叫亲爱的小坎潘夫人和鲍什旅馆的年轻女掌柜;然后她就扬扬得意地凯旋回屋。

诸位读者也不应该过分责备鲍什妈妈。她已经够照顾玛丽·克拉维了。她一回到床边就觉得自己对那个孤儿未免有点残酷,立刻祈求上帝宽恕。她拿着心爱的小十字架,面对着圣母马利亚像做祷告，也为自己对儿子所尽的责任辩护几句。她问圣母马利亚，她不让儿子结那样糟糕透顶的婚，对不对呢？她许愿要重重酬报圣母和玛丽；一等她成为玛丽·坎潘，她就分送新礼物，圣母得一套新蜡烛，玛丽有一块带链的金表。她有点残酷，这点她也承认。但是在这种危机中，不也是情有可原吗？何况酬报会是很重的！

可是，那天夜里还有另一次晤谈，虽然时间很短，却并非不重要。那是在他们分手之后不久，整所房子里全安静下来时发生的。阿道夫还坐在自己房间里回想他这一天所经历的事，忽然听见有人轻轻叩门。"进来。"他就像男人通常那样应答；玛丽把门推开，站在门槛那儿。脸上既没有那种恳求爱情的温柔表情，那早已在山洞里耗尽了，也没有方才在他母亲面前那种给压服的沮丧神态。她把脖子挺得比往常更直，两眼在她那软睫毛下面大胆地注视着他。也许其中还有点爱的成分，可那种爱决计高傲地自行消失了。阿道夫一看到她，不免感到惊慌失措。

"咱俩就这样一刀两断了吗，阿道夫先生？"

"嗯，是啊，你不觉得这样更好吗，玛丽，呃？"

"难道这就是男女之间那种神圣的海誓山盟的意义吗？"

"玛丽，可你也听见我妈的话了。"

"嗯，先生！我并不是来要求你再爱我。噢，决不是！我没有那样想。但是这个，这个我如果还保存着，那简直就是个骗人的玩艺儿啦；我如果做了那人的妻子，还戴着它，岂不把我憋死。收回去吧。"她把那个自从他送给她之后一直戴在脖子上的小项链还给他。他心不在焉地接过去，也没细加考虑自己在干什么就把它放在镜台上。

"还有你，"她接着说，"你还能保存那个小十字架吗？哦，不！

你得把它还给我。那会叫你经常想起那些虚伪的誓言的。"

"玛丽,"他说,"别对我太狠心。"

"狠心!"她说,"不,狠劲儿已经够多的了。我不会对你狠,阿道夫。把那个十字架还给我吧,你要是还保存它,那对你可是个诅咒。"

他于是打开桌上的一个小盒子,把十字架取出来还给她。

"再见,"她说,"从今以后咱俩也没有什么话可说的了。我现在才明白我过去爱你真是大错特错。对你来说,我一直就应该像旅馆里其他可怜的姑娘那样,并无两样。唉!可我又有什么法子呢?"他没有答话,于是她把门轻轻关上,回自己屋去了。

阿道夫·鲍什回到家中的第一天也就这样结束了。

第二天上午,上尉和玛丽正式订婚,当着旅馆全体顾客的面举行一个小小的仪式,玛丽的品德受到众口称赞。看来鲍什妈妈好像对她够款待的了。不再有人说她是个受人接济的孤儿,不再暗中提到贫民窟。鲍什妈妈一等订婚仪式结束就亲自给她端来蛋糕和一杯酒,还轻轻拍拍她的脸蛋儿,称呼她为亲爱的小玛丽·坎潘。上尉也表现得彬彬有礼,客人都祝她幸福,旅馆的仆役开始察觉她是一个值得尊敬的人啦。这一切跟前一夜对她那样粗暴的攻击相比,多么迥然不同啊!只有阿道夫一人保持冷漠。他尽管出席,却一声没吭。他,只有他一个,没有道喜祝贺。

在这庆贺的过程中,玛丽本人也很少说话,或者根本就没张口。鲍什妈妈发现了这一点,并没计较。她过去虽然对玛丽竟敢爱上她的儿子表示了愤慨,心里也还承认这种爱情原本自然。只要阿道夫处于险境,她就一丁点儿也不能怜悯玛丽,如今她可知道怎样体贴她了,所以玛丽尽管成天一直耷拉着脸子,一声不吭,还是受到爱抚,受到夸赞。

上尉对这反正无所谓。他是个老于世故的家伙。他并没指望自己真的比阿道夫那样的小伙子受到更热情的对待。可他确实期望玛丽会像别的姑娘那样听天由命,几天之后怒气消失,认命活下去。

于是婚礼尽早择日举行,因为妈妈说:"还等什么?两人现在都拿定了主意,越快办喜事越好。上尉不也这样认为吗?"

上尉说他完全同意。

接着就去问玛丽。她说反正都一样,鲍什妈妈想怎么办就怎么办呗,只是她不想亲自指定日期。说真的,任何尽快促成这桩婚姻的事她既不想管也不想说什么。可是她尽管不乐意,却也能平静地默认别人的安排。婚礼便决定在阿道夫回家一周后举行。

那一周过得跟往常差不多一样。仆人们谈论玛丽违反常情、固执、忘恩负义,因为她并不表示高兴,也没以恩报德地感激鲍什妈妈;妈妈本人却没流露一点愠怒的神情。玛丽已经让步,她也就不再苛求。她还记得自己为了达到这个目的而对她使用的那些粗言恶语;她也想到玛丽所丧失的一切。因此她容忍下来,不再进一步逼迫——玛丽只要能按照她的意愿作出这样的牺牲也就行了。

婚事便这样办起来。他俩在那个大饭厅里,等早饭一结束就举行婚礼。鲍什妈妈身穿一件新的紫褐色丝袍子,在这个场合显得雍容华贵。她笑呵呵的,尽管戴着那副眼镜,也透着高兴;礼仪进行时,她紧握着那个带挂链的金表,等婚礼行毕就送给玛丽。

上尉穿得跟平常一模一样,只不过是件新衣服罢了。鲍什妈妈死乞白赖地劝他穿一件藏青的上衣,可他说他敢保证那样一改换不会称玛丽的心意的。真格的,他即使穿一套鲜红色衣服,玛丽也几乎分辨不出有什么区别。

阿道夫却打扮得十分体面,不过并没有在这种场合招摇过市。玛丽偷偷地仔细观察他,显然没人发觉她在那样做;她能准确无误地把他那身衣服描述出来——他那身衣服,唉!也包括他的种种神情。"他居然能站在一旁,瞧着这一切在进行,"她心里终于在想,"还能算个男人吗?"

她自己也穿着丝袍子。她听任别人给她穿戴,既不抱怨也不称心得意地承受全身婚礼披挂的负担。她朝神父主持婚礼的那张桌子走去,脸上没有一丝红晕,该答话时,低低的嗓音也没显得犹豫不决;她听从要求,把手放在上尉的手中,戴结婚戒指时,她战栗了一下,不过非常轻微,只有鲍什妈妈一人发现了。"一个星期后,她就会习惯,我们大家又会高高兴兴地过日子,"妈妈心里想,"我嘛,我会好好地疼她!"

婚礼一完成,那块表就立刻给了玛丽。"谢谢您,妈妈。"那个小玩艺儿给系在她的腰带上时,她说。那如果是一个值三个苏①的布做的针插,也许会使她更感动。

接着,蛋糕、酒和糖果给端上来;几分钟过后,玛丽就没影儿了。差不多有一个多钟头,上尉一直在接受朋友们的祝贺,他还为自己这份新的荣耀尽量装出很自在的样儿,可是过了这一阵之后,他开始有点不安了,因为新娘子没有在他身旁。午后两三点钟,他去找鲍什妈妈抱怨。"这种无精打采的局面真不带劲儿,"他说,"不

---

① 苏,从前法国的一种低值钱币。

管怎么说,时间已经够晚的了。玛丽最好下楼来跟我们在一块儿,表示一下她对自己的丈夫感到满意啊。"

鲍什妈妈袒护玛丽。"你别过分要求玛丽,"她说,"这一个星期真够她受的了,再说她年轻得很,而上尉你呀,可不那么少年英俊啦。"

上尉只耸耸肩。这段期间,鲍什妈妈上楼到她的被保护人屋里看了看,下楼宣布说玛丽头疼,不下来参加午宴了,晚间小宴会上她会露面的。上尉听罢,也只好认可。

大家就在她缺席的情况下安安静静地吃午饭,跟平常日子没什么两样。接着有一段空闲时间,先生们在咖啡室里喝咖啡,抽雪茄烟,议论早晨发生的事;女士们去梳理一下头发,给自己的衣着加条缎带或饰针什么的。鲍什妈妈又两次上楼到玛丽的房间问问要不要她来帮助穿戴。"还没到时候呢,妈妈,还早着呐。"玛丽噙着眼泪,楚楚哀怜地说,于是那副绿眼镜两次离开那间屋子,遮隐着那双也湿润了的眼睛。唉!她干的是什么事啊?她干吗敢于包揽这种事呢?眼下也没法变卦了。

随后,过道里和户外都相当暗了,客人全聚在饭厅里。妈妈进进出出三四趟,步子紊乱,神情紧张,大家都发觉出了岔子。"她恐怕病了。"一个说。"兴奋过度了。"另一位说。"他年纪未免也太大了。"第三位喃喃道。上尉拖着他那只直挺挺的木腿阔步走来走去,闻闻鼻烟,尽量装出一副无所谓的样儿,可他也的确心神不安了。

不一会儿,妈妈又进来,步子比前几次更快,先跟阿道夫、后跟上尉低声嘀咕几句话,接着他俩便跟她走出去。

"没在她的房间里。"阿道夫说。

"那她一定在您的房间里。"上尉说。

"都不在，"鲍什妈妈用她最严厉的嗓音说，"甚至也没在这所房子里！"

这当儿，他们都不再装模作样地表示无所谓了。他们着慌了。上尉焦急地请求这事先别让客人知道。他说玛丽一向罗曼蒂克，也许眼下到河边散步去了。三人决定同旅馆那个老伙计一齐去找她。

"可外面黑得伸手不见五指啊。"鲍什妈妈说。

"咱们可以提着灯。"上尉说。他们便在砾石路上蹑手蹑脚地出发，好不让屋里的人听到，前去寻找新娘子。

"玛丽！玛丽！"鲍什妈妈用哀怜的腔调喊道，"回到我跟前来吧，求求你！"

"小点声！"上尉说，"你一嚷嚷，大家都听见了。"让大家发现这桩婚事叫玛丽·克拉维感到多么恶心，他可受不了。

"玛丽，亲爱的玛丽！"鲍什妈妈喊道，声音更响了，根本不照顾上尉的感情；没有玛丽的应答。鲍什妈妈心灵深处这时真希望没办这桩残酷的婚事。

阿道夫提着灯走在最前面，他知道她很可能在哪里，可他简直不敢前去探望一下。他怎能独自再在那个山洞里跟她相遇呢？然而，四个人当中就属他年轻，明明只有他能爬上山去。"玛丽，"他喊道，"你在那儿吗？"他慢慢开始登上那一连串的台阶。

但是，他还没走几步就听见飕的一阵风声，他觉出身旁的空气在震荡；紧接着就是一声什么撞击在低层岩石板上的响声，连带两声极其轻微的呻吟；就在他知道离他不过二十步左右的地方又发出一阵丝绸衣服窸窸窣窣声和一点挣扎声；随后一切又在这黑夜中归于静寂。

"出了什么事?"上尉扯着嘶哑的嗓门问。他刚穿过那个小花园一半,离那块石板有四十到五十码左右。阿道夫没法回答他了。他已经昏倒在地,灯从他手上掉下来,滚到台阶的底层。

上尉尽管心整个儿冰凉了,还是有足够的劲儿走到那块岩石旁边;他在那里把灯抬到眼睛上方,看到了他那新娘子的残骸。

鲍什妈妈呢,她从此不再坐在那张饭桌的首席上了,再也不支配客人了,再也不指手划脚地为谁的生活安排一定之规了。她成了一个可怜巴巴、卧床不起的老太婆,在她那维尔纳的住家里整整躺了七个郁闷的年头,然后就见老祖宗去了。

至于上尉——那又有什么关系? 他是一种更坚固的材料造成的。同样,那对阿道夫·鲍什这类男人的命运,又有什么妨碍?

1859 年

女 电 报 员

第一章 露西·格雷厄姆和
索菲·威尔逊

　　一天三先令的生活费用,包括伙食费、制装费、一间小屋的租金、灯火费——可能的话,还包括娱乐费——显然很不宽裕;但是,这个故事的女主人公露西·格雷厄姆发现自己在这人间孑然一身时,却认为自己靠干活儿能挣到这点钱也就蛮不错了,同时还高兴地认为如果自己愿意独立生活的话,这样也便拥有了独立的本钱。关于她目前的境况,我们很快就会讲到。多年来她一直跟她的哥哥住在一起,后者是霍尔伯恩区的一位书商,结了婚,靠小本生意养活一大家子人,生活过得还算体面舒适,可是露西却愿意自食其力,就去当了一名为王国政府服务的电报局①里的"电报姑娘"。她在那儿一直干到目前,每天连续工作八小时,每周挣十八个先令。她成天价忙忙碌碌,因为业余时间她还在哥哥的书店里帮忙,对他那行业务也渐渐熟悉了。不幸的是哥哥突然亡故,寡嫂很快就决定要带着几个孩子迁居到乡间去过日子。

　　于是,露西·格雷厄姆不得不考虑自己今后得靠每周十八个先令的工资独立生活,不得不想到自己今后作为单身女子的孤寂处境。只要身边有兄长庇护、嫂子做伴而能安稳过日子,每天来回奔走于霍尔伯恩区和大圣马丁广场之间,她倒也不在乎;但是,要她独自在伦敦生活,又会是怎样的情况呢? 她不得不考虑自己还能干些什么其他谋生的工作。也许可以当一名保姆或者保育员吧;虽说她受过良好教育,在某些方面还有所专长,可她心里明白自己的水平实在无法超越保姆那一行啦。音乐她一窍不通,画儿她会画几笔,法文也懂得不少——倒不是为了阅读,而是学会怎样看懂罢了。至于英国文学,她比一般校内同龄同班的姑娘知道得多一些;她还设法保存了哥哥赠的几本书作为个人的珍藏。说实在的,当一名女仆并不合她的心意,倒也并非瞧不起那一行,而是不喜欢一天到晚听任别人支使罢了。上班干活儿,拼命干活儿,她却心甘情愿,这样就可以在每天下班之后争得一些时间全由自己支配而不受别人的摆布。

因此,当有人建议她最好辞去电报局那份工作而去一户人家帮佣以确保生活安定的时候,她对这种建议相当反感。她为什么不可以安全而体面地独立生活呢? 可是那会十分孤独啊! 孤独当然叫人难受,然而那种独来独往的绝对孤独却又似乎大可不必。何况她也很喜欢当一名薪金牢靠的官方公仆——当然每天要有几小时受工作的束缚而显得不自由,可也不过几个小时罢了。她自豪地想到自己在每天三分之一的时间里是王国政府的公仆,另外三分之二的时间里则是自己的老爷或夫人。

不过,这种独立的生活也给她带来一种使她有点儿惴惴不安的古怪感、神秘感甚至恐惧感。她在局里工作时,身边有八百名女伙伴跟她聚集在一间大屋子里,可是一离开邮政总局就变成孤零零一

---

① 我相信读者诸君都知道国家电报局设在大圣马丁广场邮政总局里一座大楼的顶层。——原注

个人了！在她哥哥去世后,头几个月她还跟嫂子住在一起,两人常常谈起这个大问题。后来嫂子带着孩子们走了,露西只好另找一处安身之地。她得开始过一种在她看来很不像女人过的生活——"真好像自己是个小伙子"——她心里一再这样描绘自身的处境。

当时,露西·格雷厄姆二十六岁。她一直认为自己比一般同龄的妇女健壮,意志也比她们坚强。她曾经告诫自己应该蔑视女人那种软弱无能的性格;当初她哥哥有时不在店里,她也学会了把业务管理得跟他一样井井有条。那当儿,面对将来可能会遇到的困难——这种困难竟然那么快就来临了——她曾经下定决心,不能像许多女人那样软弱无能,没法儿自食其力。她早就打算过平凡的生活——曾经盼望有一天离开电报局,成为她哥哥那份事业的合伙人。可是,一场突如其来的变故使她的理想全都化为泡影。

她二十六岁,身体健康,身材匀称,喜气洋洋,在某些人眼里长得还算好看,尽管没人会说她漂亮或标致。主要是她肤色黝黑,面庞啦,头发啦,便服啦,都是棕色,这一点简直叫人没法儿否认。这种颜色遍及她的全身,凡是见过她的人都会留下这样一种印象,那就是露西·格雷厄姆永远跟这种耐久色彩联系在一块儿。不过谁也没有她本人更加确信自己浑身上下真是一码儿棕。她管这种颜色叫作良好而持久的色彩——用不着为了体面每隔半小时就得洗一遍,真正需要洗的时候却经得住洗,因为她内心有一条忠实的信条:不愿依靠女性的美貌或者花枝招展的打扮来出头发迹。她谈到某些封皮暗淡的书籍时会说:"装订得挺结实,经得住煤气熏,即使不小心被墨水玷污,也不会显得不像样儿。"她正是这样看待自己的外表打扮。

尽管如此,她在某些人眼里还是显得挺俏丽。她脸上没有什么难看的地方，脑门宽阔，两眼虽然也是棕色的，却炯炯有神，能够闪现愤怒、焦虑甚至爱慕的神情。鼻子端端正正，嘴尽管大了点，却富于表情，好像用不着说话就能表明她挺有口才似的。椭圆的脸蛋儿完完整整，不像那种由一位没有艺术修养的雕塑家笨手笨脚地这儿加一点、那儿填一块塑造出来的模子。她比一般妇女略微高一点儿，脚跟站得稳稳当当——或者说走起路来挺利索——仿佛她明白既然长了两只脚就得派上真实用场。

前两年，她哥哥在世的时候，有一个男人向她求过婚——她对这桩婚事实在拿不定主意。他也是一位书商，生意做得比她哥哥那家大得多，年龄可比她大十五岁左右，新近丧偶，家里还有几个孩子。她知道他是个好人，有一栋舒适的住宅，收入丰裕，心地也善良。她当时要是嫁给他，这两年也就大可不必生活在一排排书架或电报机当中了。她拿不准该不该嫁给他。她知道自己会爱上那几个孩子的，也认为自己会认真而热情地担负起教养子女的职责。可她担心——担心自己没法儿爱上他。

也许她想到了那种可以称之为爽直、亲切而真正的爱情欢乐吧。果真如此，也不过是想想罢了，因为至今还压根儿没有一个男人闯入她的生活圈子，扰乱她那颗芳心。但是，这种想法或担心强烈得叫她根本没法说服自己嫁给那个男人；在她哥哥去世之后，她十分孤独那一时刻——也就是她打算去当保姆的那一时刻——那人再次前来求婚，她还是回绝了。大概是出于自尊心的缘故吧。她觉得既然当初自己在比较宽裕的时候拒绝了他，如今他没准儿完全是出于怜悯才再次向她求婚，那就更不该接受了。因此她当真回绝了，那位书商只好另到别处去给他的儿女找个后妈。

接着便出现了麻烦事。她该住在哪儿，怎样开始生活呢？一接触到独自安家这件事,那种像小伙子一样开始生活的想法便确实叫她提心吊胆。她该怎么办呢?有没有哪位正派的公寓房东会按照出租房间给单身汉那种原则接受她呢?即使同意了,她又该怎样安排自己的生活?每天有十六个小时归自己掌握,她该如何安排呢?她有没有考虑要享受一下社交活动的欢乐?如果考虑了,又怎样才能找到那种不失身份的活动呢?过去她跟兄长一道看过几次戏,充分享受过那种难得的乐趣,不管是在莱森戏院观赏《哈姆雷特》,还是在干草市杂耍剧场看《顿德莱勋爵》[①],她都同样高兴。如今连这种难得的机会也不可能再有了。她深信一个年轻女人独自进入剧院,尽管十分胆大,也是不合体统的。再说,每天只挣三个先令,虽然够过日子,可也相当拮据了。

她该怎样开始呢?幸好有个机会帮了她的忙。当时另有一个姑娘也在电报局工作,露西除去在局里跟她相识之外,还跟她的家庭有过一些来往,这当儿她也多少有点儿像露西那样被弃置在人间,于是两人便同意结伴共同生活。

她叫索菲·威尔逊——两人同意合租一间小屋。先是结伴——也许过一阵子便会建立亲密的友谊。索菲比她年轻,看来更需要别人帮助,也许对此正求之不得呐。露西觉得自己可以做些对别人有益的事,而且这样做也会大大有助于增添自己的生活乐趣,这

[①] 顿德莱勋爵是汤姆·泰勒的《我们的美国表兄》(1859)一剧中的主人公。E. A.萨森成功地扮演了这位温厚、懒惰、衣着时髦的公子哥儿,他所蓄的长长的连鬓胡子成为当时伦敦年轻人中风行一时的式样。

种乐趣又往往是从别处得不到的。

　　露西一边观察她的朋友,心里想着她俩今后相依为命的关系,一边惊异地感到这个姑娘真是又年轻又漂亮,跟自己大不相同。索菲长着一头长而光滑的黑鬈发和一双大眼睛,肤色粉红,个头儿矮小。看来她并不喜欢露西看重的那种经久耐穿的棕色装束,而宁取色彩鲜艳、质料柔软的服装。那位年长的姑娘很快就意识到那位年轻的姑娘把自己的职业不过是看成找个丈夫的阶梯罢了。索菲·威尔逊毫不害臊地声明自己的一大抱负就是尽快想法儿结婚,而且还认为电报局里别的姑娘个个都是如此。不过,她显得和蔼可亲,一开始也很温顺,像是在那种过惯体面生活的环境里长大成人的,同时也明白有必要每天不得花过三先令的生活费。她在局里干活儿够快的——甚至比露西还要麻利——露西由此而确信她这位新交的朋友聪明伶俐,大概会是个容易相处的伙伴。

　　她俩在克莱肯威尔区一条很安静的街道上合租了一间屋——那条街没有什么店铺,所以可以说十分优雅,两人就在这儿开始她们称之为当家过日子的新生活。这一时期,她俩给安排在中午上班,一直工作到晚上八点。下午两点钟有一段短暂的午餐时间,食堂就在她们的工作室旁边的一间屋子里,提供给她们价廉的便餐,花八个便士就可以吃一顿蛮不错的午饭;她们如果愿意,也可以自己带饭,甚至还可以在那里热好。傍晚,局里供应一顿包括黄油面包的茶点;然后到了八点或者再晚一点,她俩便下班步行回家。说是当家过日子,其实只在家里吃一顿简单的早餐,仅有茶和黄油面包,也许在她们负担得起的时候,夜间再重复一遍这样的享受。星期天则当另行考虑——她俩便跟女房东商定包一天饭,在她的饭

178

桌上分享她的菜肴。两人便这样安顿了下来。

一开始露西·格雷厄姆就决定自己有责任做这个新伙伴的知心朋友,真好像她同意嫁给那位丧偶的书商,考虑到自己应该竭尽全力照顾好他的生活,让他舒适安逸似的。眼下还不能说她已经喜欢索菲·威尔逊。不可能这样快。但是,她俩结伴生活,其性质无非是一方同情另一方的不幸,或是为了让另一方幸福而尽量出点力罢了。索菲虽然秉性聪慧——这一点露西毫不怀疑——可在别的方面却明明不如露西,非常需要一位性格比她坚强的人大力相助。露西承认这一点,并且把自己那股较强的力量归因于年龄和以往的生活经历。她很年轻的时候就不得不自食其力,以维持生计,真可以说是个女强人。在她眼中,那位伙伴的弱点是显而易见的。索菲很快就声明自己需要找个丈夫,唉,这种原则真叫露西感到恶心。后来,露西对局里给她俩安排的上班时间也有理由抱怨。起先她倒觉得挺好,她俩可以利用一上午时间做些针线活儿,看看书;可她发现索菲竟会一直赖在床上,到了十点钟还不肯起床,原因是并没有什么非早起不可的约束,所以露西倒真希望她俩也给安排在早晨八点上班啦。

过了一阵子,她俩又在下班后该做些什么得体的消遣这个问题上没能取得一致的意见。这里需要解释一下,那间有八百名姑娘挤在一起工作的大屋子里也有少数小伙子在干活儿。姑娘们晚上八点一律下班,因此从下午起便开始增添一些男雇员,他们有的一直要工作到深夜——有的确实通宵留守。这阵子,也不知道是由于巧遇呢,还是像露西所担心的那样,通过了巧妙的花招,索菲·威尔逊上班时一直坐在一个小伙子旁边,而且很快就跟他混熟了。由于这种亲密的关系,索菲便提出一个建议:她俩应该跟这位叫默里的先生——起先他被称作先生,可是没多久这种正经八百的称呼便简化为亲昵的阿历克——一块儿去杂耍剧场看戏。露西·格雷厄姆当即表示反对。

"为什么?"那个姑娘问,"难道你认为体面的人都不去杂耍剧场吗?"

"我并没有那个意思,不过姑娘们得有相宜的人陪同才能去。"

"怎样才算相宜?咱们当然应该那样做。"

"跟她们的亲兄弟一块儿去呗,"露西说,"或者类似这种情况。"

"亲兄弟!"那个姑娘用完全轻蔑的声调说。跟亲兄弟一块儿去杂耍剧场根本不是索菲所向往的那种乐趣。她竭力想反驳这种在她看来既荒谬又挑剔的偏见,便说:"要是人人都有这种想法,人与人之间就永远没有聚会来往啦。"但是她发现自己无论如何也说服不了露西,可又不便提出自己跟阿历克·默里在没人陪伴下前去那个地方,一时只好让步。后来她又一再转回到那个话题上来,说阿历克有个朋友,一个很好的青年,会跟他们一块儿去——而且还带着那人的妹妹,心想用这种办法说服露西。阿历克近乎肯定那个小妹妹会去的。露西却不理这一套。她认为只有在朋友之间相处得十分熟稔之后才许可有这类出游。

于是两人闹了一场小别扭。索菲说她俩过的这种苦日子简直叫人难以忍受,生活当中总该有那么一点娱乐嘛。除非允许她寻些乐子,否则她准会发疯,准会死掉,准会跳滑铁卢大桥自杀。露西一想到自己的责任,一想到自己该当多么尽力照顾这个亲密伙伴,便宽恕了她,还想方设法安慰她——甚至在索菲最后拒绝听从她这位忠告人的指导时,也宽恕了她。因为索菲最终还是跟阿历克·默里去杂耍剧场了,回来后说——谎称罢了——他俩是在那位朋友和他的妹妹陪同下去的。露西,可怜的露西,根据某些情况来判断,不得不怀疑这是谎言。她担心索菲是跟阿历克单独去的——其实的确如此,可她还是宽恕了她的朋友。我们真要是犯了过错而不能相互宽恕,又怎能生活在一块儿呢?

第二章　阿伯拉罕·霍尔

前面说的那种过错没有立刻再犯,宽恕也就圆满完成。露西尽力照顾这个由于机遇交托给她的弱女子,从中也得到一些生活乐趣。索菲·威尔逊确实是个性格软弱的姑娘。有一阵子,她心里只想着阿历克·默里,还想方设法让露西跟那个青年相识。小伙子每周挣二十先令;这一对可怜的年轻人如果自愿相恋,最后结为伉俪,尽管不可能很幸福,倒也可敬可佩。不管怎么说,人间的事往往就是这样,何况这一对又是自然结合,她根本没权进行干预。但是,她发现阿历克只是个大男孩儿,光知道享受一条鲜艳的围巾啦,一支廉价的雪茄啦,有个姑娘陪着去杂耍剧场啦,脑子里却空空如也。"我觉得你不值当为他过分冲昏头脑。"露西说。

"谁冲昏头脑了?反正不是我。我认为他跟别人一样心地善良。再说,人有时总得有个伴儿谈谈心啊。"这后一句话说得那么可怜巴巴,分明表示她再也没法忍受眼下这种单调乏味的劳役生活了,露西那颗心顿时软了下来。她自己有一股非凡的力量,善于体谅弱者,于是常常替朋友干些零碎活儿——那个姑娘该缝缝补补自己的衣服的时候,她就代为操劳——还常常念书给她听,尽管后者听懂的地方并不多——总而言之,处处迁就她,帮助她,最后发现自己真的喜欢她了。这种关怀和爱抚确实非常必要,因为那位年长的姑娘很快便发现那位年轻姑娘的体质其实跟精神一样虚弱。有些日子她要么生病请假,要么干脆不去上班。露西自从过这种新生活,六个月过去了,却连一次假也没请过。

"你有没有见到新近来咱们这儿租房子的那个男人?"有一天她俩步行上班时,索菲问道。露西确实见到过一个陌生人,还在楼梯上跟他相遇过。"他是个挺不错的人,对不对?"

"这我可不知道,但愿他是个很好的人。"露西笑着说。

"可以说他是我所见到过的最英俊的小伙子啦。"

"小伙子! 我见到的那个人看样子都快四十岁了。"

"老倒是显得老一点,可还没到那个岁数。我不信他结过婚了,要是结了便不会独自到这儿来租房子了。他是个工程师,负责照管都市大街——印刷行业那个地段的一台蒸汽机。他叫阿伯拉罕·霍尔,每星期挣三四镑。这样一个人该有个老婆。"

"这些情况你怎么知道的?"

"全都千真万确。萨丽从格林太太那儿听来的。"格林太太是那所寄宿公寓的房东,萨丽是女仆。"昨天我不由得跟他交谈了几句,因为我们俩正好在大门口碰上。他尽管浑身油泥,让煤烟熏得漆黑,说起话来倒像个正人君子。"

"我很高兴他像个正人君子那样说话。"

"我跟他说我们是电报局里的女电报员,住在这儿,晚上八点半才回来。他那么魁伟稳健,这个男子汉正好做你的情人儿咧。"

"我才不要什么情人儿。"露西生气地说。

"那我自己可要他啦。"索菲走进电报局时说。

没过多久,两位姑娘就跟阿伯拉罕·霍尔略微相识了,一来因为他们是邻居,二来也许是索菲耍了点小花招。但是,那人看来十分沉着,十分稳健,不喜欢男女之间那种轻浮的挑逗或者过于玄乎的欢乐,露西对这种意外的发现倒挺满意。有一个星期天早晨,她见他没上班,全身衣着整洁,看得出还是个年轻人,大概也就刚刚三十出头——不过他带有一种近乎忧世热肠的神情,就像一般有了家室累赘的人时常流露出来的那种神态——决非低沉沮丧,看起来倒好像是十分赞赏严肃的生活似的。露西因此不知不觉地对这人感到放心,觉得有这样一位强人在近旁,万一需要求助时就可以毫无畏惧地向他提出来,这倒也是一件可喜的事。因为这个男人在街头一遇见她便会停下来向她致意,形象显得那么高大而庄严,在露西眼中正像是坚强力量的支柱。

可怜的索菲,一开始跟那个男人交往时曾经好心好意地把他介绍给自己的朋友,后来好像很快就变了卦,竭力想让那人只注意她本人。他当然比阿历克·默里强得多。但是,在露西看来,一个姑娘不该自己死乞白赖地讨好一个男人,相反应由男方主动前来追求,这就跟十诫当中任何一条一样,是她所信奉的一条坚定的生活准则。可怜的索菲现在把她许多急需用在别处的六便士都花费在小装饰品上面了,希望霍尔先生看到后会感到满意;她还把光溜溜的鬈发刷了又刷,涂上润发油让它发亮,把小衣领洗了又洗,浆了又浆,好让自己在他面前显得漂亮,这一切真让露西瞧着心里难过。露西素来整洁,尽量使衣着色彩变得棕而又棕。她这样做无非是一种对索菲的谴责,根本没推测到霍尔先生可能更喜欢单一实在的衣着色彩而嫌弃那些华而不实、亮晶晶的蓝色或粉红色小玩艺儿。

这一时期,索菲总爱谈起霍尔先生又跟她说了什么话,可是没过多久,她忽然认为他或许是个乔装改扮的绅士。"为什么乔装改扮? 为什么不是一个光明正大的人?"露西问道,因为对于地位虽低但志行高洁的人,她自有一套也许夸张了点的看法。于是索菲说明自己的意思。一位绅士，一位真正的绅士，乔装改扮，倒也挺有趣儿——他或许因为不堪长辈的专横而跟父亲发生了口角，决定出外自行谋生，过了一两年也许还会幸福地继承家族的荣誉和产业。没准儿他是拉塞尔·霍华德·卡文迪什爵爷，而不是阿伯拉罕·霍尔；他要是在这种所有权暂时悬而未定的时刻爱上一名女电报员来证实自己彻底摆脱封建贵族的束缚，那该多好啊！露西则认为霍尔先生目前过的完全是正常生活，而且同样会是个好人，索菲便会不满意地说她的朋友虽然读了不少书，却没有一点诗意。两人就这样经常谈起阿伯拉罕·霍尔，后来露西觉得这种谈论很不适当，便会沉默一阵子，指责索菲老把那人的名字挂在嘴边。可是没过多久她又会给引回到那个话题上去——因为在她俩和那人次数不多的交往过程中，他表现得那么单纯，那么彬彬有礼，真叫露西没法儿觉得他不值得在自己的头脑中占有一席位置。但是，索菲很快就向她的朋友坦白自己已经真心诚意爱上了那个男人。露西怪她不该这样公开声明，索菲回嘴道，"你要知道，你不会得到他的。"

"得到他！你怎么竟会这样谈论一个男人？他对咱们俩，不管是你还是我，又有什么可求呢？"

"你要知道，男人——有时候——确实要结婚的，"索菲说，"我不知道一个小伙子怎样才能娶到老婆，除非有位姑娘向他表示爱慕的意思。"

"他应该主动先向她表示。"

"说得倒好听，"索菲说，"实际上却行不通。男人一般都挺害羞。此外，他们尽管有时确实想结婚，却不愿意特地为结婚而结婚——不像咱们要做的那样。那要来得突如其然。可是不安排陷阱,男人又怎么会掉进去呢?"

露西对这种论调说了好多驳斥的话,但是一点作用也没起。那个姑娘居然如此想入非非,还觉得自己有理,真叫露西感到可怕。"安排陷阱!"露西惊呼道,"我宁愿再也不跟任何一个男人说话,也不愿这样看轻自己。"索菲回嘴说真要那样倒也不赖,只怕"经不住考验"。

那位年长的姑娘被这一切吓呆了,渐渐怀疑她俩是否还能继续维持这种共同的生活。索菲公开声明她要叫阿伯拉罕·霍尔掉进跟她结婚的陷阱,还决意诱使他带她出去看戏。霍尔曾经约请露西一块儿去,可她断然拒绝了,理由是负担不起这种开销。霍尔说由他来付钱,她却一本正经地告诉他,一个既不是自己很熟的朋友又不是近亲的男人绝对没法儿劝诱她接受这种款待。在她说这句话的时候,霍尔一直定睛注视着她,那种神情使她确信他其实很赞成她做出这样的决定。他便没再强求——不过他带索菲·威尔逊去了,据露西所知,还给她买了入场券。

这一切都叫露西心里很不痛快,她开始考虑是不是该跟索菲分手啦。她没法再跟这样一个行为举止惹得她十分反感的姑娘继续热情友好相处下去。可是后来她尽管没完全管住那个可怜的轻浮姑娘,却在某种程度上确实把她约束住了。露西凭着伙伴关系耐心规劝她。然而,话说回来,那人如果当真有意娶那个姑娘为妻,当然对索菲来说也是件好事。有了这样一个丈夫,她无疑会慢慢稳重起来的。露西深信索菲那种给阿伯拉罕·霍尔那样的人设下陷阱的念头实在荒唐。不过索菲又漂亮又聪明,要是结了婚,肯定会爱她的丈夫。露西听人说过凡是沉稳、严肃、会体贴人的男人大都喜欢举止轻浮的女人。她虽然不赞成索菲那种做法,可自己又有什么资格充当裁判员呢？阿伯拉罕·霍尔若真心甘情愿，岂不是两全其美，皆大欢喜？于是她决定目前不该跟索菲分手，可能的话，也不跟她拌嘴。

没过多久又有一个实实在在的理由叫她放弃了分手的想法。索菲近来经常感到身体不适，有时一两天不能上班，每天三先令的工资由此而给扣去一个先令，尽管如此，她的病情却越来越趋恶化。她那个部门的主管人便声明今后她要是不能上班就得由医生出证明；局里的大夫也给她诊断过了。他似乎很担忧，说她得有人好好照应，甚至建议她至少该休息——意思是请假——两个星期，还给她配了药。这当然意味着要丧失三分之一的工资。在这种情况下，露西自然不会想到这时候跟她分手。

索菲卧病在床，阿伯拉罕·霍尔时常来到门口探询她的病情——来得那么勤，倒叫露西真以为她的朋友已经大功告成。看来这人颇有同情心，也很着急，要不是当真十分关怀可怜的索菲，便不会这样频繁前来探询了。后来索菲稍微好了点，他就进屋看望她，索菲便会在头上扎一条小缎带，把衣领浆过烫过，细心打扮一番，等着接待他。这一切自然叫露西觉得那人确实喜欢她那位小巧而愚蠢的朋友了。

这阵子，露西当然只好独自去上班，撇下索菲由房东太太来照顾。在这段孤独时刻，不少烦恼沉重地压在她的心头。首先，索菲患病叫她们增添了许多必不可少的开销，与此同时，她俩每天合起来的六先令工资却少了一先令。这笔钱一般都由露西支配，可是另外那个姑娘偶尔也会坚持要享受一下自己的权利——这种权利一向意味着有权从她俩的共同收入中抽出点儿钱来奢侈一番，那种奢侈又总是归她一个人的。就连那些鲜艳的缎带也并非不花钱就能得到的。露西不需要什么鲜艳的缎带。在她俩手头宽裕的时候，她从来也没有为这点小开销计较过。她心想姑娘们都喜欢自己在男人眼中显得光彩夺目，何况她也没权让她的朋友非要按照自己的眼光来看待一切事物不可。她甚至承认自己有缺陷，缺少女性渴望自己具有魅力的气质——不过她也承认，而且强烈地感受到，女人若在自己心上人的心目中具有魅力，则是天底下最愉快的一件事了。一想到这一点，她便尽量不生可怜的索菲的气——然而，一遇到手头拮据，她又担心每月中旬是否还有房钱和煤钱付给格林太太，便忧心忡忡，心想索菲即使生病，也应该精打细算地花钱啊。

　　另有一件事更惹得她一时心烦意乱。电报这种技术至今还不尽完善，尚待多方面加以改进。这一时期，局里的权威人士赞成使用一种以耳代目的传讯方式。那种小点小孔的传讯方式，甚至在露西任职以来，已经不止一次改变过，可她很快便熟练地掌握了。在运用和识别电报传讯文字方面，没有人比露西更快更准确。但是，现在流行的这种打打响的小声传送系统——看来很合具有音乐天赋的女人的心意——露西却发现自己跟身边那些伙伴相比，便不那么熟练了，效率也慢多了。这真叫她犯愁，因为她原本不知不觉地自信智力优越，素来靠这点本钱鼓舞自己。后来，尽管既无任何允诺也无任何威胁，她却开始意识到——至少觉察到——那些善于捕捉并运用打打响声音的姑娘会比这方面天赋差的姑娘更快得到较高一点的待遇。所以，她竭力要克服这种困难，拼命想让自己的耳朵适应起来。可她办不到，如今也承认自己注定要失败。露西回到她的房间，心情沉重，十分苦恼。前一阵子因为索菲生病，她放下了许多针线活儿，现在还得费劲儿干起来。"索菲目前好多了,他没准儿会跟她结婚,把她带走,我又会独自一人啦。"她心里这样想,仿佛表明这倒会使她减轻负担,近乎幸运似的。

露西刚一进屋,索菲就对她说:"他方才来了。"索菲打扮得那么整洁俏丽,领子浆过了,鬈发闪闪发光,不免使她相形见绌——露西心想她这样精心梳妆打扮,分明早就盼望他前来探望。

"哦——他说什么了?"

"还没说什么,可他来看望我,我很感激——而且他长得真漂亮。今天晚上他要跟另外两三个人一块儿去参加一次政治集会,他打扮得很像一位绅士。我真喜欢看到他那副派头。"

"我倒一向认为一个工人穿着工装最好看,"露西说,"对他来说,这也是实话。他一穿上黑色上装就显得有点假模假式的,这一点谁都看得出来。"

这段话是用严厉而近乎愤懑的声调说出来的,一时叫索菲惊讶得不知该怎样回答好了。"他要在那个集会上发言,"索菲顿了顿,接着说,"当然得穿整洁一点啊。他把要说的话都告诉我了。难道你不喜欢听他发言吗?"

"不喜欢。"露西答得挺干脆,接着就忙着干手上的活计,一刻也不容自己休息。那个男人居然屈尊爱上这样一个好虚荣的肤浅姑娘,她干吗要听他的发言呢?随后,她渐渐又为自己这种心情感到害臊。"嗯,"她说,"我想我应该喜欢听他发言——不过只在我不那么累的时候。霍尔先生受过良好的教育,很有见识,我想我应该喜欢听他发言。"

"我倒喜欢听他说一件我心里明白的事。"索菲说。露西生气地把手上正在缝补的一件外衣嚓地扯下一块来。

第三章　索菲·威尔逊前往黑斯廷斯

索菲病愈后又去上班；没过几天，她便从那个靠近阿历克·默里而且离露西也很近的座位转移到工作室挺远的一端去了，因为打打响的电报机都在那边。上班时间也有所改变，她得从上午十点干到下午六点，而不是从中午到晚间八点了；午餐时间也随之变动。这样一来就把两个姑娘拆散了，她俩既不能一块儿步行上班，也不能同时下班回家。对露西来说，尽管她有时生朋友的气，这却是一件叫她十分痛苦的事。索菲倒显得扬扬得意。"我看我们在八音盒里干活的人不久就会提高到每周二十一个先令啦。"她给工作室总在响着小铃铛声的那一端取了这样一个别号，笑着说。"每天不是挣三先令而是三先令六便士，岂不更好吗？"露西郑重其事地说，收入增加向来都是一件挺好的事，何况这种收入又是靠高超技能换取来的，更应该值得自豪。她带着一点说教的口吻讲明这一点，而且已经惯于给予索菲一切应得的表扬，尽管这样做不得不伤害自己的感情。索菲却回答说她正是这样看待自己，她能靠耳朵干活儿，理应比那些不会用的人挣得多一点；露西只好忍气吞声地克制内心的忧伤。

但是，对索菲来说，我认为这种新的安排真是再美不过了，因为这就可以让她走到她住的那条街的时候，正好赶上阿伯拉罕·霍尔也下班回来。他一般都先回趟家——照索菲所说，就是整洁一番——然后晚间再出门去办事或者消遣;这一时期,她靠埋伏等待啦,慢步或快步走啦,小心守望啦等一套办法,总能碰上他,跟他攀谈几句。他却那么腼腆呵! 他总管她叫威尔逊小姐,她当然也只好称呼他霍尔先生。有一天傍晚,他问道:"格雷厄姆小姐好吗?"

"挺好,我觉得露西一向挺健康。我不知道还有谁像她那样结实。"

"这真是天赐之福。你最近身体好吗?"

"在那间肮脏的工作室里,我确实累得够呛。可我当然喜欢现在这份工作,比先前的活儿强多了。先前最要我命的就是把那些纸带子卷起来。不过我除非离开电报机,简直没法真正强壮起来。我猜想您干活儿的地方没有年轻妇女吧。"

"楼里大概有不少,干些缝扎活儿,可我从来没见过她们。"

"您大概不大注意年轻姑娘,霍尔先生。"

"不大注意——我是说目前。"

"为什么目前不呢? 这是什么意思?"

"我也许还没跟你和格雷厄姆小姐说起过,我一度结过婚,有过妻子。"

"妻子! 您!"

"对。可她没跟我生活多久。我们结婚还不到一年,她就离开我了。"

"离开您!"

"她去世了。"霍尔连忙纠正自己的话可能造成的错误印象。

"唉! 还不到一年就死了。多叫人伤心啊!"

"真叫人十分伤心。"

"那您没有——没有——没有孩子吗,霍尔先生?"

"我真希望她没怀孕,因为那样她就会至今还活着呐。对,我有个男孩儿。小可怜儿!现在差不多两岁了。"

"我真想见到他。小男孩儿!哪天务必把他带来,霍尔先生。"那位做父亲的接茬儿说孩子如今在赫特福德郡乡间呐,答应哪天会把他带进城,让他的两位新朋友看看。

他结过婚,还有个孩子,想必会再婚的!可他又多么不善于表达男人应该流露的那种愿望,多么不善于主动采取行动呵!他在表示爱情这方面真是太迟钝了——迟钝得几乎叫索菲没法儿对他搬弄自己那套经验。阿历克·默里却喜欢夸夸其谈,自吹自擂,但是嫁给他却又不值当。她为了霍尔先生肯系上缎带,在街头等他,抬头望着他,称呼他霍尔先生;可她没法儿对他说,她会多么爱那个男孩儿,可以做他的好妈妈,除非他给她一点儿暗示。

露西听说他结过婚,还有个男孩儿,心里倒很高兴,尽管说不清为什么会这样。"嗯,我当然也希望见到他,"她谈到那个男孩儿时说,"一个小孩儿,如果你没有直接照管他的责任,都一向是挺好的。"

"我倒希望能照管他。"

"我并不想让他把那个孩子带进城来。"露西顿了顿,又补充道,"我原本应该想到他是个结过婚的人,一个由于遭遇那种不幸而变得挺严肃的人。我倒认为受点苦难对一个人来说也有好处。"

"你要是像我每天下工总感到恶心难过那样,就不会说这种话了。"

一个星期后,索菲有一天上班,身体虚弱得实在支撑不住,只好请假回家。那天晚上,她说:"我明白我要是接着干这种活儿,准保要了我的命。那间工作室那么脏,闷热得不通风,还有那些要命的楼梯。我要是能摆脱这个工作，安顿下来，身体准会好起来的。我不是干那种活儿的人——不像你似的。"

"我当然认为自己生来就是干这种苦活儿的人。"

"身体棒，真是好福气。"可怜的索菲说。

"对，好福气。我确实感谢主让我有这样结实的身体。这是主的恩赐，我认为这比什么都强。"她一边说，一边瞧着索菲，觉得她长得很漂亮，可她认为漂亮有漂亮的风险，对一个得靠干活儿糊口的人来说，身体健壮更为要紧。

她在这样思索时，内心却一直在做激烈的斗争。能干活儿谋生而没有病痛苦恼，真挺幸福。长得漂亮而想得到自己负担不起的缎带、润发油和其他小装饰品，却是件很糟糕的事。像索菲那样对待那个男人，挑逗他，决心像个猎人捕捉鸟儿那样掳获他，照露西的看法，真是一桩最不体面的事。然而，让阿伯拉罕·霍尔那样的人爱着，选为伴侣，摆脱那种不像女人干的活儿，待在家里做些丈夫要她做的家务活儿——过一种她真正喜爱的生活，而不是眼前所过的苦日子，那又该多好啊！不过，话说回来，她目前身体健壮，尽管浑身上下一码儿棕，生活艰苦些，倒也还算不错了；虽说如此，她内心却也禁不住渴望过上比眼前更好的日子。

一两个月过去了；在这期间，有一个星期六晚上，那个男孩儿给带进城来了，星期日全天便由那两个姑娘照应，给他洗澡啦，喂他吃饭啦，宠爱他啦——这一切使她俩跟那位父亲大大增进了友谊。这当儿，露西很快就发现阿伯拉罕·霍尔开始用索菲的教名称呼她了。头一次当着露西面这样唤她时，索菲脸都红了，扭过头来瞧着她的朋友。可她压根儿也没说这是她自己要求的。"我真恨别人叫我威尔逊小姐，"她曾经亲口说过，"就好像我在朋友当中都有一百岁了。"他于是管她叫索菲。可她不敢——至少目前还不敢——叫他阿伯拉罕。这一切露西都看在眼里,却什么也没说。

但是,在这两个月里,索菲身体一直不适,有一半时间没能上班。大夫说她最好离开城市一阵子。当时是九月份,最理想的办法就是到黑斯廷斯去度假。这里该解释一下,电报局遇到这类情况,往往提供给年轻妇女一种挺友好的协助。常会一批一批地把五六位送到黑斯廷斯或者布赖顿去度一个月假,同时还给她们安排在那两个城镇的电报局里干点儿轻活儿。火车路费均由局里负担,此外还给一点额外的补助让她们可以安心休养。通常申请这种待遇的人太多,以致急需的人反倒不 定享受到,另外还需要医生出证明,否则一律不予批准。不过,索菲·威尔逊总算在九月里给送到黑斯廷斯去了。

官方这种善举大大减轻了糊口谋生的人因病而势必增加的特殊负担,索菲·威尔逊就是其中一例,但是可怜的露西却仍然承担了沉重的负担。那个姑娘离家前去休养,总得想法给她添置几件像样儿的衣服;此外那个病人尽管能在黑斯廷斯维持自己的生活,伦敦住处原来各付一半的房钱却完全要由露西一人支付了。紧接着那个月底又传来一个坏消息。黑斯廷斯那边的医生声明那个姑娘不适宜再回去干活儿——确实不适宜再干那种要她连续坐班八小时的工作了。无论如何她得彻底休息一个时期,于是她便呆在那个海滨城镇,额外的补助也给取消了,而那点钱恰恰是她休养时急需的。

露西内心斗争得十分激烈——激烈得使她怀疑自己是否还能这样长久支撑下去。索菲现在每天只有两先令收入,是她的工资的三分之二,可她没法儿靠这点钱来维持生计。总得再给她汇点钱去,这又只能从露西的工资里匀出来。至少眼前得这样做。为了避免欠债,露西只好放弃她那间比较舒适的房间,搬到阁楼上去住了。她也不在局里的食堂用餐了,而满足于随身带去的面包和奶酪——常会光啃白面包。她自己洗衣服,甚至自己动手补靴子,好把一部分薪水汇给那个病姑娘。

"她好些了吗?"阿伯拉罕有一天问露西。

"很难说,霍尔先生。她目前写信来只谈一些感受。恐怕她是害怕再回局里工作。"

"也许那种工作确实不适合她干。"

"我也是这样想。她认为别种生活或许对她更适合。恐怕是这样的。"

"我能帮点什么忙吗?"霍尔慢吞吞地说。

帮点什么忙? 嗯,当然可以。露西认为他能帮上不少忙哩。至少有一件事,要是他愿意的话,就会使索菲相信自己会好转起来。这种病其实不是什么器官上的毛病——看来不是什么可以具体说明的原因所造成的。当时那种病还没有一个定称,像肺结核什么的。局里和黑斯廷斯的两位大夫都说她体质虚弱。露西这当儿当然认为霍尔先生的几句话会在治疗方面比任何大夫都更加灵验。索菲不喜欢电报局工作,她缺乏那种干自己厌恶的工作时所需的毅力。满脑子只想找个丈夫,别的事在她看来都不会带来什么叫人满意的前景。"您为什么不去看望她呢,霍尔先生?"她问道。

他沉默了片刻才回答——不仅沉默,而且在沉思。露西这句话的余音萦回在她自己的耳际,她一时觉得真不该提出这样一个问题。除非他真爱那个姑娘,准备跟她结婚,要不然他干吗该去看望她呢? 除非他真有这种打算,否则他要是特地赶到黑斯廷斯去看望她,那就会勾起对方多么虚假的期望啊,非但没有好处,反倒造成多么大的危害呵!他怎能不带着那项向公众宣告准备娶她为妻的使命去看望她呢?这个问题总得给个答复,于是他说:"我那样做不会有什么好处。"

"嗯,也许是这样。我不过是认为——"

"认为什么?"现在他提问了,脸上的神情明明表示期望得到答复。

"我也闹不清楚,"露西答道,脸红了,"我也许不该瞎猜。可您好像挺喜欢她。"

"喜欢她!对,一个人对友好的邻居确实会产生好感。如果我说,你们俩我都喜欢,"他以前可从来也没有这样套过近乎——"我猜想你会认为我这个人太冒失了吧,露西小姐。"

"一点儿也不。"她答道,心想一个年轻人宣称自己同时喜欢两个姑娘,确实叫人感到没趣儿,可也算不上冒失。

"我觉得我去看望她,不会有多大帮助。何况去一趟还要花不少钱。"

"当然要的,我真是想错了。"

"不过我愿意尽点儿力,露西小姐。"接着他就掏摸他的裤兜儿,露西明白他打算给点儿钱。

她虽然很穷,可是一想到要接受他的钱,却叫她吃惊不小。按照她的生活准则,索菲即使跟这个人订了婚,可在没正式嫁给他之前决不应该接受他给的生活费或者任何资助。私物嘛,订了婚的姑娘当然可以收下,不过这些礼物也不应该是些什么单纯实用的物品。一条围巾是可以送的,因为那是件漂亮玩艺儿,而不是单纯为了保暖。订了婚的姑娘在没结婚之前,宁可靠自己干活儿糊口,也不该接受她心上人给的生活费,要接也得等她正式嫁给他之后再名正言顺地接。这是她的看法,而现在她明白这人就要送钱给她啦。"我们俩没有什么生活困难,"她说,"索菲和我。"

"你手头挺紧,"他答道,"连你原先住的那间屋子都退掉了。"

"对,退掉了。我一个人住,用不着那么大的房间。"

"这我全能理解,"他说,声调与其说有点粗鲁,不如说有点生硬,"可我认为有一件事穷人根本就不该做。他们根本不该在自己人面前为自己的穷困感到害臊。"

她抬头瞧着他的脸,不禁热泪盈眶。"我在您面前,难道有什么事感到害臊吗?"

"你唯恐我会帮助你,所以不肯说实话。我知道你最近连正经饭都吃不上了。"

"谁竟敢这样对您说我,霍尔先生? 我吃什么饭跟别人有什么相干?"

"可我却不能熟视无睹。如果咱们是朋友,我当然不愿意看到你连正经饭都吃不上。这样下去你也会生病的。"

"我身体结实得很。"

"这不是办法,干活儿而吃不起你往常吃的饭食。"这当儿他那种口气几乎叫她觉得是在谴责,"这样做没有一丁点儿好处。你把你的钱都省下来汇到黑斯廷斯给她用了。"

"当然啦,我们两人样样东西都分享。"

"我敢说你从我手中什么也不愿意接受。谁都看得出你多么有骨气。可我如果把这钱留给她,我想你没权拒绝吧。你不要,她却非常需要。"他一边说,一边掏出一枚金币放在桌子上。

"我确实不能收下,霍尔先生。"她说。

“可以给她嘛。”

“您可以自己汇给她。”露西说，真不知道还该怎样回答好。

“不行，我不知道她的地址。”接着他没等答话就离开了那间屋子，留下那枚金币在桌面上。这事发生在一楼后身一间小客厅里，那里原归房东使用，房客有时为了这类会晤也偶尔借用一下。

她该拿那枚金币怎么办呢？要是有人送她一枚金币，她会非常生气；可她不应该用自己的感情尺度来衡量索菲的感情。再说，那人有意娶那个姑娘，这仍然可以算作送给她的一件礼物。但是，他干吗——干吗——干吗问起她的伙食？她的私事跟他又有什么相干？她不是宁愿没有正经的饭食，永远照这样活下去，也不愿意靠他施舍吗？可是话说回来，她心里却在想人世间还有谁能像他这样善良友好？她于是拾起那枚金币，上楼到她那阁楼去了。

第四章　理发师布朗先生

　　露西拿着那枚金币,上楼走进她的小屋,坐在床上,一时哭了起来。可她一点儿也闹不明白自己这时为什么会落泪。倒不是因为索菲生了病,尽管这事确实叫她心里挺难过,可也不是因为自己那么刻苦,好省下钱来满足索菲的急需。忧伤或痛苦是不是会自动催人落泪呢,这真叫人拿不准,其实这种眼泪无非是由于心情一时激动罢了。她抽抽噎噎地哭,心中并没有完全想着索菲,当然自己的困苦也就没有呈现在脑海中。她捏着那个金币,起先根本没理会它,也没考虑怎样处理最为妥当。可是,他凭什么要探问她的穷困呢?她心想眼下恐怕正是这件事惹得她心烦意乱,自己纯粹由于苦恼而哭了起来。他干吗要查问她的穷困处境,还告诉她需要正正经经吃饭呢?人们一向隐瞒私下的困苦,不想让相识的人知道,除非到了自己觉得非说不可的时候才肯透露实情,可他俩之间究竟有什么关系,居然使他这样理直气壮地撕去这块遮羞的面纱呢?他居然跟她谈起了她的膳食问题。他理应明白她宁愿饿死也不会接受他所接济的一顿饭。对——她挺生他的气,从今以后要远远地避开他。

　　但是,她坐在那儿,眼前却浮现一个品德高尚的人的形象,他的话语久久萦回在耳际。他方才似乎是在责怪她;有时候实实在在的气话却往往比明显的阿谀奉承更能影响并打动某些女人的心灵。他要是恭维她,她眼下就不会哭哭啼啼的了,也不会埋怨他的态度了;不过那样一来,她想必也绝对不会坐在那儿,一边想着他,一边纳闷他以前那位年轻的妻子是个什么样的人,纳闷索菲究竟配不配得上他了。

随后她站起来,低头瞧着自己的手,久久凝视着那枚金币,最后决定该拿它怎么办了。她立刻坐下来给索菲写封信。她拿定了主意。那部分从自己工资中匀出来的资助决不该由此而减少。那枚金币也决不能有任何一部分供自己享用。她虽然很想享受以往经常吃的饭食,可是决不能用他的钱来买。于是她在信中对索菲说霍尔先生十分关心她,请她接受这份礼物。她可以用这枚金币添置她最想买的东西。与此同时,露西每天从自己的工资中匀出一个先令的资助照旧跟那枚金币一齐给汇去了。

接着整整有一个月时光,她没再见到阿伯拉罕·霍尔,免去了楼梯上交谈几句之外的更多的来往。她几乎认为他没主动前来找她,未免显得冷酷而不友好——其实是她自己存心避免跟他相遇。对她来说,星期日无论如何也容易遇见他,她却自己也闹不清为什么那么固执,尽量避开他;有时她下班回来偶然在楼梯上撞见他,也非等他问起索菲才停下来答话。但是,在那个月末,有一天晚上,他上楼来敲她的门了。"很抱歉我来打搅,露西小姐。"

"哪儿的话,霍尔先生。我真希望这儿能有个地方请您坐。"

"我给索菲小姐又带来点儿钱。"

"请别再这样啦。我不能汇给她。她不该接受。我敢肯定您自己也明白她为什么不该接受。"

"这我可一点儿也不明白。要是有什么我明白的事,那就是强者应该帮助弱者,健康的人应该帮助病人。她为什么不可以像接受你的钱那样接受我的钱呢?"

露西势必要动动脑筋才能答复这个问题;她沉吟片刻,答道,

"我和索菲都是姑娘啊。"

"难道助人还得有性别限制吗？你要是在街上让人撞倒,难道只能让女人把你搀扶起来吗？"

"这不一样。我知道您理解我的意思,霍尔先生,我敢肯定您理解。"

这回轮到他顿住了,想想怎样回答好,因为他意识到自己确实"理解"她的意思。一个年轻女人接受一个男人的钱,似乎意味着应该有所回报。可是——他心里在想——那种感觉是出自人间卑劣的念头,而不是出自高尚的想法。"你的思想境界应该更提高些,"他终于说道,"对,完全应该这样。你心地善良,可你如果照我说的那样做就会变得更好啦。你说我理解,我认为你也一样理解。"语调又像是在责备她,她的两眼于是又湿润了。接着他突然缓和下来。"晚安,露西小姐,跟我握握手吧——好吗?"她把手伸给他,这时完全意识到自己还是头一次这样做呐。他握了握她的手,一只多么强壮有力的手呵!"我把这枚金币放在桌子上。"他说,又没等她接不接受便离开了。

露西当即决定不能再充当中间人,不能再由她汇钱给索菲·威尔逊。她确信自己决不会接受他的接济,因此也认为索菲同样不该接受——除非他俩的关系已经发展到超过他俩对她所说过的情况。不过那得由索菲自己来判断。于是,她就把那枚金币寄还给霍尔,同时附去一封短信,内容如下:

"敬爱的霍尔先生:
   索菲的地址如下:
      黑斯廷斯近郊弗尔莱特镇

乐园街十九号

派克夫人转交

　　您如果愿意的话,可以直接给她写信。随函奉还您十分慷慨留给她的钱,因为我认为她不应该接受。她如果确实生活困难,那又当别论;可我俩现在合起来每天仍有五个先令收入。一个年轻女人如果在挨饿,也许就应该像在大街上正被车辆碾过去那样忍受,然而情况并非如此。我会在下封信中把情况详告索菲。

　　　　　　　　　　　　露西·格雷厄姆敬启。"

　　第二天晚上,她下班回家,霍尔正站在门口,分明是在等她。以前她压根儿也没见过他这样在门口踱来踱去,他肯定有话要跟她说。

　　"我应该让你知道那枚金币我收到了,"他说,"你居然把它退了回来,真是十分遗憾。"

　　"我相信我做得对,霍尔先生。"

　　"有些事很难说对还是错。有些事看起来好像是对的,其实是因为人们错认已久而变得理所当然了。朋友之间互相帮助总应该是对的。"

　　"我们只能做自己认为对的事。"她一边说,一边穿过通道,上楼去了。

　　从后来发生的事来看,她很有把握霍尔并没把钱汇给索菲!为什么不汇呢?索菲说过他生性腼腆,难道他腼腆得连亲自汇钱给他心爱的姑娘都不敢吗?可他通过别人给她钱却毫无顾忌。说到腼腆,她倒觉得这人足够大胆而明确地说出了自己的想法。她想到他责备她的时候毫不吞吞吐吐,因为她仍然觉得他对待她的态度和说话的声调都很粗鲁。他却压根儿也没对索菲这样粗鲁过；不过她常听人说爱情会神奇地改变一个男人的言谈举止！

于是，她写信给索菲，尽量把事情原原本本解释清楚。她深信索菲因为没拿到钱会感到遗憾。她知道索菲会毫无顾忌地把它收下。她心想人跟人真是大不一样。但是她尽量让她的朋友明白她无论如何也不能再充当转交她所不赞同的礼物的中间人了。"我把你的地址给了他，"她说，"他可以亲自写信给你，悉听自便。"同时她还附去一张汇票，钱是由她的工资里抽出来的，作为对索菲早日康复的资助。

过了一两天，索菲的回信来了，内容倒使露西不胜诧异。"至于霍尔先生的钱，"她在信首写道，"情况既然如此也就算了，你没收下，也许更好。"露西本来料想对方一定会怪她做了蠢事，现在这种说法倒叫人宽慰。接下去的内容才是实在的好消息。索菲的病好多了，真是个喜讯——但是她目前不打算离开黑斯廷斯。真格的，她认为索菲根本就不想离开那里。一位很有绅士风度的年轻人，正要成为一家理发馆的合伙人，向她求过婚了，她已经接受。此外还表示了两个愿望：首先希望露西的慷慨资助暂时能再延长一个时期，其次希望霍尔先生不至于为此而过分伤感。

头一个愿望嘛，露西决定至少目前保持不变。索菲至今还向局里请着病假，即使她跟一位理发师订了婚，仍然被当作病号看待。至于霍尔先生，她觉得自己完全无能为力。她甚至没法儿把这件事告诉他——莫如等黑斯廷斯那桩婚事更加肯定后再说吧。不过，她倒觉得霍尔先生未来的幸福不至于由此而有所削弱。她虽然尽力爱护索菲，却不由得认为她的朋友并不是他那样的男人合适的妻子。她心想这下他可以逃脱陷阱了，可又觉得这事主要归咎于他。"他这个人太严肃,太冷漠了,没法儿不叫她灰心失望,可她从来也没认识到他那种正直和诚实的品德。"露西寄去一封很友好的贺信,其中只字未提阿伯拉罕·霍尔,不过她答应在那桩婚事没有完全落实之前一定继续资助。

这期间她本人却穷得不得了。即使是棕色衣服,也没法儿永久穿不坏,永久保持那种颜色;她先前忙着给索菲添置行装,送她去黑斯廷斯——没准儿正是那些体面衣裳赢得了理发师那颗心咧——她自己却背了债,欠了房东不少钱。后来,她甚至在收入减少的情况下也慢慢把那笔债还清了,可是生活却窘迫极了。她尽管一个劲儿织织补补,还是意识到自己的外表一天比一天不像样儿了,这使她在局里感到十分难堪,使她更加小心避免遇到阿伯拉罕·霍尔。她的靴子也已破烂不堪,她早已放弃在上下班的路上装模作样地戴上手套了。但是,最叫她苦恼的莫过于她的帽子啦。那顶棕色帽子已经用了一夏一秋,现在是十一月份,简直没法儿再让它保持原型了。

一天下午三点钟左右,阿伯拉罕·霍尔忽然来到邮政总局,先向邮递员打听电报部门在哪里,然后就径直奔上大楼顶层。到了那儿,他要求会见格雷厄姆小姐,看门人说上班时间不许那些姑娘会客。可他坚持要见,说明他并不想进入室内,因为事关紧要,他想请格雷厄姆小姐出来见他一下。然而,电报局有条规定,发报和收报工作人员上班时必须尽可能不与外界公众接触,因为电讯保密工作可能至关重要。倒不是担心那些姑娘或小伙子把他们所接发的电讯外传出去,而是怕有些无赖可能会采取贿赂手段套取信息,因此应该尽可能削弱那种势力。所以,阿伯拉罕·霍尔一定要见,看门人却说这事根本办不到。

"你的意思是说,即使是生死攸关的事,也不能把她叫出来吗?"阿伯拉罕用那种有时会叫露西觉得十分动人的声调问,"她不是一名囚犯!"

"那我可不知道,"那人答道,"你恐怕得去找主管人谈谈。"

"那就让我去见主管人。"最后他终于见到那么一位负责人,叫那人相信他要跟露西说的话十分重要,非请她到门口来一趟不可。

等到他俩单独在楼梯口会面,没人听得见他的话语时,他说:"格雷厄姆小姐,我想请你跟我出去半个小时。"

"恐怕不行。他们不许。"

"许的。我有点事现在必须跟你说。"

"不能等到晚上再说吗,霍尔先生?"

"不行;我得乘那趟从帕丁顿开来的邮车出城,等不到那个时候。去拿你的帽子,跟我出去半个小时。"

这当儿她才想起自己那顶帽子,又偷偷低头瞧一眼自己那身污迹斑斑的衣服,然后抬头望着他。他没穿工装,脸和手都很干净,总而言之,浑身上下整整洁洁,有一副富裕的男子外表,这真使她感到自惭形秽,难为情极了。

"您先回去,我随后就来。"她说。

"你不好意思跟我一块儿走吗?"

"是的,因为——"

起先他没理解她的意思,现在他全明白了。"去拿你的帽子,"他说,"跟一个真正的朋友一块儿走。你必须来,非来不可。"她觉得只好服从,便去拿了那顶旧帽子,跟随他下楼,来到街头。"这么一说,威尔逊小姐快结婚啦。"这是他在马路上说的头一句话。

"她给您写信了?"

"写了，全都告诉我了。我很高兴她能在乡镇适合心意地安顿下来。她还说她的病也差不多好了。我希望布朗先生是个好人，会好好照顾她。"

露西心想他把她叫出来，根本不可能只是想跟她谈谈索菲的生活前景。他明明坚强得足以把索菲的背叛可能带给他的痛苦隐瞒起来。然而，他要离开伦敦啦，有没有可能是因为感情受到了严重挫伤，心情没法安定下来呢？"那您就要走啦？要走很久吗？""嗯，恐怕永远离开啦。"她愣了一下，蓦地感到今后自己会更加孤单了。难道他不是她所剩下的唯一一位朋友了吗？再说，她尽管拒绝过他的任何资助，却仍然觉得有一位可以信赖的强人近在身边，万一自己遇到什么极端困难时，肯定会友好相助的。

"永远离开！今天晚上您就走！"她于是想到他非要见她不可，确实做得对。他真要是不辞而别，那想必会对她是个沉重的打击。

"迪恩林垦区急需一名工程师去管理瓦伊河一处水利设施的机械装备。他们愿意给我每周四镑的工资。"

"每周四镑！"

"可我得马上就去。这事已经磋商过一阵子，现在忽然定下来了。一天前我还没有得到通知，现在叫我马上就动身，简直出乎我的意料。离开伦敦，倒也合我的心意。我喜欢乡村。"

"哦，是啊，"露西说，"真不错；可是您的男孩儿怎么办呢？"他会不会是前来托付她照顾那个孩子？

这时候他俩已经走到寄宿公寓门前。"到家了，"他说，"我想跟你说的话，还是进去说好，也许更能讲清楚。"于是，她便跟随他走进一楼后部那间小客厅。

第五章

"是啊,"他说——"事关我那个小男孩儿。我本来想说来着,可是在大街上没法儿把要说的话说出口。"他顿住了;露西这当儿坐了下来,自己也闹不清为什么要坐下,仿佛觉得站着听他说话会缺乏毅力似的。如此说来,果然有一件需要她特别帮忙的事———件对她表示信任的事。一想到这一点,她顿时觉得这无疑会给她的生活增添光彩。她会爱那个孩子的。总会有事儿要她做的。她和他之间想必还会通信联系。这当然会使她的生活增添光彩。可是他干吗不把孩子一块儿带去呢,真也是件怪事!她在这样思索的时候,霍尔一直在踌躇;她知道他在瞧着她,可她不敢回视,甚至不敢抬头瞥一眼他的脸容。接着她渐渐觉得浑身都在发抖。正当非常需要打起精神说话的时候,她怎么竟会这样心力交瘁呢?自从早餐过后,直到他前来找她那当儿,她可什么东西都还没吃过呐,真可说是饥肠辘辘;她生怕露馅儿,现出自己十分虚弱的样儿。"你愿意做他的妈妈吗?"他突然问道。

这是什么意思?她该如何答复呢?她知道他在注视着她,可她却把目光更紧地盯牢在地板上。她心里明白应该爽快地同意他这个要求——欣然表示理解他那句话并无其他含意——而且表示她从来没有任何其他非分的痴想。但是,尽管非得说句话不可,她却怎么也说不出来。她头晕眼花,样样东西都在她眼前晃悠。连坐稳在椅子上,都没把握了。"露西,"他说——这当儿,她觉得自已想必就会摔倒了——"露西，你愿意嫁给我吗？"

这句话说得毫不含糊，她的听觉也丝毫不差。一个坚定的信念顿时涌现在她的心头：她的苦难已经熬到尽头，从此化为欢乐和幸福。话已说出，当然决不会反悔，这在她看来也应当是一条严格遵守的戒律。可是叫她心烦意乱的是这事看来不大合适，她仍然无力说话。一想到自己的破衣烂衫，自己的穷困处境，她完全应该跟他说明自己实在不配，可又难以启齿。

"你只要说需要有点时间来考虑，我就很满足了。"他说。但是，她连片刻的考虑都不需要。要不是出现这种万没料到的、顶顶意外的、近乎不可能的事，她心头想必也不会承认自己曾经暗中爱着他——唔，爱得还挺深咧！她根本无须乎考虑自己是不是真正爱他。可她还是说不出话来。"用一个月时间来考虑，够不够？"

她蓦地觉得他恐怕不是爱她本人，而是为了给他的孩子找个保姆才向她求婚吧。即使这样，也想必讨人喜欢，不过显得有点儿差劲。接着她想到自己卑微的身份，不免自惭形秽，不由得确信他根本不可能爱她。他这样一个男人为什么要爱上她这样一个不起眼的女人呢？于是她开口了。"您不可能是为了爱我本人而想跟我结婚吧。"

"不是为了爱你本人？那又是为了什么呢？我不是那种贪图姑娘财富的人，何况你也没有。"她愣住了，没法儿解释自己方才说过的话，她说不出因为我长得黝黑，相貌平庸啦，我由于贫困而瘦骨棱棱，筋疲力尽啦，我的衣着破旧不堪啦等等的话。"我向你求婚，"他说，"是因为我真心实意爱你本人。"

真像是天堂大门向她敞开了似的。在她看来，他这个人根本不可能说句假话。既然如此，她一刻也不会隐瞒自己对他的爱情。

要是能找到合适的话语向他倾诉就好了！她甚至不好意思抬头瞧他一眼，一只手倒是向他伸过去了。"露西，"他说，"站起来，到我身边来。"她于是站起来，朝前微微挪动一步。"露西，你能爱我吗？"他一边问，一边伸出胳膊去搂她的腰，她抬手迎接而没有拒绝他的拥抱；这当儿，她再次感到他那种紧紧拥抱的温暖、支持和力量。"难道你不说一声爱我吗？"

"我是一个多么孤苦伶仃的可怜虫呵。"她答道。

"可怜虫？唔，对；穷有各种各样的穷法，但是人穷志不穷。我过去也穷得可以，可我从来也没认为自己是个可怜虫。今后别再这样说自己啦。"

"不再说？"

"我心爱的姑娘不应当认为自己是个可怜虫。我能管你叫我心爱的姑娘吗？"接着只听见一声低语，好像是说"可以"，却又羞于张口似的。"先是我心爱的姑娘，然后是我心爱的妻子。难道管我心爱的妻子叫可怜虫吗？不，露西。我什么都见识过。我想我不喜欢可怜虫，可我喜欢你。"

"真的吗？"

"真的。好了，我现在得回市交通局去辞掉职务，取回工资。今天晚上七点钟就得走——喝杯茶之后就走。还能再见到你吗？"

"再见到我！哦，你是指今天。当然可以。难道不给你送送行吗？我最亲爱的人！"

"局里的人会怎么说呢？"

"我才不在乎他们说什么。想说什么就说什么吧，随他们的便。我从来没有旷过一天工。那我几点钟在这儿等你呢？"他说了个钟点。"我当然得听听你临走之前的嘱咐。也许你要告诉我一些该做的事吧。"

"我得留点儿钱给你。"

"不,不,不;现在还不能要。以后再说。"她一边说,一边抬头冲他微笑,两眼闪着泪花,脸上却带着那么温柔的笑容!他于是又搂住她,亲吻她。"不管怎么说,现在吻吻你总可以吧。"他说,又吻她一下,这倒没遭到拒绝。随后他便扬扬得意地戴上帽子,没再说什么,阔步走出那间屋子。

那天下午,单为解释一下剩下几个小时为什么要请假,她也得回局里去一趟,可是她一时还没法儿立刻走上街头。尽管方才她能打起精神冲他微笑,回报他的爱抚,站在他身旁让他得到几分爱情的喜悦,眼下她却仍然由于那半小时的兴奋而心头发慌,身体虚弱,如果不先恢复一下精力,镇定一会儿,就没法儿走到邮政总局去。她立刻上楼到她那间小屋去,给自己切一小片面包吃——就跟一个人虽然心绪很乱,可是为了晚间还得干活儿,又不得不仔细修剪一下灯芯,或者给炉火加点需要的燃料一样。她吃了点儿东西,然后就坐在椅子上,往后一靠,把一块手绢儿盖在脸上,好让自己好好回想一下方才所发生的事。

唉,她心中真是千头万绪呵!先想到自己一个小时之前还是一个什么样儿的人,接着又无比欢欣地确信她如今的地位肯定会给自己带来幸福,她觉得整个人间在这短暂时刻仿佛全变了样。至于说爱他——那是毫无疑问的!眼下她承认自己其实早就爱上他了,即使想到他原本可能娶另外那个姑娘,也是如此。她应该爱慕他这样的人——这不是理所当然的事吗?然而,他却会爱上了她——倒真叫人不可思议了!可他确实这样做了,她不必怀疑。她清楚地记得他所说的每一句向她保证的话:"我向你求婚,是因为我真心实意爱你本人。""我能管你叫我心爱的姑娘吗？先是我心爱的姑娘，然后是我心爱的妻子。""我想我不喜欢可怜虫，可我喜欢你。"当然，要是他认为她够得上做他的妻子，那她自然不会再管自己叫可怜虫了。

在她前一段生活困苦时——尤其是在她十分孤独的时刻，她时常想起另外那个年纪较大、向她求过婚的男人——有时几乎是怀着遗憾的心情想起来的。她原本会有个家，操劳家务活儿，过一种更适合女人本性的生活而不是现在这种孤独单调的生活。她原本可以有那么一个相亲相爱的人，那么一个她至诚相待、为之牵肠挂肚的人。先前她跟索菲·威尔逊住在一起，尽管自己一直真诚对待这种合作，却并没有得到称心如意的结果。有时她觉得真还不如过另外那种生活呢。可是她压根儿也没爱过那个男人，心想自己不可能像妻子爱丈夫那样爱他。她拒绝了他的一片好意，倒也做对了——现在终于如愿以偿！她向往过的那种幸福，那种跟一个情投意合的男人相结合的幸福终于实现了。她默默念着他的姓名——阿伯拉罕·霍尔，又轻轻试念另一个姓名——露西·霍尔。接着，她在椅子上张开两臂，仿佛这样就可以立刻把他那个小男孩儿搂在怀里似的。

她差不多坐了一个钟头，接着忽然站起来，又戴上那顶旧帽子，匆匆赶回局里去。这当儿，她倒不为自己而在乎身上的衣着了。已经有一个乐园为她准备好了，那么珍贵，那么贴近，眼前这段时光变得相当明朗，不过是通往那美好未来的短暂途径罢了。但是，她却为他有点在乎了。如今她已经是他的人，想必愿意尽可能不让自己穿戴得不合他的妻子的身份。他本人的衣着一向体面、合身而耐穿！嗯！是他自己愿意选中她这样一个平凡的女人的。她可不想为他精心打扮而背上债,因为那笔债迟早还得由他来归还。不过,她要是能从自己的伙食费里再挤出点钱来做一套适合站在教堂圣坛前的服装,那还是应该的。

她在奔向局里去的路上,想起他方才谈到钱的事。不!她目前还不能收他的钱,等到合法时再收不迟。到那时,他愿意给她什么,她都会心满意足地收下,她自己会辛勤操劳家务,决不会让他觉得白白恩待她!

她到局里时已经快五点钟了,她答应六点钟再赶回寄宿公寓为他准备茶炊。因此她不可能再留下继续干活儿。"问题是,夫人,"她对那位女主管说,"今天下午有一个人刚向我求过婚,我接受了。傍晚他就要出城到外地去,我想在他走之前再跟他聚一聚。"一般来说,这种请求,即使官方再严厉,也不便拒绝。不过我记得有一次某机关有个小伙子向一位面色阴沉的上司请一个月假去结婚。"结婚!"那位面色阴沉的上司说,"可怜的小伙子!那你可就得离职啦。"电报局里那位夫人倒没有那么苛刻,并没有表示遗憾而是怀着祝贺的心情批准我们这位姑娘的假。

她赶在未婚夫之前,先回到寄宿公寓,马上向房东太太借用那间小客厅,把茶具摆好,而且亲自下厨房给他烤面包。"看样子你跟霍尔先生的关系不只是普通朋友,恐怕比那还要亲一些吧。"房东太太笑着说。"亲得多,格林太太。"露西一边说,一边专心烘烤面包。"我早就料到根本不可能是另外那个姑娘。"格林太太说。

"现在,亲爱的,还有钱那档子事。"阿伯拉罕站起来准备出发前说。其他许多事已经在吃点心时安排停当,诸如他怎样先去找个住处,然后通知她几时前去啦,她怎样把那个男孩儿一块儿带去啦,他怎样让教堂公布结婚预告,一等她来到乡镇便马上结婚啦,等等。"现在,亲爱的,钱的事总得谈一谈,是不是?"

最后她终于让步。"对,"她说,"我该穿得体面些到你那边去,不让你丢脸。"

"如果必要,你就是穿着贫民所的麻袋衣,我也会娶你。"他满怀激情地说。

"那倒没有必要,我会添置的——不过那些衣饰永远都是属于你的,我要等到我自己也属于你那天才穿上。"

当天晚上,她陪他去到火车站,在月台上分手时还当众亲吻了他。现在,在表达爱情时,没有什么叫她感到难为情的地方了。隔了一段必要的时间,她怎样去到格洛斯特郡,怎样穿上他出钱购置的华丽衣饰,在教堂里站在他的对面,跟他结为伉俪,后来怎样成为一个叫小家庭无比幸福的好妻子,这里就用不着赘述了。

威尔逊小姐康复后便嫁给了那位理发师,关心的读者想必都会把这看成一桩天经地义的事吧。

1877 年

任性的凯琴姑娘

第一章

这是一幅布局优美的画像,上面有一位漂亮姑娘,头上盘着厚实的发辫,正从一扇雕花精致的窗户框子里朝外张望! 那是凯特丽娜·凯斯特的面庞;您要是住在高桑镇或者它的二十英里方圆之内,就用不着我在这儿废话了。您即使没见过她本人,想必也听说过她的大名。话虽这么说,还是让我在这儿介绍一下她的身世吧。凯特丽娜的父亲是约瑟夫·凯斯特,在奥地利北部哈尔城风景秀丽的湖畔高桑镇开了一家客店。并不是来往旅客喜欢去的那家旅店,旅客一般都在那里吃饭、喂马、乘船到湖上去遨游:那一家叫黑山鹰旅店。约瑟夫的客店,招牌上是一头金绵羊,生意清淡得多,抱负也不大,来客多半是本乡本土人,偶尔才接待那么一位徒步旅行、腿脚走酸的德国学徒工。黑山鹰旅店生意兴隆,金绵羊客店的买卖则越来越差。真格的,对这两家旅店来说,黑和金这两个形容词倒应该对换一下,因为那块招牌上的山鹰具有金光熠熠的尖钩嘴和利爪,长着两个样儿挺凶的脑袋,各自戴着一顶闪亮的金冠,而另一块招牌上那头可怜巴巴的绵羊,却由于连年累月的风吹雨打,如今已经发污变黑,失去了光彩;要相信它原本是金黄色的,那可是对人的信念一次严峻的考验。然而,那头绵羊,黑的也罢,金色的也罢,却拥有那么一件美丽的宝贝,比那头凶猛而潇洒的双头鹰监管下的客房里哪一件摆饰都美——对,有人还认为更有价值。

那就是金绵羊客店老板的女儿凯特丽娜,她在高桑镇和它方圆几英里之内的居民心目中是那一带最漂亮的姑娘。倒不是说她真美,因为大自然尽管一直慷慨地叫这一带的风景赏心悦目,却并没有同样大方地在这里居民当中散播女性的秀美。那里的妇女一般都长得又高又大,瘦骨棱棱,皮肤黝黑,充分显露艰苦劳累和粗茶淡饭所造成的早衰迹象。不过,凯特丽娜却像青春女神那样白净、丰满、生气勃勃。她母亲原是易北河沿岸梯尔纳镇的撒克逊人,凯特丽娜由母系那边继承了白里透红的皮肤、淡蓝清澈的大眼睛和一头茂密的秀发。这种头发之所以漂亮在于厚厚实实、丝一般柔滑光亮,而又不是画家们喜爱的那种浓艳的颜色。它并不是金黄色,与其说它像阳光那样闪闪耀眼,倒不如说像月光那样淡淡明亮;一把它松开,它就像一团柔丝垂到膝盖那儿,一点儿卷纹都没有。关于那幅画像暂且就说到这里,现在再谈谈那个窗户框子。金绵羊客店是一座主要用木材建筑起来的老房子,两旁都有长廊,从那里可以眺望湖泊远近的美景。凯特丽娜那间卧·室的窗户框了上镂刻着花纹,周围爬满蔓藤;玻璃格窗一打开,朝里钩住,让新鲜空气透进来,蔓藤纤细的嫩枝甚至也会跟着伸进室内。就在这个不寻常的礼拜天清晨,夏季的微风轻轻吹拂到窗口,叫凯琴①的面颊显得格外红润,叫那平坦光亮的湖面掀起阵阵涟漪,也叫那摇摆晃动的忍冬花现出轻盈的美姿。

"哦,今天天气多好啊!"凯特丽娜心里在想,"干燥而晴朗,又不

---

① 凯琴是凯特丽娜的昵称。

太热。昨天夜里那场阵雨一定把大路上的尘土统统刷尽了。多好啊!"凯特丽娜对她卧室窗前展现的那片美景并不完全赞赏。山川湖泊她早就看腻了,何况容我说句实话,我们这位乡镇美人更喜欢接受赞赏,而不轻易赐予赞赏。她似乎觉得那些看她长大的人都应该瞧不够她那张美丽的面庞,夸不尽她那头又软又长的秀发。可您如果要求凯特丽娜仔细欣赏一下这一带的湖泊山川,她就会带着不乐意的样儿扭过头去,还会对您说她——自打出生以来——天天看见它们,都感到厌烦了。凯斯特这家人是新教徒,每逢礼拜天都到哈尔城福音派教堂去做礼拜。如今从高桑镇去哈尔城只有一条相当便捷的途径,那就是乘小船从湖面上划过去;因此凯琴这当儿如此关切大路上有没有尘土,倒真有点怪了。原来凯琴有个情人,他有一辆结实的四轮马车和一套好马,本人是个踏踏实实的车把式;小伙子又长得英俊,为人老实,经常受雇在这片美丽的湖泊风景区,沿着偏僻的道路载乘来来往往的旅客——目前这一带还没有通火车,公共驿车也极为罕见。

　　这位情人叫弗里茨·罗森海姆,今天就要到来。一周前,他在去伊什尔的途中,路过高桑镇,说定在这个阳光明媚的礼拜天上午驾车返回萨尔斯堡,再次要路过这里。怪不得凯琴今天对那条大路的情况如此关切。她和弗里茨·罗森海姆并没有正式订过婚。约瑟夫·凯斯特老头儿非常反对这桩亲事。他倒挺喜欢弗里茨,也乐于见到他,可是弗里茨太穷。金绵羊客店老板吃过穷困的苦头,常常说再也不愿意看到自己的孩子也受饥寒交迫的煎熬啦。高桑镇的居民却认为约瑟夫·凯斯特一开始成家立业时,也跟大多数人一样有过锦绣前程;如果说他的事业不顺利,可怜的"绵羊"渐渐给剪去了金羊毛,那都要怪他自己。高桑镇的居民议论起事业上失败的人,并不比伦敦人或巴黎人宽厚。不过他们所说的确实也有点道理。约瑟夫生性过于懒散随和,进取心不大,不像许多乡亲那样干劲十足地艰苦创业。他也许会认为自己往日的生活当中也有过许多愉快的时刻,并不比他的邻居们差。然而,那些愉快的时刻已经一去不复返,如今他只能两手空空地消度晚年。那些勤奋而富裕的邻居有时也可能会嫉妒——这一点他们可压根儿也没承认过——约瑟夫光滑的脑门和温和的笑容使他显得比实际年龄要年轻得多;不过他们只消把手伸进衣兜儿,一摸到软软一沓脏拉吧唧的烂钞票,就立刻会恢复自负而舒畅的心情。

凯琴离开窗口,走到那面把她的美丽容颜改变得令人心碎的绿镜子前,再端详一下自己。不过凯琴对自己的容貌心里完全有数,并没有因为镜子里映出的模样走了形而难过。接着她把一顶圆锥形的黑帽子戴在粗发辫上,后面用一根箭形的长银针别好。

"凯琴!凯琴!"她爹在楼前湖面上喊道。他穿着自己最好的一身衣服,正坐在一条就在她窗下的小船上,准备划到对岸哈尔城,去教堂做礼拜。"快点,孩子,礼拜仪式就要开始啦!"

"来啦,爹,来啦!"凯琴一边回答,一边奔下楼梯,走出敞开着的家门,一脚迈进那条离客店不远、微微摇晃的小船。凯琴站在船里,拿起一把桨,熟练地使劲划起来。哈尔城和高桑镇一带的年轻妇女都会划船,划桨的本事就跟使用织针一样熟练。凯琴站着划船,每划一下,身子朝前一弯,她那丰满匀称的腿肚子和光滑的脚脖子就从礼拜天才穿的白袜子和结实的黑靴子里露出来。

"今儿个天气多晴朗啊,凯斯特先生!"一位邻居坐在一条由四个壮实的年轻女人划动的船上,正从凯琴那条小船旁边经过,冲他们喊道。

"是啊,好极了,好极了。您说得对,天气晴朗,可并不闷热。有什么新闻吗?"

"没什么新鲜事儿,"那位邻居嚷着说,他那条船飞快地越过凯斯特的小船,"只有一件事也许您的凯琴会关心的。弗里茨·罗森海姆在伊什尔又揽了一趟回程的买卖。他赶车回来那天,正巧遇上几个外国人要搭车回萨尔斯堡。他的运气可真不赖,对不?"

"我的凯琴才不关心这种事。"约瑟夫生气地嚷道,可他的话恐怕并没传到对方的耳朵里。凯琴的粉红面颊却涨得通红,两条淡眉紧锁起来。

"您干吗这样说,爹?"她不满意地问,"弗里茨的运气好坏我就是关心嘛,关心得很呐。"

"你不会像街坊奈尔贝克那种意思关心。我也不许别人对我说你好像真挺关心似的,凯琴。"

"可是爹,我就是关心——"

"胡说!那是因为别人激将你,你才这样做,这可真是异想天开的事儿。你心里也明白即使我明天表示同意,你也不情愿嫁给弗里茨。"

"爹,您要考验考验我吗?"

"不,不想。我反对这桩亲事。这个地区最漂亮的姑娘居然异想天开地想把自己白白扔给一个赶大车的穷鬼——那个家伙,不管下雨还是下冰雹,阴天也好,出大太阳也好,只知道怎样在山路上赶马车——这可太荒唐了!你啊,完全可以许配给一户好人家!你虽然没有嫁妆,也比我能指出来的许多有阔嫁妆的丫头强得多。"

小船在哈尔城那个铺着鹅卵石的码头停泊下来,约瑟夫·凯斯特嘴里还在嘟嘟囔囔地抱怨凯琴,抱怨自己的贫穷,抱怨他的街坊邻居,尤其是抱怨那个罪魁祸首弗里茨——他犯下了一条大罪,居然坦白承认爱上了一个漂亮姑娘,可是她爹却不愿意招他作女婿。这真是一桩滔天大罪。但是,唉,天下这种事又何其普遍呵!不过,约瑟夫老头儿抱怨一通,气也就消了;他在漂亮的女儿伴随下走进小教堂的时候,又跟往常一样心平气和,笑容满面了。

第二章

那滔滔不绝而颇有争议的布道辞在一群思想单纯的教徒头顶上空荡漾时,凯琴安安静静地坐在那里一动也不动,仿佛是在专心听道,其实小凯琴心里却在沉思遐想,根本一点也没听进去。"难道她真的那么喜欢弗里茨吗?她爹也许说得对,这是异想天开的事儿?"她心里承认,一听到哪位聪明的顾问跟她讲明下嫁弗里茨是件不合适的蠢事,她反倒觉得自己更加倾心于那位情人啦。除去这种感情一时冲动之外,她还想到没准儿别的姑娘会把弗里茨·罗森海姆掳获走呐。那个小伙子人缘很好,在他那种流浪的生活当中大有机会交上许多女朋友。萨尔斯堡和伊什尔两地的大旅馆里有许多时髦的侍女认识他,而且冲他眉来眼去地微笑。连那些山野小客店老板娘的闺女也肯屈尊向这位英俊的马车夫卖弄点风情哩。他那种向美人献殷勤的姿态和一贯的好脾气使他的马车铃铛声在沿途成为许多女人十分欢迎的悦耳声。但是,话说回来,如今赢得的弗里茨那颗心对她这样忠诚,这样爱慕,听他说全奥地利,不,全德国,都没有哪个姑娘配擦凯特丽娜·凯斯特那双小巧玲珑的鞋,倒也的确是件美滋滋的事。是啊,这无疑叫人心旷神怡。可是事情不会永远就这样一成不变啊!弗里茨不甘心情愿让这种称心如意的事就这样惬惬意意地持续下去。他很不近情理,非要他的偶像跟他公开订婚,正式答应嫁给他不可。凯琴一想到这种无法挽回的局面便不禁打个小小的冷战,然后就像一匹还不知嚼子缰绳滋味的野驹子那样仰起脑袋;而我呢,倒相信她爹说得对,这纯属异想天开的事儿;再者,她至今毕竟还没有完全堕入情网呢。

牧师用铿锵而洪亮的嗓音宣讲的德语布道辞一结束,凯琴才从沉思中惊醒过来。她平时并不常做白日梦,可她跟随父亲走出小教堂时,依然张着两只大眼,现出心不在焉的样儿。他俩在门口遇到不少乡亲,有的刚在天主教堂里望过弥撒。一对营养充足、脸色红润的仁慈会修女穿过人群时,东正教徒和异教徒都不约而同地向她俩尊敬而友好地点头致意。大家都认识约瑟夫·凯斯特;他站在那里,一边同几位邻居闲聊一会儿,一边尽情大口大口地抽他那个用绿绳子挂在脖子上的俗气的瓷烟斗。凯琴仍然有点反常,心事重重,慢慢溜达到湖边,那里搭着一块为船夫和旅客登船方便的窄木板。她在一垛劈柴那儿坐下来,呆视着湖泊和对面彩色缤纷的山峦,沉浸在一片灿烂阳光里。

"您好,凯特丽娜小姐。"忽然间她耳边传来一个尖细的嗓音。她一怔,四下里张望。这种称呼正规而尊敬得异乎寻常。她的朋友们压根儿也没称呼过她"小姐",一般都简呼她的教名。这位彬彬有礼的说话人是个四十五岁上下的男人,瘦高个儿,秃脑门,脸色灰黄,还蓄着两撇干草色的厚唇髭。他戴着一副眼镜,两只淡灰眼睛老是眨个不停。"您好,凯特丽娜小姐,"他看到凯特丽娜呆视着他,没发一言,于是又说了一遍,"您也许不认识我吧。我是高桑镇黑山鹰旅店老板卡斯帕·埃勃纳。"他手里捻着一条挂在黑缎子坎肩前面的挺粗的银表链,朝前走几步。埃勃纳先生穿着一套镀金纽扣的深蓝色西服和刚刚提到的那件黑缎子坎肩,头戴一顶闪闪发亮的法国式高礼帽。

"哦,天哪!"凯琴喊了一声,赶紧站起来屈膝行个礼,"请您原谅,埃勃纳先生。我真一时没把您认出来。"她原本还可以加一句,说她即使知道对方是谁,也会感到不胜惶恐,因为这位黑山鹰旅店的阔老板从来也没有向她打过招呼,尽管她过去跟这人够面熟的,有时还相信他在用相当赞赏的目光注视她呢。

凯琴又坐在干柴上,埃勃纳也一边欠身在她身旁坐下,一边说:"牧师先生今天讲得过于啰嗦了。"

"是吗?"她心不在焉地问道,因为脑海里正忙着琢磨埃勃纳先生为什么要过来跟她搭讪。

"是啊,有点啰嗦了。至少我是这样认为。您是一位比我更虔诚更专心听道的教徒,小姐。我注意到您一直在全神贯注地听讲。"

凯琴的脸唰的一下红了,一半是由于心中有点内疚,一半是因为有人暗中观察过她。接着,她心中想到的事溜到了嘴边,尽管她并不想说出来。"我以前可从来没在教堂里见到过您,埃勃纳先生。"她说。

现在轮到店老板脸红了,也就是说,他那柠檬黄的脸色倏地变成了橙黄色。"是这样的,凯特丽娜小姐。我——确实不大按照常规那样进教堂。不过,我还是经常读读《圣经》,思考宗教方面的问题;坦白地说,我还自有一套理论呐,那就是——"说到这里,他发觉凯琴分明带着困惑的眼神,就马上止住了。"我——请您原谅。这种纯理论的严肃话题当然不大适合说给您这样一位又年轻,又——又——嗯——又漂亮的姑娘听。"

"哦,爹爹来啦!"凯琴带着明显松了口气的神情喊道,接着就撇下埃勃纳,朝她爹那边走过去一小步。

"您好,埃勃纳先生,"凯斯特说,脱掉他那顶软毡帽,这一礼节使对方也立刻高高抬起那顶硬邦邦、闪亮的礼帽，"您瞧，我稍微呆了一会儿，同几位老邻居聊几句，就让我的闺女久等了。"

凯斯特老头儿一边说，一边机警地瞥一眼他的女儿；凯琴发现她爹并不像自己刚才见到黑山鹰旅店老板和蔼可亲地跟她讲话时那样惊讶。

"我是——我是说——您两位。"埃勃纳迟疑地结结巴巴说。

"您是说我们现在就要划船回高桑镇吗？是啊，我们这就走。"凯斯特立刻答道。

"我那条船也在这儿，船上有三名从圣爱麦洛雇来的船夫。你们如果愿意——就是说，要是凯特丽娜小姐愿意的话——天气很热，晌午划船实在——"

"那就多谢啦，埃勃纳先生。"这位跟对方是冤家对头的老板居然这样惊人而敏捷地接受下来，实出凯琴意料之外；接着，她还没闹清这种安排就给搀上埃勃纳那条装有遮阴凉篷的大船，尊严地坐在备有软垫的坐板上，而不必再站着用她那双晒得黝黑的手紧握一把沉甸甸的桨划船了。一名船夫把凯斯特的小船系在大船船尾，两条船便开始返回，轻快地在平滑的水面上切出一道鸿沟，把湖面上的山峦倒影撞得粉碎；那些高山深映在水中，山峰朝下直指比天空还要蔚蓝的苍穹。凯琴困惑不解。她竟会坐在一条大船上，不必帮助划船，实在太奇妙了；而且那只黑山鹰居然放弃平时那种威严的狠劲儿——非但没把长长的利爪刺入金绵羊的绒毛，反而像鸽子般温柔地轻声说话，还请自己的对手进入它的窝内——更是越发奇妙了。倒不是说卡斯帕·埃勃纳本人真的十分凶恶，只是凯琴素来认为他是个高不可攀的大人物，他掠夺的成功正是招致那头十分温顺的绵羊倒霉衰败的一部分原因。约瑟夫·

凯斯特在事业上总不顺利,据他自己说,一向是"某某人"一手造成的。在这方面受害的也许并不止约瑟夫·凯斯特一人。所以,这位伤害金绵羊客店而没被指明的"某某人"的形象就逐渐在凯琴脑中成形,而卡斯帕·埃勃纳正是那活生生的具体化身。

许许多多夜晚,凯琴在客店那间房椽裸露的破旧厨房里,听过她爹没完没了地发牢骚;老头儿一边抽着廉价烟叶,喷出腾腾烟雾,一边抱怨"绵羊"遭到不公平的待遇,"山鹰"不配那样兴旺,还哀叹旅客行为古怪,宁愿投宿埃勃纳先生的旅店而冷落伤害他自己这家客店。但是,她爹眼下却心平气和地坐在冤家对头那带凉篷的船舱里,由他雇用的几名船夫划着船,而且还欢快地跟对头闲聊!那条船随着船夫强劲有力的划动,平稳地顺风行驶,没多久便到达高桑镇的停泊处;埃勃纳先生搀扶凯琴上岸,尽管有点笨手笨脚,倒也挺有礼貌。她和她爹向埃勃纳道谢告别,正要把自己那条小船拖到河滩上搁浅起来,埃勃纳却吩咐他的几名船夫去干那事,邀请凯斯特和凯琴赏脸跟他一道去共进午餐,因为午餐已经准备停当。约瑟夫起先推辞一下,不过是他所认为的客套一番罢了,最后还是代表他和女儿接受了盛情邀请,跟随主人进入黑山鹰旅店他那间私人起居室。那是底层的一间舒适的房间,窗户朝向湖泊。餐桌上已经摆好餐具,一名高个儿侍女向前接过凯琴的帽子,还殷勤地准备帮她把衣服理理平整,如果她需要帮忙的话。这当然是她从主人的举止中得到了暗示,因为凯琴心里明白泰丽丝往常自视身价很高,根本不屑于侍候金绵羊客店约瑟夫·凯斯特老头儿的女儿。饭菜十分精美,酒也极好,可是不知怎的,这个小小的宴会进行得似乎并不欢畅自在。说真的,约瑟夫吃喝起来倒并没有因为不好意思而有所约束,不过凯琴却对这次意外的礼遇十分纳闷儿,胃口并不好;埃勃纳先生呢,两只眼睛在镜片后面神经质地眨个不停,说起话来也很失常,迟迟疑疑,结结巴巴。

饭后,客人便起身告辞,约瑟夫坚持不能久留,因为他"还有许多事要去办"。埃勃纳送他们走到门厅,在那儿怯生生地献给凯琴一束玫瑰花。那是方才吃饭时吩咐仆人从花园里摘来的,如今给放在一个准备敬献的精致小草筐里。凯琴微微一笑,高兴得脸蛋儿绯红,把那束芬芳的六月玫瑰接过来。让人家当作真正的贵小姐那样对待,当然是件挺美好的事,何况她现在足可以做个卖弄风情的姑娘,充分享受他人赏识的乐趣。可是突然间她大吃一惊,圆圆的脸蛋儿顿时失色,紧接着又涨得比原先还要红,因为弗里茨·罗森海姆这当儿正站在门口惊讶地呆呆望着她呢。他手里握着一根长马鞭,身上穿着他那套最漂亮的衣服——一件钉着不少银扣子的宝蓝色驿车夫号衣和一条皮马裤,脚蹬一双齐膝的高统马靴;那顶歪戴着的矮顶帽上面插着一束艳红的石竹花,这大概是沿途遇到的一位卖弄风骚的侍女或老板娘送给他的礼物吧。

"你好,弗里茨。"凯琴不顾一切地先向他打招呼,因为可怜的弗里茨好像完全失了神。他嘟嘟哝哝地回个礼,接着就转身握住约瑟夫·凯斯特向他伸过去的手。"欢迎你,弗里茨,我的孩子,"凯斯特说,"我从奈尔贝克老头儿嘴里听到了你的消息,正等你今天回来呐。"弗里茨随即又向黑山鹰旅店老板恭恭敬敬脱帽致敬,后者却阴阳怪气地冲他点点头。

"先生,我从伊什尔给您带来了几位旅客,"弗里茨说,"一对外国老爷和夫人,还有一名导游。我告诉他们哪儿也比不上高桑镇黑山鹰旅店招待得那样周到舒适。"

"他们会受到很好的接待的,马车夫。我想你已经把你的马安顿好了吧,对不对？嗯,那就到地窖去要一瓶鲁代斯海默酒为我的健康干杯吧。"

弗里茨又摸了一下帽檐行个礼,然后就给凯斯特父女让开道。约瑟夫离开时说:"晚上见,弗里茨;像往常那样到我的厨房来抽袋烟吧。"

在步行回家的一路上,凯琴的情绪一直不佳,那稚气未脱的漂亮脸蛋儿阴沉沉的。弗里茨干吗赶巧那个时候出现在她面前——他干吗要像仆从那样朝那个刚刚请她吃过饭的男人触摸帽檐行礼——埃勃纳先生干吗要慷慨地赏他酒喝,这一切都使她十分恼火。弗里茨干吗要接受他的酒？他自己也不是买不起。更使她恼火的莫过于她爹邀请那个小伙子"像往常那样来抽袋烟"。像往常那样! 黑山鹰旅店老板会怎样看待他们呢？他可从来没跟马车夫在厨房里抽过一袋烟。这后一种想法其实很不值当,而且对弗里茨也不够宽容;弗里茨跟她交往,双双出现在本地最高贵的人士面前,从来也不会感到丢面子。如此说来,约瑟夫老头儿说过这纯属异想天开的事儿,我倒认为说得挺对。但是,他既然反对罗森海姆与他女儿相恋,就不该鼓励小伙子到他家去。然而约瑟夫就是这样一个人,生来随和——这也正是他的一大缺点,使他很快走向下坡路,从富裕滑向了贫穷。他喜欢弗里茨。那个小伙子兴高采烈的谈话啦,讨人喜欢的举止啦,从忙碌的人间带来的旅途见闻啦,对金绵羊客店那种枯燥乏味的生活来说都是一种令人愉快的调剂。约瑟夫·凯斯特就像许多懒散的人那样,最爱听最爱看自己没法参加的那些生气勃勃的活动。至于这种亲密的交往所产生的后果,嗐,反正不会出什么大问题。年轻人总要谈谈恋爱嘛,为什么不可以呢？ 这不过是一场无目的的逢场做戏罢了,不会给双方造成多大的危害的。谁要是像奈尔贝克老头儿所说的那样，把这种异想天开的事儿当成事实，约瑟夫可就会大发雷霆啦。或许在这件事情上暗中自责也一样会叫人恼火。可是弗里茨一出现在他面前，他又抗拒不了那种约他做伴的诱惑；再者，这个小伙子也绝对不会那么认真吧。在这方面，他可完全估计错了；不过，这倒是一种让约瑟夫·凯斯特减轻自身责任而聊以自慰的理论，他也就这样墨守成规了。

第三章

　　凯琴一进家门便奔入自己的卧室，把门倒锁，大哭一场，发泄自己所受的委屈。这不过是孩子般天真的眼泪罢了，就像四月里来得快的阵雨，转眼间就天晴日丽，不会留下什么狂风海啸，因为感情容易冲动的人哭一阵子也就行了。她最后做出不少偏激的决定，不管谁来劝说，都决计不到厨房里去给那两个抽烟的人做伴。她宁愿独自待在楼上莫名其妙地受煎熬。到了下午，她却后悔不该做出这种决定了；临近晚餐时分——也就是四五点钟的时候——她打开门，伸出脑袋听听外面的动静。她听到她爹用圆润的男低音断断续续说话，时不时顿一顿，她明白那是因为他在快活地抽烟；接着她又听到一连串笑声，自己那颗心也随着怦怦地跳得更快了；随后她朝那面绿镜子告别地望一眼，就轻轻溜下楼梯，装出一副谁在场她都无所谓的样儿走进厨房。除了父亲和弗里茨之外，桌旁还坐着另外一个人，抽着一管长烟斗，一眼就能看出那是个地道的海泡石烟斗。那位陌生人长得奇丑，五官平板，脖颈像公牛般短粗，然而看上去倒像是个性情温和的聪明人。他穿着燕尾服上衣和长裤，不像金绵羊客店常客那种乡巴佬装束。屋子里没有别人，那个跟凯琴一起料理家务活儿的胖女仆每逢星期日晚上都去走亲访友。因此，那间宽敞的厨房里只有约瑟夫·凯斯特和他的两位客人。一张小桌给搬到一扇敞开的窗户前面，新鲜空气和忍冬花的清香飘了进来，可是很快就让他们喷出来的烟雾淹没了，那腾腾烟雾浓得几乎都让人瞧不见人影儿啦。他们面前各自放着一大杯冒着泡沫的啤酒。起先谁也没注意到凯琴,她走进去,在离那三个男人最远的一扇窗户前面坐下来,拉开玻璃格窗,把胳膊肘儿倚在窗台上,朝外眺望湖景。没多会儿,她就觉得有人走过来,站在她的身旁,可她就是不转过身来,接着弗里茨的声音传入她的耳中:"我的凯琴,难道你不想跟我说句话吗?"

"你的凯琴,真格的!不大对吧。何况——"

凯琴说到这里便顿住,朝陌生人那边优美地仰一下头。

"哦,对他不必在意,"头脑简单的弗里茨说,高兴地认为自己发现了心爱人冷淡的原因,"他是个很好的人;约翰·劳里叶是一位瑞士导游。他是跟一对外国老爷和夫人一起从伊什尔来的。而且他已经知道——那就是说,我告诉他的——你跟我——"

"你告诉他什么了,罗森海姆先生?你怎么竟敢没得到我的允许就跟一个陌生人谈起我?"

看来今大弗里茨不管说什么都注定会冒犯凯琴。

这种局面可一点儿也没预料到;弗里茨又总是错误地试图把不合情理的事理解成为合乎情理,再加上他既不机灵,又不像他这位漂亮对手那样能说会道,因此在这场争辩中,他尽管完全占理,却略逊一筹。

"你大概太傲气了,不再承认我是你的情人了吧,你现在跟埃勃纳先生一起吃饭,又坐过他的船。这我全听说了。黑山鹰旅店里的人都在风言风语。"

"黑山鹰旅店里的人!我才不在乎他们呐,你要是愚蠢得爱听他们那帮人闲扯,我也不在乎。至于说傲气嘛,我可以告诉你,我认为爹爹跟埃勃纳先生一样高贵,尽管他没有那么阔。可他当年也阔气过,而且还阔得多!"

"凯琴,我如果惹你不痛快,就请你原谅——"

"不痛快!"

"如果惹你生气的话。可今天中午我见到你,你好像根本不愿意跟我说话,现在嘛,又这样冷冰冰,爱理不理的,我真闹不清这是怎么回事。我一直真心实意爱你,凯琴,永远不会像爱你这样再爱另一个姑娘啦!"

弗里茨壮着胆子拿起凯琴那只搁在大腿上、晒得黝黑的小胖手,用自己那深棕色的宽手掌轻轻握了一会儿。任性的姑娘不耐烦地哼一声,把手抽出来,朝她爹那边走去。"你这是在拿我开心。"她回头说。这真叫她的情人有点儿难以对付了;凯琴一方面十分苛刻地要求他爱情专一,另一方面又回绝他任何亲昵的表示;有时他向她表达最真挚的爱情,她却取笑他说的话,等他一抗议,屋子里又响彻着她的笑声。可是今天晚上她却没有欢笑的兴致,只是坐到父亲身边,把手搭在他的肩膀上,显然是陷入了沉思。不过,她也意识到弗里茨又坐下来的时候,脸上现出困惑不解的沮丧神情。他心不在焉地一个劲儿抽那个早就灭了的烟斗;她也意识到约翰·劳里叶先生在赞赏地注视着她那涨红的脸蛋儿,"是您的姑娘吗,老板?"他彬彬有礼地点点头,问道。

"是啊,劳里叶先生,小女凯特丽娜——大家都管她叫凯琴。孩子,这位先生是位见多识广的旅行家,可以给你讲讲他见过的许多美妙的风光,许多美妙的人。什么语言他都会说——"

"不能说什么语言都会,老板。"劳里叶谦虚地说。

"是啊,是啊,所有的,我指的是所有值得一讲的语言。你这个丫头早就该下楼来,那你就会听到许多有关罗马、巴黎和维也纳的事了。我正在跟这位先生谈我过去的经历。他认为像我这样一个好人不该受到命运如此亏待。可是,老天爷!我要是愿意的话,可以给他解释解释。这多半都是别人给造成的。不过,话也就到此为止,这不会叫陌生人感兴趣的。"

然而,凡是走进金绵羊客店的陌生人,无一例外,不出半小时便会听到约瑟夫·凯斯特数说自己种种不幸的遭遇。

"小姐的头发长得真漂亮啊!"劳里叶换了个话题。

"我们的凯琴吗?是啊,朋友,您可以这么说,颜色也好看,一点也不像这一带常见的那种黑马鬃似的粗发。她去世的母亲是撒克逊人。她长着跟她母亲一样的头发。"

"大概也很长吧,"那位导游接着说,"好像在头顶上盘了好几个弯儿。"

"长。敢情是。来,把发夹摘掉,让这位先生见识见识你的头发到底有多长。"

凯琴有点犹豫,他就亲自动手把发夹拿掉,那丝一般柔软的粗发辫就垂落在她的肩上。

"把辫子松开,孩子。一松开,头发还要长一倍呐。瞧,劳里叶先生,您可曾在旅途中见过比这更美丽的景象吗?"

那位瑞士人站起来,用手握住一绺柔软的长头发,若有所思地掂量一下。

"请别介意,小姐;我在洛桑家中有个女儿跟你一般大;你听我说,我有个在巴黎当理发师的朋友,你要多少钱,他都肯买下这样的头发。目前这种头发最时兴,可他到处找不到足够的货源。"

凯琴一跃而起,直朝后退,连忙把头发盘成一团,惊恐而气愤地瞧着那位导游。约瑟夫老头儿哈哈大笑起来。

"不，不，谢谢您。即使给我们的皇后做个假发套，我们也不干。主祝福她！我们眼下还没穷到那个地步。别害怕，凯琴。我倒想看看哪位理发师胆敢把剪刀挨近你的脑袋。"

"我才不害怕呐，爹。您真糊涂！可我再也不愿意当众展览啦，没别的。"

劳里叶比可怜的罗森海姆见过的世面多，也比他多活了二十来年，所以非但没有道歉、争辩或退缩，反倒描绘起巴黎妇女美妙的发饰来了，什么她们假发上装饰着的漂亮羽毛啦，花儿啦，珠宝首饰啦，等等等等。凯琴倾听着这种女人感兴趣的话题，也就渐渐恢复了常态，甚至还提出几个问题。这次晚间的聚会还没结束，劳里叶便已经赢得父女俩的好感。

"以后我只要路过这里，一定会再来拜访您，凯斯特先生。"那位导游说。他俩彼此连连祝福，然后才分手；弗里茨从他那位任性的情人口里得到了一句还说得过去的道别，也就感到心满意足了。

第四章

　　翌日,金绵羊客店又恢复了往常那种单调的生活节奏。弗里茨和那位友好的导游已经远在前往萨尔斯堡的路途中。劳里叶说他明年如果有机会路过这边,一定会再来看望凯斯特父女俩,可现在还得先度过秋冬春整整三个季度。后来,凯琴也根本闹不清怎么回事,卡斯帕·埃勃纳渐渐常来金绵羊客店消磨一个晚上,这已经不再是什么新鲜事儿;随后没过多久,凯斯特父女俩去哈尔城的教堂做礼拜,往返都搭乘埃勃纳那条船,这也已经成为惯例。黑山鹰旅店还经常送些小礼物到金绵羊客店来,什么鲜花啦,水果啦,精制的奶酪啦,鲁代斯海默出产的好酒啦;另有一次埃勃纳先生从衣兜里掏出一副闪亮的金耳环,请求凯琴笑纳。可她拒绝收下这件贵重礼物。这一拒绝引起一场争执,最后归结于卡斯帕·埃勃纳先生正式向她求婚。"埃勃纳先生,"凯琴惊讶得气都喘不过来了,说道,"您这不是当真吧!"

　　"不是当真,凯特丽娜!难道你对我的感情一直无动于衷吗?你能坦白承认这点吗?"

　　"嗯,我只想您也许有点儿喜欢我,另外——另外觉得我长得漂亮,可我压根儿也不相信您真的——真的——"凯琴哭起来了。人干吗竟会这样惹人心烦,这样较真儿呢?埃勃纳先生见她眼泪汪汪,十分心疼。

　　"我的姑娘,我的姑娘,"他说,"请别这样哭啦。我要说的都

236

说了,不会再说什么叫你难过苦恼啦。把我方才对你说的话认真考虑一下吧。我爱你,凯特丽娜,我相信你不会得到比我更深的爱啦。"

"可我不爱您。"凯特丽娜低泣道。

"我并没指望你立刻爱上我。当然不会这样。我比你大二十岁,我的姑娘,在你眼中严肃而乏味。可我会宠爱你——哦,凯特丽娜,只要答应我,我会好好宠爱你! 你会是我全部家当的女主人。令尊也可以同我们住在一起,有个家安度晚年。我阔得很咧。"

"可我相当——相当穷啊。我连一个克罗兹①的嫁妆也没有。也许您不知道吧。"那双淡蓝眼睛带着疑问的天真表情仰望着埃勃纳先生那副眼镜。他摇摇头,那副呆板的镜片闪闪发亮,但是他回答的时候,镜片后面那对眼睛却充满了柔情。

"这我早就知道,我确实知道;不过,我的姑娘,没有财富,我也一样爱你。"

凯琴尽管浮躁,却也被这位中年求婚人这种宽宏大量和无私的感情所感动。但是,嫁给他! 唉,那可是另外一回事啦! 何况还有弗里茨。不,不行。埃勃纳也并不指望马上得到答复。他会给她一个星期时间来考虑,在这期间也不会用任何方法来打扰她。"不过,"他临走时说,"尽量待我宽厚点,姑娘——尽量待我宽厚点。"

约瑟夫·凯斯特老头儿听到这桩求婚的事倒蛮高兴,还挺自负,得意洋洋。

---

① 克罗兹,十三世纪至十九世纪中叶德国和奥地利通行的一种铜币。

“您难道不觉得吃惊吗,爹?”凯琴问。

“吃惊?一点儿也不。我早就看出老家伙非常喜欢咱俩当中一口子,我当然猜出喜欢的是你。”

但是,他那喜悦的心情火花让女儿的抗议一下子就扑灭了,她斩钉截铁地表示她尽管十分感激卡斯帕·埃勃纳先生,对他的盛意也感到自豪,可是嫁给他却永远办不到。起先约瑟夫只把这当作孩子般天真的傻念头,毫无意义,可是他越跟她争论,越惹得自己生气,凯琴也越发顽固地反对。最后他便采用那种随她去的老办法——至少眼下也只好如此。

那一周已经过了两三天,凯琴还没拿定主意该怎样答复卡斯帕·埃勃纳。约瑟夫老头儿那种不介入策略开始起作用了。她想到了唾手可得的荣华富贵啦,华美的衣服啦,众多的女仆啦,显赫的地位啦,旅游的机会啦,没准儿还能到维也纳去逛逛呢——这些诱惑杂乱无章地堆挤在她的脑海里。此外还有自己对父亲应尽的一份孝心。难道那对她不会有些影响吗?正当她犹豫不决的时候,弗里茨来了一封信。那就是说,一封弗里茨口述而由一位朋友代写的信,因为他本人只达到七扭八歪地签个名字的水平。弗里茨的信!过去她可压根儿也没收到过他的信。

“我亲爱的凯琴——我能给你寄上这封信实在太高兴了。是萨尔斯堡这儿的一位我可以信赖的朋友代我写的,里面的话可全是我说的。我上次见到你,你好像对我有点冷淡;不过这恐怕该怪我不好。说实在的,我当时对黑山鹰旅店老板真有点嫉妒。就是这么回事。我当时一定像个傻瓜,对不对?真好像你会对他有意思似的!不过,人们常说,真正的爱情是跟嫉妒相连在一块儿的。我了解你的品格,我的天使,对你的忠诚坚信不疑。可我只想进一句忠言:别再常到埃勃纳先生家里去啦。人们会风言风语的。要是幸运的话,我会在年初再跟你见面。在这期间,万勿忘我。

永远爱你的

弗里茨·罗森海姆

向令尊大人致以衷心问候。"

凯琴的心潮像海浪那样翻腾不定;这封背时的信一时叫她忽然变得铁石心肠,态度轻蔑而傲慢。"他可对我太有把握了,是不是?要是我们俩在全镇老乡面前订过了婚,他还能说得比这更多吗?何况,说真的,他凭什么不该嫉妒呢?好像我不可能爱上一个比他更强的人似的!居然还忠告我别去黑山鹰旅店!这可太蛮横,太过分啦!我的所作所为用不着他指手划脚。"就这样她的怒火上升到了沸点。她一下子把那封冒犯的信揉成一团,然后就朝湖边奔去;她爹正在那条旧船周围瞎转悠,笨手笨脚地想把它修理好,可是一点也不像个行家。他看上去老迈龙钟,疲惫不堪,干起活儿来甚感力不从心,白费力气。全身衣着褴褛,表面都给磨得露出织纹。那原本宽平的脑门起了许多不体面的、纵横交错的皱纹。下坡路越来越陡峭,走向没落的步伐越来越快。凯琴瞧着他,不由得热泪盈眶;接着她百感交集地跑到他的身前,把两只手搭在他的肩膀上,说道:"爹,您真愿意我嫁给埃勃纳先生吗?那会叫您高兴吗?"

"孩子!你好像是从天上掉下来似的!我正在思索一大堆乱糟糟的麻烦事,想来想去只有一个可以解决的办法啦,可你又坚决不肯那样做,就在这当儿没想到你倒来了,说出多年来我听到的一句最悦耳的话。"

"那确实会叫您高兴吗,爹?"

"高兴!比我想象的要高兴得多,孩子。"

"那我就嫁给他吧。"凯琴低声说。

约瑟夫吻一下姑娘,祝福她,尽管还想跳起来喊几嗓子,却竭力把欢悦的心情克制住了。他心想:"我要是说多了,她又会反驳,彻底变卦啦。"约瑟夫可越来越机警了。

第五章

为了避免对凯琴食言,埃勃纳先生干脆离开高桑镇,好让她在一周之内不受干扰而相当自由地考虑这桩婚事。要是埃勃纳没去外地,想必约瑟夫·凯斯特就会悄悄溜到黑山鹰旅店去把那个好消息暗中告诉他。照目前情况来看,他只好等到周末再说啦。他感到日子过得慢极了,而对凯琴来说,时光却疾速飞逝而去。她几乎整天都坐在那架纺车前发愣,也没假装转一转轮子。那个女仆挺不高兴,抱怨家务活儿都由她一人承担起来了;约瑟夫老头儿叫她住口,并且暗示这家人很快就会交好运啦,丽丝惊讶得张嘴听着。星期六早晨终于到来。今年季节变得早。山雪使寒风凛冽地刮过湖面,在稀疏的树叶间呼啸,每刮一阵就把枝桠剥得越发光秃。早晨阴冷得叫人不舒服,直到响午阳光才露出来,给人点温暖。星期六清晨,凯琴起床时,觉得好像有只手紧压在胸口上。"我得做出决定——我得做出决定!"这句话萦回在她耳际,好像是另一个人在大声念叨,其实是她自己焦急不安的心声。她下楼来做早饭,脸色那么苍白,两眼那么深陷,连迟钝的丽丝都看出有点儿不大对头,便愣头磕脑地问小姐出了什么事,结果只得到一声不耐烦的斥责。凯斯特老头儿也注意到凯琴憔悴的面容,却没吭一声。其实他自己也有点担心。凯琴已经答应嫁给埃勃纳先生,这当然是件好事,可他也不愿意姑娘心里不痛快。

"天真冷,"凯琴说,从饭桌旁退缩到厨房大炉灶旁边,"我冷极了,吃不下东西。"一上午她就坐在那儿,偶尔懒洋洋地织一织手上的毛线活。时光在慢慢消逝。午饭时分,太阳高高挂起,温暖地照射着大地,凯琴仍然说冷得吃不下饭;她尝了几匙汤就披上一件厚斗篷,走出大门。她心想老坐在那儿也不是事儿,一听到脚步声就害怕是埃勃纳来了,门锁一响就以为要见到他的面了,真不能再这样坐下去了。凯琴溜到湖边,那里堆着一垛劈柴,她就像那天在哈尔城湖畔那样坐下来。她想起那天的情景和后来她受到卡斯帕·埃勃纳的多次款待,连带他那高尚品格和诚实而尊贵的名声。她把他的优点一一归纳起来,然后扪心自问——内心在自说自话——她能同意做他的妻子吗? 诸如此类的话,连我都想提醒她最好回答:"不行!"

"他比我好多了——好多了。他真诚、温柔、慷慨。难道我不能嫁给他吗?""不行!"

"跟我这样一个无知无识的小人物相比,他是个有学识的人;此外,他富裕、体贴周到。难道我不能嫁给他吗?""不行!"

"他愿尽半子之劳,提供给我爹一个舒适的家安度晚年。难道我不能嫁给他吗?""不行!"

凯琴惊呆了。她曾经设想除了漠然地说声愿意嫁给那个人之外,别无其他的法子可想。做出这项决定可能很困难,可是一旦定下来,一切问题也就迎刃而解。然而眼下,您瞧,她一想说"我愿意",内心就答道:"我不愿意!"与此同时,弗里茨的形象一直在她脑海里萦回不散。她尽量不去想他,甚至认为自己根本没在想他;可是她一闭上眼睛沉吟一下,他那张脸就会出现,忧郁而爱慕地望着她。她这个"自我"真是一个难以理解和应付的对手。凯琴最后决定干脆放弃这种内心斗争,听其自然算了。正当她做出这个富有哲理的决定时,忽然传来有人踩着湖边鹅卵石的脚步声,卡斯帕·埃勃纳出现在她面前。他张开两臂朝前走来,凯琴惊恐地一跃而起,朝后跳了一大步。

"我把你吓着了吗,凯特丽娜?"埃勃纳有点失望地问。

"没有,只是没想到您这样突然来到。"

"你坐在这儿不冷吗? 湖面上吹来的风有点凉飕飕的。跟我一起散散步好不好?"

凯琴同意他的要求时,两膝直发颤。她神经紧张,忐忑不安,埃勃纳倒没有立刻提起那个重要的话题。这只是为了缓冲一下气氛罢了,凯琴却巴不得他马上大胆说出来,等待更叫人揪心。不过,她无须乎等待很久。

他俩并肩走了几步,埃勃纳便说道:"凯琴,你考虑好我的话了吗?"

"考虑了。"凯琴低声说。

"我遵守了诺言,对不? 我到外地去了一趟,让你相当自在地考虑。"没有答复。

"凯琴,我能不能指望你对我说一句动听的话呢? 这话你很容易说出口,哦,可对我来说却多么宝贵呀!"

"并——并不容易。"凯琴像孩子那样喘着气说。

"说得也是。叫一个年轻姑娘亲口说出来,也许并不容易;可你总会说吧,呃,凯琴? 你会告诉我,你愿意做我的妻子,我的宝贝儿,我的心上人,我家的女主人,是不是?"他用两只手握住她那两只冰凉的小手,俯下他那高大的身躯,好观察她的脸色。这一举动倒使凯琴恢复了劲头。尽管他紧握着她的双手,她还是猛地把手抽出来,捂住自己泪汪汪的眼睛。

"不,不,不,我不能。确实——确实不能。别生我的气,我心里的确非常感激。您很友好,很慷慨,可我不能嫁给您。"她抽抽噎噎地哭起来,仿佛气都快透不过来似的。埃勃纳站在那里瞧着她,百感交集,只能说出一句话。

"为什么?"他从嗓子眼儿里挤出这么一句干巴巴的话。

"因为我——我不能。"凯琴哽咽着说。

这听起来很不近情理,却是大实话。

"你能。只要说一声愿意就行,除非你心里另有一个人。"埃勃纳的喉咙似乎越来越发紧,说起话来都沙哑了。凯琴抓住了这句话,看来这倒提供了一个明确的理由。

"对,是有那么一个人非常爱我——"她说,却又蓦地顿住。埃勃纳皱起眉头,脸色阴沉,严厉地瞧着那哭哭啼啼的姑娘。

"这么一说,你把我骗了。"他终于说道,"我一直相信你。还当你年轻幼稚,可没想到你居然这样无耻。"

"无耻! 噢,天哪,天哪,您怎么竟会说出这种话来,这样看问题?"

"无耻。我再重复一遍。残酷,没良心。你在耍弄我,勾引我,却一直答应做另一个人的妻子。当初你干吗不立刻跟我讲明呢?"

"可我并不是那样。"凯琴反驳道,现在轮到她发火了。他错怪了她,但是这并没有叫她降低火气。"我没有答应做他的妻子。您怎么竟敢说出这种话? 我永远不会要他。我不爱他,也不爱您,我谁也不爱。我真希望压根儿就没出生,我就是这么想的。你们男人全都残酷无情,我恨你,恨你们每个人!"凯琴把斗篷一裹,戴上兜帽,用围裙揾住两只泪痕斑斑、又红又肿的眼睛,哭着跑了。埃勃纳目瞪口呆。这难道就是他那生气勃勃、温柔可爱的凯琴吗? 这个爱发脾气、性情急躁、不近情理的姑娘? 卡斯帕·埃勃纳坠入

了情网,倒是真格的,但是他刚才被她拒绝了;也许这倒会促使他
头脑清醒些。不管怎么说,他先前并没有觉察到凯琴这种倔强和
反复无常以及他所认为的那种欺诈。一个男人诚心诚意追求一个
女人,很难相信对方完全没意识到他的意图。他只能相信凯琴一
开始就理解他的感情,但是现在她却把他甩了,还说另有一个人在
爱她。他的自尊心深深受到伤害。老实说,凯琴如果跟他结合,就
可以从中捞到不少好处,这一点埃勃纳也并非没有意识到。她一
贫如洗,又受一个无能的老爹的拖累,身份也低微;如果她同意嫁
给他,他决计不会用言行让她认识到这一点。眼下这一切都鲜明
地浮现在他的脑海里。他一直愿意放弃自己这种自由自在的独身
生活,以抬高这个无知无识的乡下姑娘的身份地位,让她做他家的
女主人,不仅愿意,而且渴望做到;可是现在她这种不近情理的举
动使他十分震惊,他心想自己原来的打算真是一种莫大的牺牲。
于是,他慢腾腾地走回家去,怨恨的怒火使他感到阵阵失恋的灼
痛。但是,唉!愤怒很快就会消失,那颗受伤的心灵却依然针扎般
刺痛。

第六章

凯琴向约瑟夫·凯斯特坦白了自己跟埃勃纳会面的结果,老头儿那种既惊讶又愤慨的神情简直叫人没法形容。他又嚷嚷又骂街——这种偶尔控制不住的勃然大怒,时不时破坏了他那种淡漠平静的性格。后来,他怒气渐渐消失,就试着哄哄他那任性的姑娘。她既然变卦一次,也许还会再度变卦。可是这种做法却一点儿也不起作用。

"他对我说的话太刺耳了。"凯琴说,用一种受了委屈的神情来回避。

"刺耳?难怪会这样!"

"他说得太难听了,说我残酷,没良心,无耻。要是我能够下决心嫁给他,他今天想必就不会有这种看法了。"

凯琴既然在他没说那些刺耳话之前,就发觉不得不拒绝他的求婚,那么眼下她说的这番话便不够坦率了。我很抱歉不得不照直记述下来,可我这是在试图把她的真实面貌描绘出来。此外,她这样盲目地任性,其实认为自己是受人虐待了,十分委屈。她爹陷入了这个圈套,便放弃攻击的态度而采取守势,还为埃勃纳开脱,说两句好话。

"怎么,这也够合情合理嘛。你难道认为那人不是血肉做的?发火!要是有个姑娘先勾引我,然后又这样对待我——"

"我没勾引他,爹。在他没开口向我求婚之前,我压根儿也没料到他想娶我。怎么，难道您有那种看法吗？"

"我跟你说过我早就看出来了。我当然早有看法。叫我纳闷儿的是你居然这样懵懵懂懂。你的反应一向挺灵敏啊。这且不提，问题在于你跟我说过愿意嫁给他。是你自愿告诉我的，可是现在又无缘无故地说'不行'。原因都出在那个隐藏在背后的家伙弗里茨·罗森海姆身上，这我心里明白得很。"

接着他就发起牢骚，嘟嘟囔囔地指责弗里茨；凯琴沉着脸子坐在炉灶旁边，并不理会她爹说的话，而在郁闷地想心事。

第二天是礼拜天，父女俩谁也没去哈尔城的教堂。埃勃纳的船夫把船划到金绵羊客店附近的停泊处，他俩婉言谢绝搭乘了。船主虽然没在船上，可还是吩咐仆人去接凯斯特父女俩。金绵羊客店里里外外都显得十分凄凉。那块肮脏的四足动物招牌，在阵阵秋风下，吱吱嘎嘎地哀鸣。荒凉的大道上扬起令人窒息的尘土，湖面一片青灰色，水在岸边单调地泼溅。天色从黎明起就显得阴阴沉沉，傍晚依然如故，只在西边天际出现一道红霞。约瑟夫坐在厨房里点燃烟斗，一个劲儿喷烟吐雾，后来屋子里黑了，除去从炉灶裂缝钻出来几道火光之外，只剩下他那烟斗还冒出燃着的烟叶一星半点的亮光。凯琴清早取出一本赞美诗集，在厨房里呆板地捧着阅读，一直读到天黑；这当儿，她坐在那儿发愣地瞧着她爹那个透出点儿亮光的烟斗，胡思乱想起来。真是心驰神往，思绪联翩起伏，不着边际，可是在这阵遐想中，那种令人痛苦不安的感觉就像一首乐曲中的持续低音那样潜伏在心头。

"喂！你们都睡觉了吗？怎么一点亮都没有啊？难道不欢迎一位冻坏了的旅客吗？"

这种欢快的嗓音穿越那间屋子，犹如一枚爆炸开来的炸弹，叫屋里的人大吃一惊。凯琴本来就神经衰弱，像一只受惊的小耗子那样尖叫一声。约瑟夫老头儿猛地站起来，差点儿碰翻椅子。

"谁啊？"他问道，其实那嗓音他很熟悉。

"除了我，还会是谁，老板先生？在下弗里茨·罗森海姆听候您的吩咐。我来把灯点上，好不好？哪儿能找到一盏手提灯啊？我得把我那匹马安顿在马厩里。它浑身是汗。湖边吹过来的风冷得真像镰刀那样割人。"

还没等到允许，弗里茨就把餐具柜上放着的那盏老式大油灯点着了，接着又四处寻找提灯，像是一个很熟悉这个家的人那样忙碌。

"把马安顿在马厩里！"约瑟夫应声道，头脑清醒了点，"嗯，你可以把它拴在马厩里，别的也就没有了，因为你甭想找到一点饲料喂它。如今金绵羊客店对客人也好，对牲口也好，可没什么招待呐。"

"您甭操心，凯斯特先生。我已经从阿尔特诺镇给那匹花斑马带来了晚餐。我早就料到这一点了。哦，那盏角质的旧提灯敢情在这儿呐，还有一小段蜡烛头儿。"老实巴交的弗里茨又奔出去照料他的马。

"那你打算在这儿过夜吗？"凯斯特问道，一直惊奇地观望着这一连串动作。弗里茨正忙着给花斑马卸下套具，没听见那句话。

"对，这样可以叫牲口凉快些，"约瑟夫说，绷着脸转向他的女儿，"他想必要在这儿过夜。那他这次没带什么旅客来。他来小店，其实并不讨好。罗森海姆先生要是护送哪位外国阔佬来到本地，今天晚上想必就会去黑山鹰旅店，而不会光临金绵羊客店啦。"

"那当然啦！"凯琴挖苦道。在察觉别人不公正合理这一方面，谁也没有她敏捷。"咱们拿什么招待那些有钱的旅客呢？您不是刚跟他说过连喂他那匹马的一口干草都没有吗？他真要是把一车旅客都带到这儿来，那该怎么办？"

"住嘴，冒失鬼。你大概原本就知道他要来这儿吧，你们俩早就串通好了。"

"爹，您说这话恐怕连您自个儿也不会信吧。"她答道。不过，这种指责并没惹她生气。在这件事情上，她被人大大错怪了，倒也感到坦然自若。凯琴并不在乎自己受到某种程度的冤屈，但是每逢挨到一顿应得的训斥，却往往像惯坏了的孩子那样抱怨一通。这当儿，弗里茨的喊声从马厩那边传来，由于风大而让人听不大清楚。

"啥事啊？"凯斯特站在门口，冻得直打哆嗦，窥视着暗处，问道。

"您这间马车房从来也没有个锁吗？"弗里茨大声喊道。

"锁！老天爷！没有；没有什么值钱的玩艺儿可锁，要锁干什么。"

"哎呀，可我赶巧有些东西要锁起来。您瞧！"他在对屋门槛那儿举起那盏闪烁的提灯，好照亮那辆满载箱笼的轻便马车。

"你是怎样把这辆马车弄进去的？"凯斯特问。

"容易得很嘛，我没把这匹花斑马身上的套具卸下来之前，先让它倒退进去。这扇门够宽的。可我不能把东西就这样通宵留在这里。总得放在安全的地方才好。"

"嘻，"约瑟夫嘲笑道，"它们真是那么贵重吗？"

"当然是啊，"弗里茨答道，"凡是别人托管的东西都是贵重的。人家现在把这些东西托付给我照管呐。您要是没法把这扇门锁上，我就只好通宵待在这儿看守啦。"

凯斯特的态度开始缓和下来。他抽冷子发一阵子脾气，往往给他带来不少麻烦,不过一向持续不久。这当儿,他原本就喜欢弗里茨的心情又冒头了,小伙子直爽的态度也招人喜爱,于是他让步了。

"不,不,咱们总会想个更好的法子,"他说,"你要是那样待一夜,明天清早准保冻死。都是些什么玩艺儿啊?沉得卸不下来吗?"

"一点儿也不沉;不过把它们卸下来,明天早上再装上去捆好可够费事的,我真不想重新折腾一遍。可是,"他瞥一眼约瑟夫老头儿那种无能为力的神情,又补充道,"整宵站在这儿瞎唠叨也一点用都没有,是不是?好咧!一不做二不休,多干点活,少干点活,也害不死我。劳您驾,给我举着这盏灯,我就请您帮这点儿忙。"

于是,弗里茨铆足劲儿干起来,把绳索扣结解开,没多会儿就把那些行李统统卸了下来。

"瞧!卸下来总比装上去容易得多,"他笑着说,"人世间能叫人这样夸口的事并不多。"那些行李包括两只挺沉的箱子和一个小方皮匣子。靠店老板的帮助,弗里茨把它们都拖进庭院,堆放在厨房一个旮旯儿里,然后他就在一间后室里马马虎虎洗一下,又回到厨房里,坐下来等候吃那顿为他准备的晚餐,什么饭菜都行。从约瑟夫老头儿呼穷叫苦那个角度来看,端上来的饭菜要比预料的好得多;弗里茨·罗森海姆一边吃,一边讲他为什么在这年终时分驾一辆单马马车走这趟山路,车上也没搭旅客。原来那对外国夫妇,就是劳里叶导游上次陪同坐弗里茨那辆马车的老爷和太太,抵达萨尔斯堡之后遇见了几位同胞,把一路上见到的山川湖景对他们着实渲染描绘了一番。其中几位太太听后十分着迷,于是他们决定由原路也去伊什尔游览一趟。

"他们的行李太多,一辆四轮马车带不了,"弗里茨说,"需要雇另外一辆运货马车托运一部分。他们在萨尔斯堡没住在金十字大旅馆,否则的话,我敢说我准能揽到这趟买卖,亲自送他们去伊什尔;不过我认识那家旅馆雇用的马夫,他叫汉斯·科克,是个很好的人。那天晚上,他来找我,说我如果愿意,查尔斯大公爵旅店的老板就雇用我把那几位外国旅客的重行李运到伊什尔的旅馆去。我当然说'行'。我决不放过任何一次买卖生意,尤其这是今年最后一批游客了,一直要等到明年夏季才会再有人来。沿途的路真是越来越难走。我都认为自己没法儿赶车翻越那最后一座山到达阿尔特诺了,行李也甭提多重了。可我居然平安无事来到了这儿,顶困难的情况已经度过。您看,我还真有点儿提心吊胆,因为他们特别关照我那个皮匣子里装着挺贵重的东西呐,当然——"

他突然顿住,抬头张望一下,碰巧发现丽丝那双暗淡的眼睛正一眨也不眨地盯视着他的脸呐。她发愣地听他说话,可她那呆板的脸上明明现出挺感兴趣的样儿。

"晚上好,丽丝,"弗里茨说,"我刚才没看见你。"

"是啊,我刚进来。我方才跟亨利希·阿姆赛的妈妈在锯木厂待着呐。您在说话,所以没听见我进来。我不知道您在说什么。"

这末一句话说得很不高明,典型的狡猾。罗森海姆笑了。

"这么一说,"他说,"自从上次见到你之后,你的耳朵想必是背了,丽丝。不过,我也没在谈什么了不起的秘密。"

但是,他也没再谈下去;没多会儿,晚饭吃完了,两个女人就把盆碟洗刷干净放好。丽丝说她累了,便去睡觉,那双大脚穿着笨重的鞋把旧楼梯踩得嘎嘎响。

"我认为我们这位丽丝真是个大傻瓜。"约瑟夫老头儿叼着烟斗说。

弗里茨带着感到有趣儿的笑容,抬头瞧了瞧,一边把雪茄烟灰磕在炉灶上,一边答道:"嗯,我也不认为她是天底下最聪明的女人。"

"对,可她在一件事情上却是个大傻瓜。她总爱到锯木厂去跟阿姆赛一家人瞎混。他们都不是好东西,母子俩都是坏包。亨利希是个伐木工,可是六天里倒有四天不去森林里干活儿。他到处逛荡,像条狐狸那样偷偷摸摸地乱转悠;丽丝一有空就去找他。"

"可我认为她跟他订过婚了。"弗里茨说。

"我不是说她是个大傻瓜吗?"老头儿回嘴道。

随后他叫凯琴去睡觉,又把他那个系着绿绳子还冒着烟的烟斗挂在一枚钉子上,这是他准备去休息的一个准确无误的信号。凯琴拿起那盏灯芯浮在灯油上的小铜灯,道了晚安,就轻快地登上楼梯,爱情的烦恼还没叫她的步子失去弹性。

"她的脚步多么轻盈啊!"弗里茨一边听着,一边赞叹。

约瑟夫却在嘟嘟哝哝。他绝口不谈自己的女儿,对弗里茨也从来不谈论她。其实他心里明白一旦提起这个话题,小伙子就会公开透露他的爱情,让他同意向他的女儿求婚。就凯斯特老头儿来说,他应该跟弗里茨·罗森海姆开诚布公地谈谈,如果办不到这点,至少也该让他的姑娘少跟这个小伙子亲近,这无疑才是正确的办法。然而,要做到这一点谈何容易;约瑟夫·凯斯特遇到难题,精神上的也好,物质上的也好,道义上的也好,从来也没有自愿想办法去解决。所以,他只有像前文所述那样嘟嘟哝哝,尽快灭灯去睡觉。弗里茨拾起那个小皮匣子,把它拿进另一间为他准备的卧室。

"那些大箱子不容易在夜间溜走,"他说,"可我还是觉得把这个小匣子放在我的床铺旁边保险点。"

"嘻,"凯斯特说,"你怎么竟会有这种怪想法? 难道你听说过这一带有什么东西会像你所说的那样自动溜走吗?"

"没听说过,可还是有必要留点神,以防万一。这些东西要是我自己的,就不怕把它们留在牲口棚里了。晚安。"

"明天一大早就要动身吗?"

"尽可能早一点。如今天短。"

"晚安,孩子。"

于是,两人便各自去休息。

第七章

次日清晨,天空阴霾多云,看来快要下雪了。凯琴几乎是摸着黑儿穿上衣服,摸索着下楼来到厨房。炉火灭了,早餐也没准备。"这个又懒又笨的丽丝,"凯琴心里想,"这个钟点还没起床!我得马上叫她起来干活儿。"她正在这样想,忽然发现房门没有上栓,半开着呐。"怎么,她已经出门了!"姑娘惊讶地说。"能上哪儿去了呢?"她朝门口走去,那扇门却从外面给推开了,丽丝走进来,后面跟着弗里茨。"这么早你上哪儿去了?"凯琴摆出她常犯的专横态度,问道。

"没看见吗? 去拿柴火,剩下的柴火不够填满炉灶了。"

丽丝绷着脸说,把一大堆柴火砰的一声掼在石板地上。她气喘吁吁,两只鞋沾满尘土。

"你跑得气都喘不过来了,怪事,"凯琴惊奇地瞧着她说,"往常你干活儿可没有这样勤快。今天早晨你心情这样好,忙着干活儿,倒也难得。赶快做早饭吧。"

弗里茨正忙着拾掇他的马鞭,趁他觉得凯琴没注意他的时候,偷觑她几眼。"今天我也起得很早。"他走过去说,这当儿丽丝已经点着炉火,准备做早饭,弄得碗碟在水槽里叮当响。"我去看了看那匹花斑马,它没事儿。"

"哦!"凯琴无精打采地说,"它当然没事儿。"

凯琴正专心往几个杯子里倒咖啡,好分得匀一点。弗里茨走到她身边,她觉出他的胳膊搂住了她的腰。"能跟你说句知心话吗?"他可怜巴巴地央求道。

"你怎么竟敢这样放肆?"凯琴说,转身用一种想必会使一位公爵夫人增辉的高傲目光盯视着他。

弗里茨连忙放下胳膊,仿佛凯琴的细腰挺烫手似的。"竟敢!"他说,黝黑的脸蛋儿涨红了,"我可并没有想冒犯你的意思,凯特丽娜小姐,看来咱俩好像根本不可能再相处似的。每逢我一离开你,心里唯一渴望的就是跟你尽快再见面;可是等到咱俩真的见了面,不知怎的,局面却又变得挺僵。这真叫人难受。"

凯琴怪弗里茨竟敢这样胆大妄为地搂住她的腰,其实并没有让人十分认真理会这句话的意思,不过是卖卖俏罢了。她觉得自己是因为弗里茨的缘故才拒绝了埃勃纳先生的求婚,因而一直认为自己做出这种重大牺牲十分崇高。她自信全是为了他才放弃财富地位,心想待会儿让他自己发现这种高尚行为而目瞪口呆。眼下嘛,先严厉地对待他,让他受些委屈。弗里茨一向认真得叫人恼火;尽管他不可能知道凯琴已经拒绝了埃勃纳的求婚,她却任性地冲他发火,倒好像他完全知道了那件事似的。

"真格的!"她冷冰冰地说,"要是按你所说的那样,咱俩相会显得挺僵,那倒不如不见面的好。"

"噢,别这样说,凯琴! 为什么竟会出现这种僵局? 事情原本不会如此,只要你——"

"哦,谢谢你的提醒。这当然是我的过错了。很抱歉,我在你眼里那么不顺眼,可我真不知道还有什么别的法子可想。"

"在我眼里不顺眼! 你知道这纯粹是胡说,凯琴。我跟你说过我多么爱你,而且经常在这样说,要是这些话起作用的话,足可以叫你相信我的真心实意;可我认为——我确实认为这不应该只是一厢情愿。你要是关心我,我就可以这样说,凯特丽娜。"

"一厢情愿!老天爷!你这个人真是忘恩负义,麻木不仁!我为你做出了那么大的牺牲,相比之下,你究竟为我受了什么罪?我可真是个大傻瓜!"

"你为我做出了牺牲,凯琴?我知道自己在许多方面都没法儿跟你相比,可我也明白一颗真诚的心对任何一个知道怎样珍惜它的女人来说都是非常宝贵的。"

"你以为世界上只有你那颗心是真诚的吗?我可以告诉你,谦虚的先生,我如果不是傻瓜,更多考虑考虑你的人品,也许就会有一颗跟你一样真诚的心啦。"

"你这是什么意思,凯特丽娜?你现在得跟我说说。"弗里茨的嗓音颤颤悠悠,黝黑的腮帮子苍白无色,内心竭力保持自我控制,"你是不是在想黑山鹰旅店那个老家伙?你信他会要你吗?"

"信!这我心里完全有数。他央求我嫁给他。我原本可以阔起来——成为一位贵夫人——爹也可以安心养老,可我一口回绝了。"

"那你干吗要回绝呢?"罗森海姆咬紧牙关,胸脯起伏,问道。

"干吗要回绝?"凯琴发火了。难道他就这样冷淡地对待她所宣布的高贵行动吗?可她却没想到自己一直在激怒刺痛她的情人呐。

"我回绝是因为我荒唐得以为那样做会叫你高兴呢,可我现在发现自己多么愚蠢呵!"

一时出现了沉默。两个年轻人面对面站着,她激动得满面通红,他呢,脸色苍白,态度严峻,内心深受伤害。最后他开口说道:

"好了,凯琴,我过去做了你的绊脚石,碍了你的事,真的十分抱歉。我对你一片痴情，实在说不出希望你嫁给另一个男人这种话。也许我应该说，可我实在办不到。只是你竟让我这样一个既没金钱又没地产的穷光蛋拖累了，我感到十分难过。你既然——既然对过去的事感到后悔，那我从现在起就永远还你自由。你再也不会有弗里茨·罗森海姆这个人遮住你的阳光，阻挡你的锦绣前程啦。"凯琴这当儿站在那扇面朝湖泊的窗户前，别过脸去不看她的情人。"当然你要是关心我——只要稍微关心一点儿。"弗里茨接着说，"事情就会大不一样啦；可你不想那么干，这我看得出来。"稍顿。"你并不关心我。"可怜的小伙子又接着说，神情那么忧郁，凯琴要是见到了，肯定会收敛她那种固执的任性，可她没看见。她一直面冲湖面，一声没吭。过了一会儿，想要答话却已经来不及了，因为凯斯特老头儿匆匆走下楼来了，桌上已经摆好早餐。

这顿早餐几乎是在一片沉默中吃的。往常弗里茨一向兴高采烈，话也挺多，眼下他那种欢快的心情却消失殆尽；凯斯特也很沉闷，自顾自吃饭。临了弗里茨站起来，出其不意地长叹一声，脸色变得十分难看。

"我得去装行李啦，"他说，"丽丝，你能不能帮我抬一下箱子？"

在帮着干活儿这方面，丽丝跟凯斯特大不一样。她力气大，能像弗里茨那样轻松地抬起大箱子一头，把几件行李很快就装上了车。接下来是捆绑结扣。弗里茨干这种活儿虽是个行家，也得花点时间才能完成，因为他办事小心谨慎。先装好大箱子，然后再把那小方匣子牢固地捆在上面。随后，弗里茨又进屋去清账，他在厨房里东张西望，很想知道凯琴会不会跟他说句话，哪怕瞧他一眼，来抚慰他的哀愁。没有，她没有出现。只有凯斯特老头儿一人在，情绪也很低落。弗里茨从马厩里牵出花斑马，套上马具，发现丽丝还在马车周围忙着再把绳索和皮带扎紧。

"行了——行了,丽丝,"他说,"够安全了。我敢保证我打的每个扣结都挺紧。"然后他便登上车座,扔给她一点小费。"再见,凯斯特先生!"他喊了一嗓子,老头儿连忙来到门口。

"哦,很快就会回来吧,弗里茨·罗森海姆。"

"不,大概不会。我也许要从伊什尔出发,路过特洛恩希到格慕恩顿去,然后——谁晓得?——没准儿还要去一趟维也纳。您大概不会很快再见到我。"

"那你一路上多加小心。我希望天黑之前不会下雪。你运的行李挺沉啊。"

"是啊,"弗里茨一边说,一边轻快地驱车驶出院子,"是啊,您说得对,的确沉得很。倒不是那些行李沉重,而是我如今才体会人们所说的心情沉重那种滋味了。我觉得心头沉重得几乎叫我怀疑我这匹马还拉不拉得动啦。"

第八章

金绵羊客店里,一个多星期令人烦闷不快的日子过去了。凯斯特预言天要下雪,果然灵验了。从弗里茨离开那天,夜里雪就下个不停。小店里的气氛好像比户外更加阴郁,气温更加寒冷。约瑟夫怪女儿还沉湎于她跟罗森海姆那桩"异想天开的事儿"中。他怀疑那天清晨他俩在一块儿就是在谈情说爱。凯琴却对他说他俩从今以后形同陌路人,弗里茨明明并不真正爱她,她也一点儿不关心他,因此两人最好还是分道扬镳,忘掉他俩之间可能产生过的一段荒谬的恋情;这倒叫约瑟夫大为诧异。凯琴带着惯坏了的孩子那种傲慢的神情,轻率地笑着说了这番话,不过看得出来那是强颜欢笑,硬装出来的。约瑟夫惊讶得直发愣。自从凯琴上次回绝了埃勃纳的求婚,他心里就一直暗中确信最终还是不得不接受弗里茨做女婿;尽管他嘟嘟囔囔地抱怨,他那种随和的性格却叫他习惯这种想法了。他喜欢弗里茨。他也对凯琴仁至义尽了。要是她爱耍性子,他又何必为这事自寻烦恼呢?可他现在听到的话却叫他困惑不解。

"天哪!"他说,"这话可太奇怪了。我还当你回绝埃勃纳,主要就是因为那个小伙子的缘故呢。"

"本来就是嘛。"凯琴连忙说道。

"本来就是?那你承认了;你为了这位情人放弃了一个姑娘最好的前程,可你现在把他也甩了!这真是疯了。我只能说这简直是疯了。我百年之后,愿上帝保佑你,我的姑娘;因为我绝对相信你不会再有这样的好机会啦。"

这就是凯琴从她爹口中得到的安慰。但是,她内心的话却叫她更加难受,而且每天时时刻刻都不得不听。在那些天色灰蒙蒙的早晨,她一边干活儿,弄得纺车轮子呼呼响或者织针嗒嗒响,一边又不得不倾听内心刺耳的实话,不得不带着自责的痛苦心情后悔自己所犯的错误。现在看来弗里茨永远消失了。她明白自己爱他;他也爱她,而且爱得那么深,大大超过了她配得到的份儿。这个可怜的、任性而惯坏了的姑娘,也许需要有点这样的离愁让她幡然醒悟,认清事实。她虽然喜好虚荣卖俏,有点浮躁,却还是有着我前文所述的那样一颗重感情的心灵,她现在的确难过极了。但是,她又不愿意把这种苦恼讲出来,排遣自己的哀愁。那点残存的傲气不让她向爹吐露真情,因为她相信弗里茨肯定对她的任性厌烦了;她这样不讲道理地残酷对待他,他的爱情想必荡然无存了。

"他当然迟早会把我忘掉,"她心里想,"他会爱上另一个知道怎样看重他的姑娘。我现在明白该怎样看重他了,我也爱他,只是太迟了,太迟了。"

不应该认为埃勃纳在那次湖畔交谈受到挫折之后就完全放弃赢回凯琴那颗心的希望。他的怒火消失了,爱情却存留下来。弗里茨离开两天之后,埃勃纳又来到金绵羊客店,见到凯琴一人在家。她干了一天活儿,面色苍白,疲惫不堪;这当儿,在冬季傍晚微弱的光线下,她正坐在炉灶旁编织一双粗毛线袜子,大颗大颗热泪时不时滴落在上面。埃勃纳在这暗淡的光线下看不清她的脸容,可她在迎接时却暴露了她的情绪不佳,有些反常。

"不舒服吗,凯特丽娜小姐?"埃勃纳关切地问道。

"哦,没有,挺好的,只是有点儿累。"

于是卡斯帕·埃勃纳又重新提起向她求婚那件事,责备自己前次的行动太粗鲁太莽撞了,请她宽恕。凯琴这时答复得相当坦率,内心的痛苦也使她对埃勃纳的忧伤表示同情。

"哦,埃勃纳先生,您待我实在太好了,我真不配。可是我希望您相信我上一次决没有一点儿欺骗您的意思。"

"这我相信,凯琴。可你现在能不能再考虑考虑,说出那句让我十分幸福的话呢。"

这一点凯琴却办不到,但是她现在拒绝起来却比前一次更加困难了。埃勃纳恳求她,并不要求马上赢得像他所奉献的那样的爱,而只希望得到友情和信任。他可以等待。于是凯琴下定了决心。

"埃勃纳先生,"她尽管苍白的脸蛋儿从眉毛到下巴颏儿都羞得通红,却坚定地说,"我不能爱您。我全心全意爱上了另一个人。"

"凯琴,"他沉吟一下,说道,"你前次只对我说有人在爱你,并没说你自个儿也在热恋。我可不可以认为你上次说的是假话呢?"

"我当时自己也没闹清楚。"姑娘只答了这么一句。两人又接着谈了些别的话,埃勃纳似乎失去了一开始紧紧掌握的那种希望。凯琴的感情那么真诚,那么炽烈,不可能是假装的。他看出不管她过去或许多么轻率,眼下她却是认真的。说来也怪,他从来也没猜想过谁会是她的情人。其实黑山鹰旅店里哪一个仆人都可能告诉他,但是卡斯帕·埃勃纳不是那种爱跟仆人谈论这类事的人。因此,那天晚上他跟凯琴告别后,不肯相信自己求婚的事已经全成泡影,只不过闹不清那位情敌是谁罢了。说到底,这又有什么关系?如果凯琴决定不爱他了,别的事又去管它做甚?然而,在那个周末之前,突然传来一件新闻惊动了整个高桑镇,连卡斯帕·埃勃纳都觉得自己并没有因为把感情寄托错了而失去了对日常事物的兴趣。弗里茨·罗森海姆托人给约瑟夫·凯斯特捎来一个口信,说他遭到了极大的不幸,那个皮匣子不慎遗失了,也许是让人偷走了。搜寻的工作正在沿途一带抓紧进行。这真是一件前所未闻、极不寻常的事,全镇乡民大为震惊。大家都认识弗里茨·罗森海姆,而且喜欢他;消息像野火一般散播开来。那个捎口信给凯斯特的乡巴佬,一名粗鲁的马车夫,全天都被奉为上宾,被人询问。来金绵羊客店喝啤酒的人骤然增加,供应的酒量大大超过前几年合起来的数量;凯斯特老头儿尽管同情弗里茨的遭遇,却对自己的忙碌和地位的重要满心喜悦。

"怎么回事,汉斯?"一位邻居问,他是那天早晨提出这个问题的第二十位了。

"没人知道。要是知道详情,他们就不必这样大伤脑筋了。"汉斯简洁地答道。

"可我的意思是说,这件事他认为是怎么发生的?这一带压根儿也没出现过小偷啊,什么东西丢掉,事后都准保会物归原主的。"

"哦,真会这样吗?"汉斯说,"那就没事儿。"

就这样费挺大的劲儿才能一点一点地从汉斯嘴里挤出实情——既然虚荣并不痛苦,好奇也就不嫌麻烦——汉斯是这样说的:弗里茨·罗森海姆离开高桑镇那天,夜里才到达伊什尔。雪下了好几个钟头,人马都给冻僵了,十分疲劳。弗里茨驱车进入那家客店大院,一下车就把马车交给一个友好的看马人照料。没多会儿,他酒足饭饱,身子暖和过来,便去马厩看看他那匹马,然后又到门房旁边那间大屋子里去瞧一瞧,行李都存放在那里呐。可是只见到两个箱子,那个皮匣子却不翼而飞;想一想他当时那副吃惊的样子吧。经过查问,从那些仆人口中得到的都是同一说法,那就是弗里茨来到时,马车上只有两只黑箱子。仆役、看门人和看马人在这方面的证词完全一致。

"说真的,"那个扶弗里茨下车、后来又卸下马具的仆役说,"我的确发现车顶上那根绳子松了,而且似乎长了点,不过箱子倒是让皮带捆得挺牢靠,所以我当是没出啥事儿。"

可怜的罗森海姆急得失魂落魄。那些行李的主人还没抵达伊什尔,可是早晚就会来到,他如何向他们交代呢?如何面对萨尔斯堡那位信任他的查尔斯大公爵旅店老板呢?伊什尔那家客店里的人都尽量安慰他。那个匣子很可能是在中途掉下来,没有一点声,落在软绵绵的雪地里了。要是这样的话,很快就会找到。那一带人大都相当诚实。应该四处去查询。可是一直到汉斯来到高桑镇那当儿,还没有得到一点关于那个丢失的匣子的消息。卡斯帕·埃勃纳闻听后也来到金绵羊客店,跟别人一齐站在那儿听汉斯讲述。议论啦,建议啦,叹息啦,汇成一片。突然丽丝嘟哝道:

"那个匣子到哪儿去了,也许只有弗里茨本人比谁都更清楚。他先前在这儿,倒是挺注意保管它的。"

"不管是谁在这样说,诌的都是谎言,"埃勃纳环视四周,很快插嘴道,"弗里茨·罗森海姆这个人,我从他小时候起就认识他,言行都很正派,可以说是全高桑镇最诚实的人。我真纳闷儿现在竟会有人在他遇到麻烦时落井下石。"

要是他知道凯琴这当儿几乎爱上了他就好了! 丽丝怒目瞪视,回嘴时像是向他射去一支毒箭。

"哦,我明白了,我不该在这儿说他一句坏话,"她说,"我忘了他是凯琴的情人儿。"

埃勃纳这才头一次闹清楚他的情敌是谁。不过,他几乎当即给予坚定的答复。

"有我在为他辩解,不管在这里,还是在别处,都不许别人恶意中伤他。我多年来一直雇用弗里茨·罗森海姆,对他完全了解;我再说一遍,他一言一行都很正派。"

凯琴当众泪汪汪地朝他走去,拿起他的手亲吻一下。在那个国家,这是地位低微的人通常向身份高贵的人所表示的敬意。"您是个好人。"她抽抽噎噎地说。这一小小的场面顿时使那间挤满人群的厨房里安静下来。大家都瞧着凯琴,可她好像并没留意他们。这当儿,她根本没想到自己。没多会儿,街坊邻居就散了。倒不是因为他们已经满足了好奇心,而是因为大伙儿招待汉斯喝酒,想让他再多说点,可是看来他喝多了,话越来越简短,说不出什么新鲜事儿了。此外,他们现在又有了闲聊的新材料,可又不能在那里说长道短。对高桑镇那些爱传播丑闻的人来说,这可是一个令人难忘的日子。

第九章

厨房里除了凯斯特父女、汉斯和埃勃纳之外，别人终于都走了。

"哎呀，埃勃纳先生，他们会怎样对待他呢?"凯琴用恳求的声调问。

"唉，凯琴呐，凯琴，"他忧郁地笑笑，摇摇头说，"我应该关心他们怎样对待他吗?"

凯琴脸红了，可还是殷切地答道:"不过您确实关心，埃勃纳先生，因为您心地善良，真诚，不能容忍任何人受到不公正的猜疑。他们会把他怎么样呢?"

"我真不知道他该负多大责任，可我认为失主会估计一下损失，那他就不得不赔偿啦。"

"噢，天晓得要值多少盾^①呵！那些外国人阔得很！他可怎么办? 怎么办呢?"

"哦，凯琴，至于那匣子里的东西价值多少，我倒可以告诉你点好消息;说真的，我今天夜里来到金绵羊客店，就是有点事要告诉你们，可我不愿意当着那帮游手好闲、爱嚼舌的人的面说，他们来这儿个个都张着大嘴等着听流言蜚语。从伊什尔来了一个人住在我的店里，专程为这件事来的，他是那个匣子的主人的导游，正跟他们一齐去维也纳。一个瑞士人，名叫——"

"别是劳里叶吧。"凯斯特插嘴道。

"正是他，劳里叶。"埃勃纳答道。

"哦,我认识他!是我的一个朋友。"凯斯特说。

"是吗?他好像也是罗森海姆的朋友。他说那个可怜的家伙难过极了,发誓说东西如果找不到,宁愿变卖自己的全部家当来偿还这一切损失,也不愿意在大家猜疑的阴影下苟且偷生。不管怎么说,劳里叶完全相信弗里茨为人诚实。"

"对,对,对;他当然会的。他跟罗森海姆在这儿消磨过一个夜晚,就在这间厨房里。"约瑟夫带着点洋洋自得的神情说,但是避而不谈是弗里茨把那位导游带到金绵羊客店来的。

"可是,埃勃纳先生,"凯琴怯生生地说,"请您赶快说说什么好消息吧。"

"要知道,凯琴,好消息就是那个方匣子原来只是一个梳妆盒,只装着一些不大值钱的零碎首饰,还有一些钱——法国金币。那位夫人在最后一刹那因为不放心就把其他贵重的珠宝首饰都拿出来了。"

埃勃纳接着说劳里叶陪同那些旅客到达萨尔斯堡之后便离开了他们,后来那对失去匣子的夫妇又雇用他陪同去维也纳。是他自己提出要求,要到高桑镇来一天做些调查。

"我猜想,"埃勃纳说,"他准是掌握了一些线索,说不定能把东西找回来。不过他是个机灵鬼,嘴挺严;咱们在这件事情上也该学他的榜样。"

卡斯帕·埃勃纳挺了解金绵羊客店老板的脾性,知道不管什么

---

① 盾,荷兰货币单位。

事只有尽可能让他不明真相才能叫他默不作声。要不然埃勃纳还可能多传点消息给他们。凯琴一直默默坐在那里注意听。埃勃纳忽然瞧了瞧他那块个儿挺大的怀表，说该走了；她倏地站起来，着急地问："要是找不到那个匣子，他得赔多少钱呢？"

"啧啧啧，"她爹生气地说，因为埃勃纳那种保留的口吻惹得他有点发火，"女人的好奇心永远得不到满足。你当我们会把详细情况都告诉你，好让你明天跑遍高桑镇，像碾磨机那样叽叽喳喳地四处传播吗？凡是你该知道的，到时候你就会知道，我的姑娘。"

换了另外一种情况，这番话准会招来一阵尖刻的反驳，可能还会惹她发一通脾气，表现得很不孝顺，令人不愉快；可是眼下凯琴只把那双又蓝又大的眼睛转向埃勃纳，带着渴望而疑惑的神情注视着他，没有顶一句嘴。

"我认为我们信得过凯琴小姐，应该回答她提的问题，"埃勃纳沉稳地说，"可是，就我来说，实在办不到。我不清楚那个梳妆盒里的东西到底值多少钱。"

然后他就告辞了，伤感地确信凯琴非常爱弗里茨·罗森海姆而永远不会爱他本人了。可是他一想到方才她不但吻他的手，还称赞他心地善良，又不禁感到一阵喜悦，心想自己的形象在凯琴眼中如此高大，这在过去可从来还没有过呢。

"我没法儿在那方面取胜，可是在这方面却把她征服了，"他心里在想，"不管怎么说，她今后不会再笑话我啦。"卡斯帕·埃勃纳以往可压根儿没承认过他对凯琴的一片痴情会在姑娘眼里显得荒唐可笑，只要他还抱着一线希望就不会糟成那样。但是现在他承认凯琴曾经笑话过他了，因此我猜想他想必早就明白自己成了笑柄。

至于凯琴,她回到自己的小屋就把斗篷裹紧,坐在床的一头冥思苦想。她一动也不动地坐了一个多小时光景,灯盏里的油都快耗尽了,灯芯毕毕剥剥直响。她一怔,站起来,严峻地皱起她那对淡黄眉毛,大声说道:"我会的。对,我会的;我决定了。"很明显,凯琴下了一个很大的决心。随后她便躺下睡觉,像孩童那样坠入深沉的梦乡。

次日清晨,劳里叶起得很早;在他走出黑山鹰旅店时,冬天的阳光微微透过空中灰蒙蒙的云层给大地投下暗淡的光线。这位导游掌握了一点有关那个皮匣子下落的线索,且不管是什么线索,反正这促使他登上高桑镇背后的山林,爬到相当高的地方,一上午就躲藏在那里俯视着那家锯木厂的动静;他观察到两名烧炭夫把几个帆布袋驮在一匹可怜的马驹子背上。直到午后一点钟,劳里叶才回旅店吃午饭,然后他点着他那个海泡石烟斗,慢慢溜达到凯斯特家去。这位导游不怕凛冽的寒风,能这样悠闲自在地漫步,是因为他身上裹着一件挺舒服的皮大衣,头戴一顶有耳奄拉的旅行帽,看来足以防御冬季的严寒。不过,这种防御在很大程度上还是为了隐藏自己的身份;所以,劳里叶走进金绵羊客店那间厨房时,凯斯特正坐在里面,并没立刻把这位来客认出来;他连忙站起来,像接待一位陌生人那样向他致敬,那份恭敬样儿倒像是冲那件皮大衣和那顶旅行帽来的。劳里叶在让店主人认出他之前,先仔细环视一下那间大屋子,仿佛想弄清屋里有没有别人在。然后,他解开那个几乎遮住脸的旅行帽,敞开厚大衣,向凯斯特友好地伸出手去。约瑟夫老头儿这才认出他原来是那位导游,不免吃了一惊,于是格外摆出点主人架子跟他打招呼,以弥补方才受骗向他谦卑地鞠了一大躬的失误,多少挽回点面子。不过,没多会儿,两人就在炉灶旁紧挨着坐下来,胳膊肘儿旁边都有一大杯啤酒;店老板打起精神,准备好好聊聊梳妆盒丢失那件大事。他感到相当高兴。劳里叶说得够畅快的,因为他有一套能说会道的本事,能够说得叫人相信卡斯帕·埃勃纳其实对这件事一无所知——也就是说,无论什么话题,他都能侃侃而谈,可又不涉及任何重要细节。因此,尽管交谈进行得轻松愉快,劳里叶回答问题时也没现出小心谨慎的样儿,可是凯斯特后来一回想,却记不得从导游嘴里听到什么新鲜情况。劳里叶呢,却通过一系列具有目的性的询问,从约瑟夫口中套出不少有关弗里茨·罗森海姆离开高桑镇去伊什尔那天清晨所发生的事。一个多钟头时光就这样消磨过去了,两人仍然待在厨房里,后来劳里叶在离开之前问起可不可以见凯特丽娜小姐一面。

"哦,凯琴吗? 您愿意的话,当然可以。可我今天几乎没见到她的人影儿。"凯斯特嘟哝道。

"我希望她身体还好吧。"劳里叶说。

"嗯,挺好。今天早晨她下楼来,脑袋用一块黑丝帕像波希米亚人那样包了起来。我问她怎么回事,她说没事儿,只觉得周身发冷。老天爷,女人真叫人捉摸不透! 丑的死乞白赖赶时髦,打扮得俗里俗气;而漂亮的呢——嗯,也多半打扮得俗不可耐!"约瑟夫说,由于一时找不到一个恰当的对称字眼而顿住。"凯琴! 哦,我想起来了,她想必是到柴堆那边去拾劈柴去了。"

"天这样冷,干这种活儿可真够难为她,"劳里叶说,"秋天我来这儿见到的那个身强力壮的女用人到哪儿去了?"

"唉,"老头儿答道,"这又是我的一大祸患! 丽丝是个脾气坏、故意作对的丫头! 她要是高兴,一个人能干六个人的活儿,说她像匹马那样强壮嘛,头脑可又像头骡那样固执;她不干了,鬼知道到哪儿去了。"

"不干了!"劳里叶重复约瑟夫的话。

"对,您来之前一刻钟,亨利希·阿姆赛的老娘捎来这个口信——亨利希是丽丝的情人,比她还蠢——这个固执的丫头说她下午得请假出去一趟,我没答应,可她不管我愿不愿意,厚着脸皮径自走了。"

劳里叶连忙扣紧遮风帽。"唔,"他说,"那我也得走啦。我真希望早就知道——"可他蓦地顿住了。

"知道啥?"凯斯特问。

"哦,没什么,没什么;只是我真该走啦。还有一件事得去办一下,我已经在这儿整整浪费了一个钟头。"那位导游匆匆跟店老板握握手就离开厨房,走出大门,迈开坚定而快速的步伐,朝暮色昏暗的远处走去。

凯斯特在门口站了一会儿,目送他远去。"这位导游朋友可太没礼貌了,"老头儿叼着烟斗嘟哝道,"整整在这儿浪费了一个钟头,真是这样吗?胡扯!那我呢?他大概认为我的时间一文不值吧,就因为我那么随和地坐着听他闲扯淡!唉,身为店主就得事事让三分。"

约瑟夫又回进店里喝他的啤酒,抽他的烟,渐渐在那暖和的炉灶前面舒舒服服地睡着了。

末一章

劳里叶匆匆朝黑山鹰旅店走去,心里反复思考业已掌握的有
关那个匣子丢失的线索,最后得出结论完全证实自己先前的推测
正确无误;于是他决定尽快把这种看法吐露给卡斯帕·埃勃纳,跟
他商讨该采取什么办法把那伙罪犯缉拿归案,也好洗清弗里茨所
背的罪名;那个梳妆盒分明不是丢失而是让人偷走的,劳里叶对这
一点已经深信不疑。他在走近旅店那时候,目光落在房前的花园
那片土地上,仿佛吃惊地看到了什么,连忙站住,定睛朝昏暗的前
方窥视。就在他站住那当儿,一个蜷缩在花园围墙下的人影朝前
走过来几步,好让劳里叶看清。“天哪!”他惊呼道,“我没认错吧!
是你,凯琴小姐!”

“嘘!”那个姑娘从裹紧的斗篷里伸出一只冻红了的手指举在
嘴边说,“嘘! 我有件事要找您,劳里叶先生。我已经在这儿等了
半个多钟头,因为我不想让任何人知道。”

“什么! 一直在这儿等着? 那你一定冻坏了! 快跟我进来,到
大厨房去,好吗? 那里有个热烘烘的火炉。”

“不,不,谢谢您,您要是不介意的话,请您先进去,把后面那扇
通向马厩的门打开,我从那儿进入小客厅。这个钟点那边不会有
人,我有件要紧事要跟您说。”

劳里叶困惑不解地瞧着她,但是答应遵从她的意愿,然后他就
走进旅店,让她从马厩那边绕来。他来到后门,把门打开,凯琴

已经站在那儿，身上裹着她那件蓝色厚斗篷，兜帽给拉得低到眉毛那儿。她那脸蛋儿苍白无色，小鼻子冻得抽紧，眼皮红肿。劳里叶瞧着她，觉得即使在这种不利的情况下，她那张稚气的脸蛋儿还是挺美，这种美他先前倒没有觉察到。"进来吧，小姐，"他一边说，一边举着一盏灯，领她进入客厅，"我原希望有个火让你暖和暖和。这儿可真够冷的。"

"没关系。"凯琴进屋后，把门关好，说道。接着她站在那位导游面前，用一种有所祈求的怯生生的目光瞧着他。

温厚的劳里叶想让她赶快说明来意，可她好像难以启齿似的，嘴唇发颤，却没出声。"我明白是怎么回事了，"他说，"你给冻僵了。让我去给你端杯热咖啡来。"

"不，不，千万别去！"她说，竭力控制紧张的心情，"我不想让任何人知道我在这儿，我并不冷。我——我这就说。"她用一只手按住门锁，不让他开门，接着略微把头偏过来点，颤巍巍地说："劳里叶先生，您记不记得那天夜里在我们家里，我爹让我给您看看我的头发长得多长吗？"

"记不记得？当然记得！我还谈起可以把它剪下来做假发呢，老板先生当时多么生气呵！哈哈哈！"

"那天夜里您还说，"凯琴接着说，脸色羞红，那只留在门把上的手忽然神经质地抽搐一下——"您还说认识一个人——在巴黎有个朋友，他——我是说您认为他会——没准儿会——把它买下来！"

最后一句话是断断续续说出来的，脸色越来越红，最后整个脸蛋儿涨得火辣辣的通红。

"买下来！买什么，小姐？莫非你想——"

"对，我想卖掉它。我的头发。要是办得到的话，我就想把它卖掉，"凯琴说，起先那种窘态已经消失，这当儿情绪好像稳定下来了，"要是您能替我试一试，我会十分感激。我知道我在请您帮个很大很大的忙，可我实在没有别的法子了。而且——而且——这我没法跟您解释清楚，劳里叶先生；不过我一想到您谈起您的女儿时那种感情，不知怎的，就叫我增添了勇气来求您帮这个忙。"

"我的姑娘，"劳里叶和蔼地拿起她的手儿说，"你想到我会帮助你，这种想法是对头的；可是，要知道，我也是个做父亲的人，我应该说我可不情愿让我的姑娘为了换钱而把漂亮头发剪掉。"

"说真的，并不光是为了钱。"姑娘着急地说。

"不管怎样，你最好认真考虑一下，凯琴小姐，千万别鲁莽从事。"

"可是您的忠告已经晚了。我怕您会劝说我不要那样做，所以——瞧！"她从斗篷里取出一束头发，同时把兜帽朝后一摘，露出一个圆脑袋，短短的浅黄头发明明是经不在行的手修剪的。她站在那里，婴孩般单纯，蓝眼睛却闪现着少女的光芒，那副外表真叫人既爱怜又可笑。劳里叶打个唿哨，站在那儿默默端详她一两分钟。

"唉，"他终于开口，"既然已经剪下来，后悔也白搭了。可我总觉得实在太可惜。那你打算拿它换多少钱呢?"他一边说，一边把凯琴从斗篷里拿出来的那个厚发辫接过去，若有所思地掂量着。

"哦，这我可不知道，劳里叶先生。我想尽可能多换点。"

"我也是这样想。"那位导游干巴巴地说。凯琴如此急着换钱，明明叫他有点反感。

"您认为我能得多少呢，劳里叶先生?"凯琴追问道，并没注意到他的态度变了。

"这我可说不准，"导游答道，"要是我说了什么话导致你这样干了，那我十分抱歉，因为我担心我大概叫你想入非非了，你可能会大失所望。"

凯琴脸色沉了下来。"您知道有什么地方可以出个合适的价吗，劳里叶先生？"她嘴唇发颤，问道。

"也许嘛——听我说，这我真是一点儿也答不上来——我如果能叫我那位巴黎朋友买下来，他也许能出一百五或两百法郎。这是这种原材料最高的价钱啦；不过，这种头发确实不同凡响。"

"哦，谢谢您，谢谢您！两百法郎可真不少了，是不是？"

"那要看怎么说了，小姐。对某些人来说，这笔钱的确很多了，可是对另外一些人来说，却算不了什么。可惜的是，就像我说过的那样，你太心急了，因为我最快也只能在开春才有机会见到那位巴黎朋友，你原本可以在这段期间留着你这一头漂亮的黄头发。"

"劳里叶先生，"凯琴犹豫一下，说道，"我本来也想到了这一点。我希望您不至于因为我进一步向您提出要求而对我产生不好的印象。我相信您要是知道了实情，就决不会那样的。您能不能——让我现在就得到那笔钱呢？即使比您估的价要低一些，我也不在乎，只是请您让我现在马上就能得到那笔钱！我来之前就把头发剪了，"她又天真地补充道，"因为我料想您看到这种局面已经无法挽回，也许就更会同意把它买下来啦。"

劳里叶大惑不解。这位姑娘流露出来的那种真诚意图似乎跟单纯利己的贪婪扯不到一块儿。他凝视着她的脸，好像突然领悟了，态度立刻缓和下来。

"我的好姑娘，"他说，"我不一定能完全满足你的愿望。我也许能设法先给你一百法郎什么的，可我不是个阔佬，小姐，手一伸进衣兜儿就能掏出一大把金币来。我勤勤恳恳工作，除了自己糊口之外,还得养活别人。这样吧,你先到弹子房里去,坐在火炉旁边等我——眼下那里没人,过一会儿我就答复你——我得考虑一下自己的经济能力,然后给你个回答。我不会让你久等。"

凯琴让他握着她那冰凉的手,领她沿着石砌的通道走到弹子房门口。正像他所说的那样,里面空无一人;他把她安顿在火炉旁,刚要离开,她又忽然把他叫住。

"劳里叶先生,劳里叶先生,请您千万别告诉别人,"她郑重其事地说,"因为这是一桩秘密。"

"哦,关于这一点,凯特丽娜小姐,"导游离开那间屋子时,扭过头来递给她一个古怪的眼神,答道,"你尽管放心。"

然后,他却径直朝埃勃纳那套私人住房走去,进去之后就把门关上,跟店老板密谈良久。这段时间,凯琴一直坐在空旷的弹子房里,迷迷糊糊地享受室内的温暖。她把斗篷的兜帽——方才她离开小客厅时又戴上了——滑到脑壳后面,时不时用手抚摸她那丝一般柔软的短发,仿佛让自己确信那根厚实的长辫子真的不存在了。她坐在那里陷入沉思,近乎在打盹;差不多过了三刻钟光景劳里叶才回来,他径直朝她走去,往她手里塞了一卷挺脏的奥地利钞票。

"噢,劳里叶先生!"凯琴神经紧张地瞧着手中那卷东西,惊呼道,"难道这是——?"

"是啊,小姐,这件东西的代价,"劳里叶把那根一臂长的厚发辫拿拉下来,答道,"我精确地估计了一下,觉得我还付得起我说过的那个价钱。这卷钞票一共是八十五盾。"

凯琴的脸上现出欢乐的微笑,尽管热泪盈眶。她抓住劳里叶一只手,用双手紧紧握住。突然一丝阴影从她那展现孩童般欢乐的脸上掠过。

"我希望，"她担心地说——"我真希望您不是出于仁慈慷慨才这样做。您不至于因为这种好意而损失很大吧。"

"没有，没有，我的姑娘，"导游答道，"别为这事担心。我没什么损失。听我说，凯琴，我请你别为这点事感激我，因为——因为这叫我心里不好受。现在，姑娘，让我送你平平安安回家吧。外面漆黑一片，我不能让你独自一个人走回去。"

可是凯琴说她不怕，用不着护送；还没等劳里叶来得及说服她，她已经拉起兜帽，奔出那间屋子，一溜烟走了，撇下他手里拿着那团软绵绵、闪闪发亮的黄发辫。

第二天，一桩新闻传遍整个高桑镇：治安官员彻底搜查了亨利希·阿姆赛那个坐落在乡镇背后松林里的小屋，他的老娘罗蒂给拘留了。种种传闻不胫而走。有人说发现了一伙强盗，那个锯木厂就是他们的大本营；另有人说亨利希·阿姆赛一个人单干，所作所为超过了强盗们合起来干的那种最玩命的行动。但是，到了下午，大家普遍接受了一种更可靠的说法。人人都知道了凯斯特的女仆丽丝跟那个老太婆的命运一样，也给拘留了。亨利希·阿姆赛却从高桑镇失踪，没人知道他的去向。不过，搜寻他的工作正在加紧进行。这事使全镇乡民大为震惊，金绵羊客店再次成为大家关注的新闻焦点。凯斯特像一位神通广大、消息灵通的知情人那样侃侃而谈，一再把那种看来是控告阿姆赛一家人的间接证据讲给热心的听众听。由于顾客对啤酒的需求同强烈的好奇心恰成正比，金绵羊客店老板又处于高度忙碌和满意的状态。这段时间他专心贯注在这方面，对凯琴来说也许更为有利，因为这事使他分神,没工夫再考虑凯琴那桩在他看来十分不端的行为。约瑟夫发现凯琴剪去了长发,曾经跟她激烈地争吵了一场。他勃然大怒,发了一通脾气——幸好狂怒的时间并不长——只断断续续发作了十分钟光景。随后好奇心超过了愤怒,他非要弄清凯琴做出这种牺牲的原因不可。凯琴考虑良久,流下不少眼泪,满面羞红,终于坦白自己卖掉秀发为的是要资助弗里茨·罗森海姆,好让他补足那笔赔偿费。约瑟夫·凯斯特听后,不由得愣住了。他一屁股坐在扶手椅里,足足有好几分钟默默盯视着他的女儿。随后,他头朝后一靠,交叉两臂,带着超凡的平静和逆来顺受的神情,慢腾腾说:

"不,不,我只能管这叫做发疯。这个姑娘心情矛盾得都发疯了。这跟我的晦气一样,我犯不上吃惊。这个国家里再也没有哪个人像我这样不得不忍受这种烦恼了。"

"噢,爹,"凯琴泪汪汪地嘟哝道,"别这样说!我知道我过去常常任性,不听话,可我有心尽量改好;只要您能原谅我这一次,我今后一定做您的好闺女——一定会的。"

凯斯特闭上眼睛,脸上越发现出逆来顺受的神情,一边微微点头,一边重复道:"心情矛盾得都发疯了。我只能管这叫做发疯。看一看这个例子吧。一个姑娘居然这样迷上了一个一文不值的小伙子。我并不反对他,可他太穷了。她爹反对这种异想天开的事儿,尽力给她找个处处都挺合适的丈夫。人也找到了,非常满意地前来求婚。姑娘自愿对她焦急的老爹说愿意接受——听我说,高桑镇或者它方圆六十英里以内的任何一位姑娘都会下跪,感谢上苍恩赐这次求婚——可是没想到刚喘口气的工夫,她又转身声明永远永远不能同意嫁给他。她爹当然生气,大失所望;可是老爹疼爱闺女,正打算宽恕她,甚至情愿让她自己选个丈夫,却没料到——

噗,噗! ——她居然又对我说她跟头号情人也闹翻了,决不会再想到他,就这样把他撵走,让他步了二号情人的后尘。这对做爹的感情来说,真是另一次考验,可还不算顶糟糕的。接着,那位品格一直高尚的头号情人刚一遭殃——简单说吧,刚一受到偷窃嫌疑,失去信用——我的小姐先前说过决不再关心他,却又马上剪下自己一头的美发,换钱帮他赔偿损失;这样的姑娘可真是全区独一无二啰! 我跟你说,我的姑娘,你只犯了一个错误。与其剪下你的发辫,倒不如干脆剃个光头好!"凯斯特这样自言自语,说得情绪几乎好转起来,两眼仍然闭着,脑袋朝后仰着,自鸣得意地重复道:"干脆剃个光头。对,这才是你应该干的事。"

凯琴异常温顺地把这些话都咽下肚去,没顶一句嘴,一直一声不响地忙着干家务活儿;现在丽丝走了,样样活儿都沉重地落在她一人肩上了。她这当儿如此沉得住气,甚至心情也很愉快,是因为她心中满怀希望,这种希望几乎达到了非常有把握的地步,那就是经过目前正在进行的调查,最终会证实弗里茨的品行端正,纯洁无疵。"倒不是因为认识他的人当中有谁猜疑他干出了这种可耻的勾当,"她心里想,"而是我要叫大家都相信他在这桩事情上绝对清白无辜,问心无愧。"

众所周知,奥地利帝国办起案子来一向特别缓慢,毫不讲求效率。因此,先得揭发出重要事实,劳里叶才能控告丽丝和阿姆赛一家人;这种法律程序需要花费很长一段时间。控告亨利希·阿姆赛犯了盗窃罪最重要的证据就是人们在锯木厂一堆松木屑下面找到了一个匣子的残骸,连带上面那个给砸坏了的锁。由于手法笨拙,那个锁显然没给撬开,而是用某种利器砸碎的。碎片旁边还发现伐木工用的一把斧子,但是没法证明那是亨利希·阿姆赛的。

至于那个家伙,这里也可以立刻交代一下,官方正在四处搜捕他,连遥远的汉堡市都去搜寻过了;据说他在那里登上了一艘开往美利坚合众国的移民船只,显然那个梳妆盒里的钱足可以使他很容易逃走。那两个女人,罗蒂和丽丝,尽管被人怀疑犯有同谋罪,临了还是给释放了,因为在法律上没法得出任何得以定罪的证据。人们怀疑丽丝是在装行李上车那当儿故意把绳索弄松了,可她矢口否认。她还愚蠢而恶毒地暗示只有弗里茨·罗森海姆一人才是真正的罪犯,这激起了很大的公愤。她一被释放就跟罗蒂·阿姆赛老太婆一块儿溜走了,去向不明。有人猜测她俩准是到美国去和亨利希会合了,另外有人估计她俩奔向了维也纳,丽丝在那里有几个亲戚,据说名声也不佳。不管怎么说,她俩确实从高桑镇消失了,从此杳无音讯。

弗里茨·罗森海姆在这件事情上的表现赢得了失主的热情认可。案情大白后,他们立刻退还弗里茨坚持先付的那一部分赔款,还额外赠给他一件漂亮礼物。但是这一切,甚至包括他那好名声的保全,尽管对弗里茨的自尊心来说十分宝贵,却远远不及另一桩叫他高兴的事,那就是他从劳里叶口中得知了那位给他价值两百法郎奥币的匿名朋友真实的姓名。

"我起先无论如何也猜不出是谁给的,"他说,"后来我想大概是埃勃纳先生。他一向待我很好,我知道他是个宽厚的好人。可我,当然啦,还是觉得奇怪,就决定直截了当地问问他。因为,当然啦,我打算攒钱,能有一天全部偿还。可我万万没想到竟会是我的凯琴!我的心爱人!再说,她那宝贵的漂亮金发,可比所有铸造出来的金币都值钱——想想看,这位小天使居然为我把它剪下来了!天底下从来也没有过一个像她这样高贵的人,我觉得自己连给她系鞋带都不配。"

弗里茨尽管如此谦卑,过了一段时间还是鼓起勇气再次要求这位天使跟他共享尘世命运。这对情人前次在那秋天昏暗的早晨不欢而散之后,如今一见面,双方都显得有点拘谨:凯琴羞答答地沉默不语,弗里茨胆怯而焦急。他反复思索字眼,好说明他得知她为他所做出这样大的牺牲,心中实在感激不尽。临了,他经过深思熟虑,费劲地斟酌好词句之后,突然扑通一声跪下,握住她的两只手,脱口而出:

"哦,凯琴,你多么善良啊,我多么爱你哟!"

我确实相信凯琴会觉得这两句简短的话比他可能要说的什么别的话都要意味深长。

"我挺生气,"她小声说,神情却不像生气的样儿,"劳里叶先生是个叛徒,他不该告诉你。"

"不该告诉我!"弗里茨学她的话,站起来,仍然握住她的小手,"我一直到死都要感激他对我说了。听我说,凯琴,你不会为了这事真生气吧。因为要不是这样,我决不会再鼓起勇气来——来——"

这句话并没说完,也许弗里茨的意思是想说他决不会鼓起勇气来拥抱凯琴,吻她吧。不管怎么说,反正他很有把握地那样做了。

征求凯斯特老头儿同意这桩婚事倒并没有遭到多大困难。他说谢天谢地,凯琴终于下定决心,却又坚持声明,在没见到凯琴按照正规仪式举行婚礼,走出教堂之前,他不敢保证凯琴不会再次任性变卦而让大家的期望落空,让大家大失所望。

"过去那一阵子,我的孩子,只要人们还有那么一点点怀疑你会犯盗窃罪,"老头儿对他未来的女婿说,"你尽管可以对凯琴放心,可是如今大家都承认你是个老实人,那你就得对她留点儿神啦,就是这样!"

总的说来,他满意地接受了这种新局面,非常乐意把店里的苦活儿和麻烦事都悄悄转移到弗里茨手里。卡斯帕·埃勃纳听说凯琴已经定下婚礼日期,可是发现自己在那一时期得离开高桑镇几个星期,到别处去办点事。他没有亲自去向凯琴道别,而是派人送去一封亲切的短信,同时带去一个礼匣,希望她在结婚那天早晨才打开。他说里面装着婚礼戴的花冠和面纱,请她务必收下,并且看在他的面上把它们戴上。于是,凯琴在结婚那天早晨打开那个礼匣,发现里面装着一条漂亮的金十字项链,下面还有一个用一块白纱覆盖着的金光闪闪的厚发辫编成的花冠。此外还有一张小纸条,上面写道:"送给凯琴婚礼时戴的金色花冠。"新娘子一见这件东西,那双蓝眼睛不禁热泪盈眶。

"我的头发!"她惊呼道,"这么一说,原来是他——他可多好啊!除了我,人人都那么好!我现在为了弗里茨也一定试着学好。"她跪在小床旁边,又做了一次祷告,内心充满感激和谦卑的心情。凯琴把那个发环当作新娘的头饰戴在脑袋上;尽管不少高桑镇居民认为金纸做的冕状头饰,上面缀满装饰品,会更加美观。弗里茨却一直声明谁的妻子也没有像他的凯琴那样,在婚礼上戴过这样一顶漂亮而光荣的花冠。

金绵羊客店那块招牌重新镀了金,油漆一新,露出绵羊喜气洋洋而温顺的面容。那副外表真是那么温顺,那么招人喜欢,简直可以说它在微笑哩。年轻夫妇住在老店里,勤劳节俭,礼貌待客,开展店里的业务;弗里茨不久就不得不放弃他那辆马车和那套马而专心担任店老板职务。凯斯特老头儿抱上头一个外孙女时,既高兴又骄傲;不过这个小宝贝——后来她又陆续有了几个弟弟妹妹——

并没有卡斯帕·埃勃纳那样忠实的仰慕者。他是那个女孩儿的教父,给她取了名字。人家建议这孩子应该以她母亲的名字命名,叫凯特丽娜,可他说不行,他更喜欢给她取名为玛格蕾塔,于是她就得了这个名字。他常跟她讲起当年她母亲结婚时候戴的那顶花冠的故事,而且一边瞧着那个孩子亮晶晶的眼睛,拍着她那胖乎乎的嫩腮帮,一边说:

"嗯,我的小妞儿,你有一张甜蜜蜜的脸蛋儿,也讨人喜欢,可你长大之后,决不会像你妈妈那样漂亮。不,不,世间只有一个凯琴,永远不会再另有一个。"

我认为他说这话是真诚的,因为他终身未娶。弗里茨和他的妻子相亲相爱地过活,彼此一直是忠实的伴侣;尽管约瑟夫老头儿做过预言,可是凯琴牺牲秀发这件事却实实在在是她最后一次任性了。

1866 年